DENIS ZOTT

MAUDITE !

Hugo Thriller

À Laurence, ma Tigresse, et Rafaël.
À mes parents.

HUIT MOIS AVANT

La lucarne de la cave était mouchetée de cadavres d'insectes. Je regardais le ciel blanchir derrière un brouillard de fumée. Une odeur de brûlé flottait dans l'air.

Au loin, très loin, des chiens hurlaient. Des sirènes aussi. Il y avait des lumières orange et bleues qui tournoyaient, des bruits de bottes et de chutes, les planchers craquaient, la maison croulait, tout allait s'effondrer.

Et moi, je bougeais pas. Je pouvais plus bouger.

Je m'étais planquée derrière les poubelles. Ça sentait l'humidité rance, les restes de crustacés et le tabac froid. Des cafards me grimpaient dessus.

Je m'en foutais. J'attendais que mon cœur s'arrête, ou que mon cerveau cesse de fonctionner. Avec le film d'horreur qui tournait en boucle dans ma tête.

Ne plus penser. Tout effacer. Arracher ces dernières semaines de ma mémoire. Les crever comme des boutons de pus.

Et après ce soir, ne jamais avoir existé.

Et puis une main s'est posée sur mon épaule. J'ai bondi dans ma tête mais mon corps voulait plus rien savoir. La main a glissé sur ma nuque, un bras m'a entourée.

— Ils vont finir par te trouver si tu restes là…

La voix est venue d'un autre monde. Elle avait sa propre musique, rauque et douce à la fois, rassurante et chaleureuse, elle chantait à mes oreilles comme si elle avait trouvé la bonne longueur d'onde, la seule qui pouvait encore me rendre à la vie. *Mais quelle vie après ce qui vient d'arriver?*

Et son visage est apparu. J'ai vu ses yeux. Ils étaient bleus et ils vibraient. Ils étaient gris et vibraient encore. Ils étaient verts et vibraient toujours.

Le visage d'un ange. Un ange brun aux yeux de loup.

Il m'a tendu la main :

— Tu vas venir avec moi.

— J'ai plus envie de vivre…

— Je te ferai oublier ce qu'il s'est passé.

— Comment on peut oublier ça ?

— Fais-moi confiance.

Dans ses bras, il m'a emportée.

Deux rangées de gyrophares éclaboussaient la nuit. Devant l'ambulance, j'ai vu la Vieille qui geignait en se griffant le visage. Un infirmier tentait de la calmer. Elle m'a aperçue et s'est mise à hurler :

— Arrêtez-la ! Arrêtez-la ! Elle est maudite ! Elle est le Diable !

Des flics qui observaient la scène ont détourné la tête. J'ai demandé à l'ange :

— Je suis le Diable ?

Il a ri :

— Et moi, un démon !

PREMIÈRE PARTIE

Marseille, I often walk your streets alone,
And then, too often I am gone
Marseille, my loney heart needs your caress
My life is full of deep regret.
(Ahmad Jamal — « Marseille »)

Marseille, je marche souvent seul dans tes rues
Et trop souvent j'y ai disparu
Marseille, mon cœur si seul cherche ta caresse
Car ma vie est trop remplie de tristesse.
(Ahmad Jamal — « Marseille »)

1

Marseille, vendredi 11 mai 2011

Dès l'aube, l'événement s'affiche en lettres géantes à la une de *La Provence* et des gratuits qu'on s'arrache à l'entrée du métro, sur les placards qui tapissent les kiosques et les vitrines des diffuseurs de presse.

Sur les ondes de France Bleu Provence, la voix incandescente du légendaire Avi Assouly, sorti pour l'occasion de sa retraite, chauffe les esprits et enflamme les bouches des Marseillais qui ne parlent plus que de ça.

Au même moment, les cars de CRS charrient des cohortes d'hommes cuirassés de noir qui vont cerner le cœur de la ville, investir les gares et filtrer les péages. Au même moment, la tasse de thé du préfet de police lui brûle les doigts.

En attendant l'heure du classico, le volcan du stade Vélodrome sommeille. Des balayeurs bichonnent ses abords. Des tentes, des barbecues et des food-trucks s'installent, merguez et chipolatas sortent des glacières, drapeaux, banderoles, oriflammes se déploient et claquent au souffle naissant du mistral.

En début de soirée, tout s'accélère. Le centre-ville se vide. Les bistrots, les bus et le métro sont pris d'assaut. Les barbecues fument, les relents de grillades se répandent. Et des hordes bruyantes par l'odeur attirées affluent vers le volcan d'où s'échappent des fumerolles jaunes, rouges, orangées, sous l'œil des CRS qui serrent les dents.

À cinquante mètres du stade, quelques résidents des vieux buildings du boulevard Ramon ont fermé baies vitrées et fenêtres et se hâtent de quitter les lieux. Dans les étages supérieurs, d'autres ont pris place sur les balcons qu'occupaient déjà leurs pères dans les années soixante. Pour rien au monde, ils ne manqueraient un match de l'Ohème dans leur Vel'.

Au dixième étage des Mimosas, un homme danse sur le balcon comme un sorcier qui prépare sa tribu à la guerre.

***

Vu de derrière, il ressemble à un épouvantail. Épaules saillantes sur torse carré. Maillot bleu ciel et blanc. Logo de l'Ohème dans la nuque, devise « Droit au but » entre les omoplates. Tatoué, hors visage, jusqu'au dernier centimètre de peau. Short sur ses jambes de poulet. Peintures de guerre sur les joues. Et, autour de ses poings, l'écharpe « Ohème, champion d'Europe 1993 ».

C'est Tony. Un mec tendre et bonnard. *Enfin… sauf les soirs de match.*

Pour mon plus grand malheur, on habite juste en face du Vel', au dernier étage des Mimosas.

Et ce soir, justement, Tony est en transe. Un animal accroché à la balustrade du balcon qu'il a repeint en bleu ciel et blanc. Une bête qui trépigne comme un cheval fou. Le sol vibre, les murs tremblent. *Et ça fait que commencer…*

Moi, je suis prostrée au coin du salon et de la cuisine, et je me maudis. *T'avais qu'à pas oublier, pauvre pomme !*

Quand le volcan du stade s'est réveillé, je rêvassais sur le divan bleu ciel et blanc, de la même couleur que tout dans le deux-pièces, des murs au plafond, du frigo au four. Je finissais même par cauchemarder en bleu et blanc, heureusement qu'il y avait la « pelouse » verte à mes pieds, en gazon artificiel.

Donc, je rêvassais lorsque la vague est arrivée, le genre qui gifle le visage et submerge la tête. Une vague sonore qui a déferlé du boulevard. Vuvuzelas, cornes de brume, klaxons et cris des supporters. J'ai ouvert les yeux, me suis redressée en panique, mon cœur a fait des bonds, je me suis tournée vers le balcon, j'ai vu le Vélodrome en éruption et son virage Nord en feu. Et là, ça m'est revenu. Ce que je devais pas oublier.

Je devais décamper d'ici. À toute vitesse. Sortir de l'appart', prendre l'ascenseur, me réfugier derrière le bâtiment et monter dans le premier bus, qu'importe sa destination.

Me suis levée. Trop vite. Un début de nausée m'a fait vaciller. Trois pas. Je me retiens à la cloison. *Pourquoi il gîte le salon ? Pourquoi ils tanguent les murs ?*

À cet instant, Tony est entré en trombe.

— Qu'esse tu fais encore ici ? Pas dans mon champ de vision pendant le match, j't'ai dit !

Aller jusqu'aux toilettes. Au moins jusque-là. Envie de gerber, ma tête tourne, je m'accroche au mobilier à en avoir mal aux ongles. La nausée me renverse, je m'effondre le long du mur du coin cuisine, arrachant au passage le truc que je devais vérifier. Le calendrier des matchs de l'Ohème. Avec la date du jour entourée au gros feutre rouge qui bave. 37e journée de championnat, Ligue 1 de football. *Mais on est vendredi, non ? Ça arrive jamais le vendredi !*

Je le pense si fort que Tony me balance comme à une demeurée :

— Match avancé, banane, tu sais pas lire ? Et, en plus, c'est le classico !

Le classico… *De quoi il me cause ? C'est quoi, le classico ?*

— Oh, tu vis où, toi ? Toute la ville ne parle que de ça…

Je retombe sur les fesses. Sur la couche du chat. Le matou tigré qui dormait là jusqu'au match perdu par l'Ohème samedi dernier. Un malheureux but contre son camp. C'est le chat qui a payé. Expédié par-dessus le balcon. Je l'avais ramassé à la louche et enterré dans un Tupperware, au bout du jardin derrière l'immeuble.

— La prochaine fois, c'est toi qui va voler si tu ouvres ta gueule, avait prévenu Tony.

Il a allumé l'écran plat qui tangue sur un meuble à roulettes. Un Panasonic ultra HD, de 120 cm, qu'il nettoie plus souvent que lui-même.

La télé hurle :

« Bienvenue au stade Vélodrome, chers téléspectateurs, pour cette nouvelle édition du classico entre l'Olympique de Marseille et le Paris-Saint-Germain… »

Tony retourne sur le balcon.

Je sais ce qui va se passer maintenant. Et j'ai horreur de ça. Un truc de dingue. Pourtant, je peux pas m'empêcher de mater. Quelque chose d'irrationnel. *Un truc que les nanas peuvent pas comprendre,* qu'il m'a dit un soir.

Tony regarde sa montre, puis lève les mains à l'horizontal comme s'il tirait sur les fils d'une marionnette, et brandit son bras droit. À la télé, un fumigène décolle du camp des ultras marseillais et fuse dans le virage occupé par les supporters parisiens.

Tony lève alors son bras gauche et crie :

« AUX AAAAAAAARRRRRMES ! »

Suspendu à un poteau, un homme répercute la consigne dans un mégaphone. Tous les supporters du virage Nord, poings tendus, répètent. Le virage Sud répond. Et la télé en écho :

« AUX AAAAAAAARRRRRMES ! »

Les vitres de l'appartement vibrent comme de la tôle froissée.

« NOUS, NOUS SOMMES LES MARSEILLAIS ! »

La clameur s'engouffre dans le salon.

« VOUS, VOUS ÊTES DES ENCULÉS »

À l'écran, les tribunes se soulèvent.

« NOUS N'AURONS PAS DE PITIÉ ! »

Des tambours roulent sur les murs. Je ferme les yeux.

« CAR NOUS ALLONS VOUS TUER ! »

Mes paumes enfoncent mes oreilles.

« ALLLLEEEEEEEZ L'OHÈME ! »

Le pire, c'est maintenant :

« QUI NE SAUTE PAS N'EST PAS MARSEILLAIS, EH ! QUI NE SAUTE PAS N'EST PAS MARSEILLAIS, EH ! »

Sur le balcon, Tony fait de bonds de kangourou sous ecstasy. L'impression que le sol de l'appart' va se lézarder, que l'immeuble et le quartier vont s'écrouler…

Je tremble.

J'ai la trouille et je me sens mal.

J'ai la trouille, et pas que pour moi…

Mes petites mains sous mon t-shirt, je caresse mon ventre tendu comme un tambour africain. Au dernier match, ça faisait de grosses bulles. Là, ils sont sacrément agités, mes jumeaux. Plus que d'habitude. Beaucoup plus. Jamais je les ai sentis comme ça. *Calmez-vous, mes avenirs, calmez-vous !*

L'arbitre siffle le coup d'envoi de la rencontre. Tony revient dans le salon et s'assoit au pied de la télé.

Je soupire. Une heure trente, plus la pause de quinze minutes. Un mauvais moment à passer. Ne pas se manifester pendant le match. Ne pas bouger, ne pas se faire entendre.

Pourquoi ça existe le foot ?

2

Trente-quatrième minute.

La télé hurle : « Marseille à l'attaque… Balbuena déborde sur l'aile droite… son centre trouve Signac au point de penalty… tête décroisée… la balle file vers la lucarne et… »

Tony s'éjecte du divan.

« POTEAU ! »

Le cri me soulève le cœur, souffle coupé. Les jumeaux sursautent.

« MAIS Y A MAIN, MERDE ! Y A PENALTY ! »

Le Vélodrome tousse.

« EH, L'ARBITRE ! ENCULÉÉÉÉ !

Tony boxe le mur qui résonne sous ses coups de poing. Je voudrais être une huître ou un escargot.

Une minute plus tard, j'ai envie de pisser. Ma vessie gonflée, aussi grosse qu'un pamplemousse. Et les jumeaux qui tapent dessus. *Manquait plus que ça…*

J'ai peur de pas me contenir. Tony me fera lécher le sol si je me retiens pas.

Uriner dans une casserole ou dans un bol ?

Et s'il me surprend ?

Je l'entends déjà gueuler : *T'as pas honte, salope ? T'es une femme ou une chienne ?*

Quarante-cinquième minute. On dirait qu'il s'est calmé. Je décolle les paumes de mes oreilles. Tony a baissé le son de la télé. Je relève la tête, le vois qui fume un joint.

À l'écran, des spots publicitaires. Ça me détend. J'aime bien les musiques et les slogans que je répète en fredonnant. « Bébé est plus au sec, bébé est plus heureux. » Des pubs ? C'est la mi-temps ? *Pourquoi j'ai pas réagi tout de suite ?*

Je me remets debout. Au ralenti. Les jambes chancelantes, je longe le petit couloir vers les toilettes.

— Eh, tu fais quoi là ? Pas dans mon champ de vision, j't'ai dit !

La gueulante de Tony me cloue au mur. *Il a un radar derrière la tête ou quoi ?*

— Mais je dois pisser !

— Trop tard, le match reprend. Tu t'retiens ou j't'arrache la tronche !

Je retombe sur la couche du chat.

Deux minutes plus tard.

« Balbuena dans la surface de réparation, en position de tir, il hésite, un crochet, encore un, et… », crie le commentateur.

« MAIS T'ATTENDS QUOI POUR TIRER, PEUCHÈRE ? » gueule Tony.

Un truc explose contre le mur. Des morceaux de verre grêlent le fond du salon jusqu'au coin cuisine. La frayeur me fait bondir. Une douleur me pique le cuir chevelu. Les débris d'une bouteille de Kro, 75 cl, roule à mes pieds. Je me frotte le crâne. Du sang au bout de mes doigts. *C'est rien, rien du tout.*

Ça secoue dans mon bidon. Je glisse mes petites mains sous mon t-shirt. *Calmez-vous, mes avenirs, ça va passer…*

« Encore cinq minutes dans le temps réglementaire… »

J'en peux plus! Je me balance d'avant en arrière. Cuisses serrées, bras noués autour de mon ventre et mes bébés en ébullition.

Inspire, expire…

Lentement.

Je ferme les yeux.

Plus qu'une minute à tenir. J'ai chaud, je dégouline. Ma vessie brûle. Je me mords l'intérieur des joues.

« PENALTYYYYYYYYYYYYYYYYYYYY! »

Tony se déchire les cordes vocales. Le Vélodrome rugit, le sol se soulève, les vitres frémissent, l'immeuble vacille sur ses fondations, le ciel à travers la lucarne sale de la cuisine semble pris de convulsions.

J'ai décollé. Les jumeaux n'en finissent plus de rebondir. Mon ventre est un trampoline. Ma vessie, une grenade dégoupillée.

J'EN PEUX PLUS !

Je m'appuie contre le mur. Jambes raides, serrées autour de ma vessie. *Un otage avec sa ceinture d'explosifs.* Toujours ces images dingues, Luce, quand ça va mal.

J'avance. De tout petits pas de geisha indisposée. Quatre mètres jusqu'aux toilettes, à droite du petit couloir.

Tony à genoux, le nez sur l'écran. Ses poings et ses pieds battent le sol en cadence. Ses cris plus aigus que du verre qu'on raye.

« ON VA LES NIQUER! ON VA LES NIQUER! »

Se fondre dans le décor.

Invisible.

J'existe pas.

Les nausées me rattrapent. Mes jambes flageolent, mon ventre est secoué de spasmes.

« Signac pose le ballon sur le point de penalty » hurle l'écran.

Les mains jointes, Tony se prosterne.

Encore un mètre.

Je suis légère.

Je suis une plume.

« EEEEEEEEEEEHH, TU FAIS QUOI LA ? »

Le cri de Tony m'électrocute. Ma tempe heurte le mur, les jumeaux rebondissent dans mon ventre.

« L'arbitre fait reculer un Marseillais qui a mis un pied dans la surface de réparation… »

Fausse alerte, c'est pas pour toi, ma puce…

Ma tête tourne.

La cloison penche.

Ma poitrine se soulève, mon cœur galope.

Retrouver ma respiration.

Se calmer.

Attendre.

Respirer.

Se calmer.

La cloison redevient droite. Rassurante.

De tout petits pas.

Mon dos rase le mur.

J'y suis

Devant les toilettes.

Une main sur la serrure. De l'autre, j'effleure l'interrupteur du couloir.

« Signac s'élance pour frapper le penalty… »

Soudain, la lumière que je viens d'allumer sans le vouloir s'éteint. Le son de la télé se coupe.

Le silence plombe le salon.

Un grand silence. On dirait que le temps s'est arrêté, et a avalé le stade et le quartier.

Devant l'écran tout gris, Tony est immobile comme un pantin de bois.

Puis du Vel' monte un grondement. La rumeur d'un million de voix déçues.

« Le pe… le pe… le penalty… »

Tony se retourne.

Au ralenti.

On dirait que le sang s'est retiré de son visage.

Ses yeux sont noirs. Terrifiants.

Il me détaille, remarque ma main collée à l'interrupteur que je dégage comme si un serpent m'avait piqué.

— Le penalty… tu nous as fait manquer le penalty !

— Mais Tony, j'y suis pour rien !

Trois bonds. Un bloc de colère me renverse contre la cuvette des toilettes.

Le poing bagué de Tony frappe mon épaule, ma poitrine, mon visage. Moi en boule, les bras autour de la taille. Il me saisit par les cheveux. Je me débats, de mes petites mains. Il les attrape, tord mes poignets, me soulève en m'écartant les bras.

Mon ventre se découvre, aussi rond qu'un ballon de foot. Tony sourit, les yeux rivés sur mon gros bidon.

— J'l'aurais pas manqué, moi, le penalty ! J'aurais shooté…

Je respire plus.

— … comme ça !

Son pied décolle.

3

Je me souviens de cette sensation fulgurante. Un camion qui me percute. Plus de souffle, le cœur arraché.

Je me souviens de la porte d'entrée qui claque. Puis, plus rien.

L'impression d'être en morceaux. Mal partout. Mes mains endolories tâtent ma lèvre inférieure. Du sang colore mes doigts. J'inspecte ma bouche. *Une dent cassée, manquerait plus que ça. J'aurais l'air de quoi avec un sourire de clocharde ?*

Mon index en éclaireur, je compte mes dents.

Ouf, elles sont toutes là ! Rien de grave alors, rien de grave… Il m'a fichu une de ces trouilles, ce con !

Je soupire. Ce qui comprime mon ventre. Mon ventre aussi dur qu'une planche de bois. Je l'effleure. Un coup de poignard me transperce. Je hurle. Mon corps se convulse, finit par rouler sur le côté. En position fœtale.

Je respire par saccades, en geignant. Sueur froide. T-shirt et short trempés. Me suis pissé dessus.

Ma main gauche descend le long de ma hanche. Prudemment. Peur de ce que je vais trouver entre mes jambes. J'insinue deux doigts sous l'élastique de ma culotte. Sensation de touiller dans un truc visqueux. Les battements de mon cœur s'accélèrent, ça bourdonne dans mes tympans. Je retire mes doigts. Poissés d'un liquide épais et rouge qui vire au noir. Le sang de mes fœtus éclatés. Je sens plus mes bébés.

Ne pas paniquer.

Ne pas paniquer tout de suite.

Doucement.

Se remettre debout.

Le long du mur.

Basculer, avancer un genou, puis l'autre.

Pousser sur mes cuisses, *allez !*

Mes jambes de coton s'effilochent. Je crie en retombant.

À quatre pattes alors ?

Le mouvement me cisaille les chairs. Je m'effondre sur le flanc.

Je peux même plus me mouvoir.

D'impuissance, je chiale, crie, hurle ma rage.

Je suis une larve. Et une larve, ça rampe. *Alors, bouge-toi !*

Mon épaule râpe le sol humide. D'un pied, d'un bras, j'avance avec la grâce d'un ver de terre écorché.

Trois mètres, allez, c'est rien trois mètres…

Enfin, j'y suis. Dans la salle de bains.

Une volée de larmes rince de joie mon visage quand je récupère, planqué dans un petit beauty-case rose Hello Kitty, mon Smartphone. Il fait bip et clignote. Batterie presque vide. *Le chargeur, il est où, le chargeur ? C'est pas Tony qui me l'a encore enlevé ?*

Ma main tremble comme une feuille. Les noms défilent dans le répertoire. Tous des clients, sauf celui que je cherche. Enfin, il s'affiche. Ça sonne. Deux fois. Trois fois. Évidemment, personne. Quatre fois.

— Allô ?

Une voix encrassée de tabac. *Merde !*

— C'est moi… Elle est pas là, Renée ?

— Qu'est-ce que tu lui veux ?

— Il m'a frappé au ventre ! J'ai tellement mal !

La douleur concasse ma voix. Une petite fille qui pleurniche.

— Pour ça que tu appelles ?

— Mais je saigne !

— Ça saigne comment ?

— Du sang noir !

La voix ricane.

— Noir, tu dis ? Beh, y sont en train de crever, tes petites pourritures ! La meilleure chose qui pouvait leur arriver !

— Je te demande pardon, petite maman. Passe-moi Renée, je t'en prie…

Silence.

— T'as mal, hein ?

Silence.

— Ah, ah, tu te prenais déjà pour la reine de Marseille, hein ! Tu crois que je le connais pas, ton secret ?

Elle se marre, caquètement de poule décatie.

— Je te souhaite une belle et longue agonie. T'en as pour une heure tout au plus… Moi, je vais me saouler la gueule à ta santé. Je savais qu'un beau jour, tu paierais tout le mal que tu nous as fait. Je te l'avais dit, hein, t'es… maudite !

Bip, bip. La Vieille raccroche.

Vite. Composer un autre numéro. Normalement, je dois pas l'utiliser celui-là. *Il va pas aimer.*

Bip, bip, bip. Plus de batterie. Je lâche le téléphone. Me reste plus qu'à ramper.

La porte d'entrée.

Hors d'haleine, j'émerge au milieu du couloir. Dans mon sillage, une traînée de sang noir.

Arrive une black en boubou vert. Accrochés à ses bras, deux gosses débraillés qui chahutent. Je me souviens les avoir croisés trois ou quatre fois.

— À l'aaaaide !

Ma voix dérape dans un long sanglot. La black baisse la tête et presse le pas vers l'escalier. L'un des gamins court vers moi.

— Reviens ici, tout de suite !

Il s'arrête à deux pas, ses grands yeux noirs effrayés. Sa mère rapplique au pas de course.

— Qué qu'elle a, m'man ? baragouine le môme.

Une claque derrière la tête. Sa mère le saisit par le col et le ramène vers l'escalier.

— Elle n'a que ce qu'elle mérite… C'était un immeuble agréable avant.

Je rampe en hurlant, tends le bras pour saisir la cheville de l'insolente. *Elle va quand même pas me passer dessus, non ?* La femme soulève ses gosses et m'enjambe. J'attrape sa sandale. Elle lâche ses mômes, remonte trois marches et arrache de mes mains son bout de plastique rose.

Ma tête retombe lourdement. Au plafond, des tâches sombres tournoient telles des oiseaux de mauvais augure puis s'évanouissent dans mes larmes de douleur.

Comment je fais pour m'en tirer ?

Je crie.

Je crie.

Enfin, une porte claque.

Du fond du couloir surgit une blonde ébouriffée, en string et débardeur, aux ongles si longs qu'on croirait des griffes d'ours.

Elle semble étonnée de se retrouver là. Comme si elle venait de traverser les murs.

—Marta ! Suis blessée ! Appelle le SAMU, vite !

Elle se prend pour une ballerine, se déplace par petits bonds et d'un entrechat atterrit au ras de ma tête. Regard halluciné, yeux exorbités, pupilles dilatées d'un chat qui aurait goûté de la coke. *Elle est encore stone, m… !*

—T'es blessée ? C'est rien, ma poule ! Un petit shoot et ça ira mieux après. Je vais te chercher de quoi… Ah, mais d'abord, faut que je prévienne… »

Elle se penche, me claque une bise humide sur la joue. Et repart en bondissant. Direction l'escalier. *Mais où elle va ?*

Je ferme les yeux.

Respirer lentement.

Ne plus bouger.

Combien de temps il me reste ? Elle a dit une heure, la Vieille…

Soudain, des pas.

Saccadés.

Qui remontent les marches.

Des semelles de crêpe.

Des chaussures de sport.

C'est… Tony !

Je bascule sur le flanc et rampe. Chaque poussée sur mes jambes me poignarde. Je gémis, chiale, me tortille. Un reptile taillé à coups de machette.

Je reprends mon souffle. Me renverse sur le dos. Du talon, claque la porte de l'appart'.

Plus forte que la douleur, la terreur me précipite dans les toilettes.

Me redresser. M'enfermer.

Je m'appuie sur la cuvette. Le mouvement me lacère le ventre de bas en haut comme un drap qu'on écartèle.

Je m'écroule.

La porte s'ouvre.

J'ai même plus la force de crier.

4

— Oh, chef, t'es là ?

Dans l'ouverture de la porte apparaît une tête en forme d'épingle. L'un des choufs de Tony, un guetteur. Un maillot bleu clair de l'Ohème flotte sur son torse malingre. Ses yeux louchent comme deux canons de fusils croisés. Des yeux de pervers. Il se demande s'il y a moyen de… Il évalue la situation, les risques. Je sais qu'il en meurt d'envie, je le lis dans son regard.

Il pige pas mon état, le Bigleux ? Mes petites mains ensanglantées dégagent le t-shirt sur mon bas-ventre et mes fesses qui trempent dans le sang.

Il remarque les traces sombres qui ont maculé ses semelles, soulève un pied en considérant d'un air dégoûté le dessous de sa chaussure droite.

— Eh, merde, des pompes toutes neuves ! Il est pas là, le chef ?

— Je suis blessée. Appelle les secours, merde !

— Oh, j'suis pas venu pour ça !

— Tu vois pas que je saigne et que je suis en cloque !

— Oh, c'est pas mes oignons ! J'veux pas d'embrouilles, moi.

— Appelle Marco, bordel ! Appelle-le tout de suite ! Sinon, tu vas en avoir des embrouilles !

— Le Gitan ? Mais t'es ouf, toi ? Tu veux ma mort ?

Il se barre. J'entends plus que mon propre souffle qui rebondit entre ces quatre murs. Puis, des bruits de pas. Les Nike sont encore là. *Qu'est-ce qu'il fout à fouiner dans l'appart', le Bigleux ?*

J'ai épuisé un rouleau de papier hygiénique pour éponger le sang, puis rampé jusqu'au salon.

La pelouse artificielle me semble aussi douce qu'un lit de roses. Un parfum de shit plane dans la pièce. *Si au moins, je pouvais fumer un dernier joint.* Sous le fauteuil, je repère un mégot. *Il est où le briquet ?*

Je me hisse sur le divan. Une violente douleur sous le nombril m'expédie à terre. Je hurle. Impuissante. *J'suis maudite !*

Cette pensée me renvoie à la Vieille. Je l'imagine qui se marre en trinquant. *Un pastis à ta santé, ma puce !*

Alors, je dégage le rideau de larmes devant mes yeux et la morve de mon nez qui saigne.

Dos en avant cette fois, je retente l'ascension du divan. Mon cœur cogne à m'assommer. *J'y arrive pas, bordel, j'y arrive pas !*

Toujours assise sur la pelouse, je plonge mes mains sous les coussins, sous toutes les coutures du sommier pliable. Enfin je trouve ce que je cherche : le briquet-tempête de Tony.

Ma main tremble. La flamme du briquet se couche. Le mégot grésille. Une dernière bouffée. *Aspire !*

Lentement. Doucement. Surtout ne pas tousser. Je tète le mégot comme un sein maternel. La fumée dans ma gorge me fait du bien. Je ferme les yeux. Clouée sur le tapis du salon, j'ai la sensation que la pièce tourne, ma tête au centre de la grande roue du Prado.

Inspire. Expire. Des hoquets de larmes me secouent. Je fume jusqu'à ce que je décolle. La Terre s'éloigne, laissant mes cauchemars plantés dans la croûte terrestre.

Je fume pour plus penser. Pour oublier. Le présent. Le passé. Je repense à l'ange. *Pourquoi t'es pas là ? Pourquoi tu m'as planquée chez ce fou ? T'as vu ce qu'il m'a fait ? Il va s'occuper de toi, tu m'avais dit. Te protéger. Et te donner tout ce qu'il te faut pour que t'oublies.*

Pour ça, il avait pas menti, mon ange : Tony n'était jamais à court. J'avais tellement à oublier que j'ai beaucoup fumé. Trop sans doute. Et ça a creusé des tunnels dans ma mémoire.

Encore une bouffée. J'inspire. Le mégot entre mes doigts se désagrège. *Nan, j'ai pas assez fumé ! Pas déjà, pas déjà…* Je suis dans une fusée qui vient de décoller et qui retombe. L'effet du joint se dissipe.

J'ouvre les yeux.

Les cloisons ont retrouvé leur place. Droites comme des murs de prison, bleu ciel à récurer. La cendre brûle le bout de mes doigts. Je la regarde se consumer doucement. Un petit trou creuse la pelouse artificielle.

Un courant d'air se lève.

Ça me donne une idée. Une sale idée.

Tu sais pas de quoi je suis capable, Tony, tu peux même pas imaginer…

5

QG des Lunatics, en haut de la Canebière

Ils sont une cinquantaine dans le bar, les yeux rivés sur le téléviseur protégé par une coque en plexis, au cas où, malencontreusement, une bouteille s'y écraserait.

Sur *Ohème TV*, le penalty raté de Signac repasse en boucle depuis une heure. Match nul, un seul point de pris. À une journée de la fin, Paris est toujours en tête du championnat. L'Ohème, trois points derrière.

La frustration a figé les visages des Lunatics en un masque de colère, réduit leurs éclats de voix à des murmures qui grondent comme une sourde menace.

Trop la haine. Ils vendraient père et mère pour un petit affrontement. Comme au bon vieux temps des batailles rangées dans le parc Chanot où ils se retrouvaient après le match. Exquise décharge d'adrénaline. Mieux que la sève qui monte, que le foutre qui gicle. Ils étaient le foutre, ils étaient l'orgasme collectif qui se jetait dans la mêlée et qui prenait son pied à coups de battes de baseball, de chaînes de vélo, de manches de pioche et de nunchakus.

Maintenant, les flics ne lâchent plus les groupes de supporters adverses. Encerclés à l'arrivée tels des moutons, puis parqués dans le stade. Rebelote à la sortie : un escadron de CRS ramène le troupeau vers les bus ou la gare.

Et ce soir, il leur reste quoi ? Pas moyen d'affronter les Parisiens qui ont quitté le stade sous les jets de gobelets dans lesquels ils avaient pissé. Marrant, mais frustrant. Alors l'écume au bord des lèvres, ils noient leur rage dans le pastis, le gros rouge ou la bière. Se saouler pour ne pas exploser. Il suffirait d'un mot de trop…

Dominant le grondement, une voix s'élève. Celle du kapo, l'homme qui, accroché au grillage de la tribune Nord, braille dans un porte-voix les commandements des chants et des invectives :

— On peut quand même pas finir la soirée dans cet état… Si on allait se faire des pédés ? Y a une nouvelle boîte derrière la Canebière.

Il interpelle un homme affalé sur le comptoir.

— Eh, la Légende, qu'esse t'en dis ? Tu viens ?

Tony lève la tête. Les peintures de guerre bleu ciel ont coulé sur ses joues et lui donnent un air de clown triste.

— Bonne idée, les gars, un p'tit dernier et j'arrive…

Il saisit l'un des dix verres de pastis disposés en 4-3-3, la tactique de l'Ohème sur le terrain, et le siffle d'un trait. Le kapo décolle sa mauresque et tonne :

— À ta santé, la Légende ! Mais avant…

Son regard balaie l'assistance. Les grondements se taisent en cascade.

— … vu que c'était le dernier match de la saison à domicile et qu'on se reverra pas avant la mi-août, on voulait, avec les potes, t'offrir un petit cadeau…

Une clameur salue l'annonce, et tous s'avancent pour former cercle autour du comptoir. Avec la prestance d'un général romain fendant les rangs de ses légions, le kapo traverse l'assemblée et dépose sur un tabouret devant Tony un paquet mou aux couleurs du club.

Aussi raide qu'un pantin de bois, l'épouvantail se redresse en s'appuyant sur le comptoir, cherche l'équilibre sur son siège qui branle et finit par en descendre avec la grâce d'une centenaire sur un cheval d'arçons.

— Fallait pas, les gars, j'mérite rien que votre amitié, rien d'autre… Fallait pas, non…

Le regard de Tony s'embue en embrassant ses troupes. Il se sent comme un gamin timide un soir d'anniversaire, encombré par un cadeau trop grand. L'émotion pèse sur ses gestes, ses larges mains déchirent le paquet, et le retourne plusieurs fois, tel un jambon bien ficelé. Il en dégage deux gigoteuses bleu ciel et quatre tenues complètes de l'Ohème, maillots, shorts, chaussettes. Taille XS.

— Vu que tu connais pas encore le sexe de tes jumeaux, on a pris deux de chaque, fille et garçon, précise le kapo.

Une clameur s'élève.

— Eh, les gars ! Pour le futur papa… Et aux futurs membres des Lunatics ! Alleeeeeeeeeez l'Ohème !

Tous brandissent leur verre à sa santé.

— Bon, mais on veut les voir en photos, tes jumeaux ! En gigoteuse, entourés des Trésors que tous les supporters de l'Ohème t'envient ! Hein, la Légende ?

L'assemblée répond en scandant :

— La Légende ! La Légende ! »

Son surnom sur toutes les lèvres. Tous l'encouragent, battent des pieds. Les tables et chaises rebondissent en écho. D'un geste de la main, le kapo impose le silence.

Des larmes aux yeux de Tony.

— Merci, les gars ! Vous êtes ma famille, vous savez ça…

— Pleure pas, Tony, c'est normal, on l'aime, notre Légende. Quoi qu'il t'arrive et quoi que tu fasses, on sera toujours avec toi. Et on sait qu'il n'y a pas pire punition pour un supporter que d'être privé de…

— Pas la peine de me l'rappeler! le coupe Tony.

Les murmures se taisent. Un silence de plomb menace de faire déborder l'atmosphère. Gêné, le kapo déglutit et relance :

— Au fait, c'est pour quand ? L'est enceinte de combien, ta Luce ?

— Ben, j'sais pas trop, en fait. Son ventre ressemble à un gros ballon…

— Surtout, te trompe pas alors ! Va pas nous le shooter dedans, hein !

L'assemblée s'esclaffe. Tony rit jaune et devient blanc. *Putain, la honte ! Putain, la honte !*

Il revoit sa petite amie contre la cuvette des toilettes. Et lui qui se déchaîne, qui ne contrôle plus rien, les coups qui lui échappent… *C'était pas de la violence, juste un réflexe !*

Quand il est dans cet état, c'est plus fort que tout, tellement le stade lui manque, sa tribune, l'ambiance… Comme si on lui avait coupé un membre. Pire encore : on l'a coupé de sa famille, de son corps.

Et ça ne va pas s'arranger. Avec le projet du nouveau stade et ses toits couvrant les tribunes, bientôt le Vel' ressemblera à une soucoupe. Il ne verra plus le virage Nord de son balcon. Comment il va faire pour communier avec sa tribu ?

Il repense à tout à l'heure, l'émotion qu'il a ressentie en contemplant sa tribune Nord drapée d'un damier bleu ciel et blanc. Il repense à toutes ces soirées de préparation pour offrir le grand frisson au monde entier. Ça lui court encore sur la peau, ça joue de la harpe sur ses nerfs, *putain, y a rien de plus beau qu'un stade qui se soulève et qui chante comme un seul homme. C'était beau à pleurer.*

Et bientôt, il y aura de nouvelles constructions en plein dans sa ligne de mire. Des immeubles avec des appartements cossus pour riches. Un mur dressé devant son Vel'. Une offense permanente, une injure visuelle à la face des Marseillais.

Un mur de prison.

Autant l'empêcher de vivre, d'exister, de respirer. Le bonheur tous les matins de le regarder son stade, de humer l'odeur de la bête qui sommeille et qui se réveille une fois tous les quinze jours.

Tout fout le camp ! Même le titre a foutu le camp… Putain, Luce, tu te rends compte de ce que t'as fait au peuple marseillais ?

Tony agrippe son verre. Son bras se gonfle et se détend. Le verre se fracasse contre l'écran. Tout le monde s'écrase. Le patron grimace et éteint la télé.

— Bon, les gars, cette fois, il est temps d'y aller ! aboie le kapo. Les pédés, c'est plus mou que les Parisiens, mais au moins, ça calme.

Au passage, il donne l'accolade à Tony :

— Eh, La Légende, comme à la grande époque ! À vos battes, partez !

Le kapo claironne une adresse. Les Lunatics défilent vers la sortie.

Un verre de pastis au bord des lèvres, Tony les regarde décoller. L'envie d'y aller le démange. La main plongée dans son short, ses ongles arrachent des plaques de peau sèche sur son entrecuisse. Les démangeaisons reviennent.

Son corps n'a pas oublié. Son accès de colère au moment du penalty a réveillé de vieux réflexes, des sensations fulgurantes, ses poings, ses bras, ses jambes se souviennent. S'il sortait là maintenant, s'il les suivait, il pourrait tuer.

Alors, il boit encore, essaie de se relever et titube. Le comptoir penche sérieusement à droite. *Encore un, alors !*

Le huitième verre est vidé. Enfin, sa vue se brouille, il a trois mains. Encore un. *Et de neuf.* Il cligne des yeux. Il a quatre mains. Et c'est tout le bar qui gîte. Tony parvient à se redresser. *Alors encore un dernier.* Boire, boire, jusqu'à ce qu'il ne tienne plus debout. Pour s'empêcher de les suivre.

Plus de violence. Plus jamais. Il a promis. Il a juré. Quatre ans déjà qu'il se tient à carreaux. Depuis qu'il est interdit de stade…

6

Six ou sept mètres à ramper. La douleur creuse mon ventre à la petite cuillère, ma bouche vomit des râles. Derrière moi, la traînée de sang noir s'épaissit.

Centimètre par centimètre, j'avance. Jusqu'à la chambre de Tony. Porte entrouverte que je pousse du crâne. D'habitude, il la ferme à clé.

Tony l'appelle sa chambre aux Trésors. *Si tu touches quoi que ce soit…* qu'il dit toujours.

Un matelas jauni qui sent mauvais, un lit de camp, une table, une chaise, une armoire Ikea. Le sol croule sous des pyramides de journaux, magazines, affiches, billets de matchs.

Le temple du supporter. *Si tu déplaces le moindre truc…*

Sur les murs ciel et blanc, des maillots dédicacés, soigneusement encadrés. *Bas les pattes !*

Et au fond de la pièce, un autel avec ses Trésors… *Tu te tiens à distance… Même pas tu t'en approches ou tu le regardes…*

Reprendre mon souffle. Respirer lentement. De courtes inspirations.

Mon pouce roule la pierre du briquet. Ça grésille, mais ne déclenche pas. Je roule, frotte encore, et encore. La peau de mon pouce brûle. Enfin, une flamme qui me crame les doigts. Je la contemple comme si je brandissais la flamme olympique. Au-dessus d'une pile de magazines.

À la une du dernier numéro d'OM Mag, un footeux du nom de Signac clame : « Paris, on va te mettre le feu ! » Le journal se tord et s'embrase, entraînant un paquet de journaux en équilibre contre le mur.

Barre-toi !

J'ai plus la force. Je laisse tomber mon menton sur le sol. Mes avenirs sont morts. Mes rêves avec eux. Et moi aussi, je vais mourir.

Pourquoi t'es pas là, mon ange ?

La chaleur plus intense. Les flammes ont ravagé le mur de façade. Les vitres ont fondu. La fumée se lève.

Le feu sera plus doux que ma douleur.

7

Un quart d'heure plus tard, le dixième étage des Mimosas rougeoie telle la gueule d'un moloch crachant des feuilles calcinées semblables à des corbeaux qui planent au-dessus du quartier.

Au pied de l'immeuble, escortée par la police municipale, une équipe des marins-pompiers observe l'incendie lorsqu'une averse d'objets divers, boulons, bols, verres, ustensiles de cuisine, s'abat sur eux.

— Attention ! crie un policier.

Une forme rectangulaire se détache d'un balcon. Deux pompiers s'écartent en trébuchant. Un troisième n'est pas assez rapide. Sa tête amortit la chute de ce qui ressemble à un écran plat. Puis il s'effondre.

***

Boulevard Michelet.

Une Megane RS stationne sur une place de parking handicapé. À l'arrière, par une vitre ouverte, le canon d'un fusil à pompe vise une tapineuse nigériane en short qui se trémousse sous un lampadaire.

— Tu l'as goûtée celle-là ? demande le Frisé, l'œil dans le viseur.

À côté du conducteur, le moustachu se cure les canines avec un Opinel.

— Pas encore, mais ça commence à me chatouiller.

— Je confirme, on l'a pas encore contrôlée, dit le Beau gosse en caressant les courbes de son volant.

La radio de bord crachote : *Pompier grièvement blessé… intervention incendie…*

— Ce serait toujours mieux que de s'emmerder dans ce quartier pourrave…

— Ta gueule ! s'emporte le Moustachu.

La tension est palpable depuis qu'ils ont été « priés » de quitter les quartiers nord. Un mois déjà. Ici, c'est pas leur territoire. Ils ont besoin d'adrénaline pour oublier qu'ils sont dans le collimateur de leur hiérarchie.

— Elle a dit quoi, la grosse ? demande le moustachu.

— Rien à foutre ! dit le conducteur en avançant la main pour couper la radio.

— Attends !

… jets de boulons…sur les pompiers. La police municipale… appelle… Police-Secours, débite l'opératrice.

— Ça sent le plan stups, dit le moustachu en attachant sa ceinture. On prend.

Le beau gosse sort le gyrophare et répond à l'opératrice :

— Ici, BAC 3. On y va.

***

Le hurlement des sirènes et des deux tons se répercute sur les immeubles du boulevard Ramon. Les freins d'une estafette crissent. Huit policiers casqués, matraques au poing, foncent vers l'entrée principale des Mimosas, déclenchant un déluge de sifflets et cris d'alerte.

«Arah! Arah!» (Police! Police!)

***

Le véhicule de la BAC 3 débouche, pleins phares, sur le parking derrière le bâtiment. Une moto, tous feux éteints, surgit et lui fait face.

— On intercepte!

Le Beau gosse braque. Le pare-chocs de la Megane RS effleure la calandre du deux-roues qui se couche. Une gerbe d'étincelles traverse une allée, droit sur un platane. La moto se plie autour du tronc. Le pilote s'est ratatiné contre les racines qui soulèvent le goudron. La glissade lui a arraché une bande de peau sous le coude, d'où saille l'os du cubitus.

— C'est rien, p'tit gars, juste une égratignure, se marre le moustachu en s'approchant.

Le pilote, un gamin d'une quinzaine d'années, grommelle un truc en arabe.

— T'as entendu, chef?

— Nan...

— *Nikoumouk.* Va niquer ta mère, qu'il a dit...

Le moustachu grimace.

— Et la mâchoire, ça va?

Regard interloqué du gamin. Un coup de pied défonce son maxillaire, son crâne rebondit contre le tronc du platane.

— Et maintenant, ça fait encore mal?

Le gamin ne bouge plus.

— Il a quoi sur lui?

Le Beau gosse examine les poches de son pantacourt.

— Trois barrettes de shit, un peu d'herbe, un portable...

— Il a passé un appel avec, récemment ?

Les touches du téléphone bipent. Le Beau gosse lève les yeux vers son chef en hochant la tête.

— Ouais. Il y a cinq minutes. Je rappelle ?

Répondeur. Une voix de fausset.

— Un certain Tony Beretta. Ça te parle ?

Le moustachu sourit.

— On va peut-être enfin passer une bonne soirée…

***

La grande échelle est dressée jusqu'au balcon. Les pompiers balaient à coups de neige carbonique le logement qui a pris feu. Les flics de Police-Secours cavalent jusqu'au dixième étage. Sur leur passage, des portes claquent, des serrures se verrouillent.

L'appartement de Tony fume. Porte ouverte. Dans le salon, une jeune femme inanimée. Enroulée autour de sa main gauche, la bretelle d'un sac rouge.

— Faites monter les pompiers, vite !

8

Deux gifles en travers de la figure. Je reviens à moi. Je ne sais plus où je suis, ni ce que je fiche là. Entre mes paupières qui se décollent, un visage flou semble coiffé d'un casque étincelant. J'ai du mal à respirer. On me pose un masque, on me soulève. En lévitation, je me sens presque bien. Des paroles sortent de ma bouche, des mots pâteux comme de la guimauve. Je m'écoute, mais je reconnais pas ma voix.

— Mon sac rouge, mon sac rouge…

— Il est là, répond un pompier en désignant une bretelle autour de mon poignet.

Je le remercie d'un battement de paupières.

Le plafond du couloir défile au ralenti. Les pompiers respirent lourdement. Ils ont l'air plus inquiet que moi qui n'en ai plus rien à foutre de rien.

Le brancard dans l'ascenseur descend au rez-de-chaussée. À l'ouverture des portes automatiques, un moustachu au brassard Police bloque le passage.

— Vous allez où ?

— On l'emmène à la Timone. Rupture de la poche placentaire, ça ne fait aucun doute, dit un pompier d'un ton agacé.

Le flic fait semblant de ne pas avoir entendu et se penche sur moi. Mal rasé, moustache de tapis brosse. *Et l'odeur, beurk! Il pue!*

— Il y avait quelqu'un d'autre dans l'appartement ?

Je secoue la tête.

— Vous savez qui a mis le feu ?

Une idée me vient. Une sacrée bonne blague. J'ai toujours aimé faire des blagues. Parfois, la vie se résume à ça : une putain de bonne blague. Vu mon état, ce sera la dernière. *Pourquoi hésiter, alors ?*

— C'est Tony qui l'a fait ! Tony Beretta !

— Il a aussi balancé un écran plat sur les pompiers ?

— Bon sang, cette femme est grièvement blessée et nécessite des soins d'urgence ! s'énerve le pompier, en forçant le passage.

Le flic moustachu s'écarte.

— On se retrouvera, ma petite… Je m'appelle Canari. Lieutenant Canari.

9

Les agents de Police-Secours déroulent un ruban fluo devant l'entrée du deux pièces qui a brûlé, puis retrouvent les hommes de la BAC dans le hall au rez-de-chaussée.

— Bon sang, Richard, vous étiez où ? gronde leur chef de groupe.

— On sécurisait les sorties de secours, répond Canari.

— Ben voyons…

Canari lui montre ses mains. Vides. Et murmure :

— Rien trouvé là-haut ?

— Tu ne perds jamais le nord, hein…

Le chef de groupe reprend d'un ton plus bas :

— Un briquet dans le salon du logement qui a cramé et un portable éteint dans la salle de bains, ça t'intéresse ?

— Donne toujours. Je crois connaître le propriétaire du briquet.

— Un tonton à toi ?

Canari répond d'un sourire évocateur, puis fouille dans la poche de sa veste et tend la main. Deux barrettes de shit disparaissent dans la paume de son collègue.

— C'est toujours un plaisir, Richard. À la prochaine.

Sur le parking. Les hommes de la BAC 3 patientent dans la voiture, en attendant que les véhicules de Police-Secours démarrent derrière l'ambulance du SMUR 13.

Ils font semblant de les suivre, le Frisé éteint les phares et se gare contre un local technique.

La radio de bord se réveille en crachotant.

— BAC 3… agression en cours… devant boîte gay… rue d'Israël…

Silence dans les rangs.

— Vous êtes branché, BAC 3 ?

Canari secoue la tête.

— On s'en cague !

L'émettrice renouvelle son appel. Une minute. Le Beau gosse éteint la radio. Fin de friture sur la ligne.

— On fait quoi ? relance le Frisé. On attend Beretta ?

— Non, on attend les stups… grogne le moustachu.

— Tu plaisantes ?

— Et le proc aussi ! ricane le Beau gosse.

— Ah, vous m'avez fait peur… On fouille les caves alors ?

— Ça fait partie du boulot, non ?

— On cherche un truc en particulier ?

— Comme d'hab'… Tout ce qui est bon à fourguer…

10

Hôpital de la Timone.

De nuit, on dirait l'effrayante silhouette d'un Golem de pierre, tout droit sorti de l'ère soviétique. Une usine à soins d'un millier de lits, surmontée d'un building de trente étages.

Sixième jour de grève. La queue aux urgences pédiatriques. Ça crie, ça pleure, ça s'énerve dans toutes les langues des pays méditerranéens. Tour de Babel des injures et des souffrances.

Le vigile de service est débordé. Il ne voit pas l'interne pris au col par un géant coiffé d'un turban et flanqué d'une fillette aux yeux dans le vague. Le toubib tente de se dégager. Une jeune infirmière s'interpose en invectivant le géant. L'homme lâche l'interne et recule. Elle avance. Il recule encore et finit par se poser sur une chaise qui paraît un tabouret d'enfant sous son envergure.

Une caméra a filmé la scène. Une journaliste aux lunettes pointues pointe son micro vers le géant et articule lentement, en détachant les syllabes :

— C'est pour *M6, Zone interdite.* Vous trouvez que c'est normal qu'on vous traite ainsi ?

Une voix lasse, rocailleuse, lui répond :

— Pirrre dans mon pays… Qu'est-ce que vous crrroyez ?

***

Ça fait plus d'une heure. Je devrais déjà être morte. C'est pas comme ça que ça devait se passer. Embarquée par le SMUR… Les urgences à la place de la maternité… *Non, pas comme ça!*

Je m'y voyais déjà: une belle clinique, une chambre propre, confortable, un ballet de blouses roses. Avec moi, il y a Renée, l'amie de la Vieille, qui me tient la main et m'encourage, *souffle fort, souffle fort, ma fille.* Mes cuisses ouvertes, le col s'écarte. «Je les vois», claironne la sage-femme. Ils sont sortis. On les pose contre ma peau. Des beignets tous chauds. *Mes avenirs.* Ceux qui devaient changer ma vie. De l'or en chair et en os, quelques kilos de diamant encore tiède…

Au lieu de ça, je me trouve sur un brancard. Sous la couverture rêche, ma main presse mon entrejambe. J'imagine mon vagin en torrent qui charrie des matières organiques, des morceaux d'os, tout petits, minuscules. J'essaie de serrer les jambes, mais mes muscles ne serrent plus rien. Que du vide.

Une douleur continue charcute mon ventre. J'aurais peut-être mieux fait de brûler dans l'appartement. Au moins, j'aurais plus mal.

Je repense à l'incendie, les pompiers, les policiers, les résidents en panique… toute cette agitation que j'ai déclenchée.

Où est mon briquet? Je l'ai quand même pas oublié dans le salon?

Peut-être dans mon sac rouge, avec ce que Renée avait préparé. Deux tenues. Une bleue, une rose, au cas où. Des biberons et des tétines. Des couches. Et un tube de Mitosyl, la crème pour les fesses des bébés.

Il est où, mon sac rouge?

Mon brancard décolle et s'arrête à hauteur d'un géant, effondré sur un tabouret. Turban noir sur sourcils épais, visage blême.

Contre son épaule, une fillette. Ses yeux sont deux billes brûlantes de fièvre, le blanc de l'œil strié de rouge. Elle me regarde et montre quelque chose sous le brancard.

— Sac rouge… elle dit avec un accent qui roule les « r ».

Battement de paupières. Je la remercie. La fillette esquisse un sourire. Bref. Une grimace déforme sa figure pétillante de sueur. Des larmes inondent son visage.

Je tends le bras, effleure ses genoux. La fillette se détache du cou de son père. Ses doigts me cherchent, nos mains s'emboîtent. Un moment, on entend plus le brouhaha, les cris, les pleurs, les ahanements, le roulis des brancards. Mains nouées, bras liés, douleurs partagées. On a moins mal à deux.

Enfin, mon tour. On pousse mon brancard, la main de la petite se détache, elle me lâche pas des yeux. Ému, son père me sourit et dodeline de la tête. *Ça veut dire, merci ? J'ai rien fait pourtant. Pour une fois, j'ai rien fait…*

11

Les caves.

Trois entrées. Les hommes de la BAC se divisent.

Canari a choisi la porte du milieu. Obscurité poisseuse. L'air est dense, gras, en suspension. Ça pue le shit.

Sa torche inspecte un couloir. Des murs tagués. Un mot énorme : PALMARESSE. Une liste de prénoms, en plusieurs couleurs, écrits en colonnes. Des prénoms de filles. Avec des étoiles.

Un passage vers les box individuels. Du bruit, au fond du couloir. Canari éteint sa torche. Une flaque de lumière pâle et vacillante coule derrière une cloison. Fond de musique étouffé. Deux voix, deux souffles aux sons discordants.

La porte composée d'une dizaine de lattes. Entre deux, Canari observe la scène. Debout sur une palette, une fillette, paumes en appui contre un mur tagué, couine de douleur. Agrippé à ses hanches, un gamin à peine plus âgé ahane au rythme d'un rap qui fait vibrer ses écouteurs.

Un coup de pied dans la porte le projette contre sa proie.

— Je dérange ?

Le gamin se contorsionne pour remonter son short, puis ôte le bandeau qui maintient des écouteurs sur son crâne incroyablement étroit. *Les forceps l'ont pas manqué, celui-là…* s'amuse Canari.

Son regard, affligé d'un strabisme aigu, donne mal à la tête. *Jamais vu un mec qui louche autant.*

La fillette s'est retournée. Visage cramoisi, yeux larmoyants. Ses mains d'enfant se débattent avec le string qui entrave ses chevilles.

— T'as quel âge, toi ?

— Oh, chef, désolé, elle parle pas français.

Le casque tombe des oreilles du Bigleux.

— C'est ma cousine. Elle est majeure, on dirait pas mais j'vous jure, chef, sur ma mère, j'ai rien fait d'mal, j'y rends service. Vaut mieux qu'j'y apprenne la vie, avant qu'elle finisse mal. Tu peux vérifier, chef. Elle est encore vierge. J'suis un mec respectueux. Sinon, sa mère me tuerait…

La fillette, prostrée, chiale.

— Oh, si tu veux goûter, chef, pas de problème… Elle est toujours partante. Je lui ai ouvert le passage et ça rentre comme dans du beu…

Un crochet au foie coupe sa logorrhée, le Bigleux se plie en deux. La poigne du flic le relève par la tignasse et de sa veste, sort un revolver Glock 26, calibre 9 mm qu'il braque sur son entrejambe. Il s'adresse à la fillette :

— Et si je lui pulvérisais les burnes ? Hein, t'en penses quoi ? Si t'es d'accord, tu hoches la tête…

Panique sur le visage du Bigleux. La petite regarde Canari de ses yeux incrédules, où l'incompréhension se mélange à la peur.

— Oh, chef, on peut toujours s'arranger, non ? J'suis au courant de tout c'qui s'passe ici…

— Ah ouais ? Alors, déballe ! Qu'est-ce qu'il fiche dans cet immeuble, Beretta ?

— On s'arrange… ?

— Cause d'abord. On verra après.

***

—Alors ?

— Ouais, pas mal, mais tu m'as pas raconté l'essentiel. Il bosse pour qui Beretta ?

— Oh, t'es trop gourmand, toi !

Canari ressort son flingue.

— Baisse ton froc, connard !

— Oh, oh, calme, mec !

Canari ramène la fillette à ses côtés :

— Viens là, toi… Ton doigt sur la gâchette… Et toi, ton froc ! Je le répéterai pas !

À voix basse, le Bigleux bafouille un nom. Canari met quelques secondes à digérer l'information.

—T'as dit comment ? Parle plus fort !

— Mais t'es ouf, tu veux vraiment que j'me fasse buter, gémit-il en lorgnant vers la fillette.

— Je croyais qu'elle parlait pas le français, ta cousine… Le nom !

Le Bigleux répète.

— T'as intérêt à ne pas m'avoir raconté de conneries, sinon, je te défoncerai tellement la tronche que ça te remettra les orbites à l'endroit…

— Oh, j'm'y risquerai pas…

Canari remballe son flingue.

Une saloperie mais un indic de première. Et si cette enflure dit vrai, ça pourrait rapporter gros, très gros. Vraiment une très bonne soirée !

—Euh…

— Quoi encore ?

— J'veux pas abuser, mais t'aurais pas un peu d'herbe ?

Canari lui tend le sachet prélevé sur le motard.

— J'ai que ça…

— Bon, j'peux finir, chef ?

La fillette a cessé de gémir. Joli museau qu'elle lève dans la lumière. Regard suppliant. Le policier abaisse sa torche et sort en claquant la porte.

12

— Vous êtes enceinte de combien ?

Une jeune beurette aux yeux piquants, pupilles noires intenses entourées de khôl, me questionne.

— Combien de temps ? J'en sais rien. J'ai pas compté…

Les yeux de l'infirmière s'écarquillent.

— Vous prenez des médicaments ?

Tout s'embrouille dans ma tête. La faute au traitement. Celui que je prends pour pas être en manque. *Méphédrone.* Le mot m'échappe. L'infirmière fronce les sourcils.

— Ça fait mal si je touche là ?

Sa main palpe mon ventre. Je décolle du brancard en hurlant.

***

Dans la salle d'attente, patients et personnels sont pétrifiés.

L'œil de la caméra de M6 focalise. Gros plan sur le visage de Luce déformé par la douleur. L'infirmière s'énerve après sa collègue de l'accueil :

— Rupture du placenta ! Pourquoi tu l'as pas signalée de suite ?

Débordée, la collègue se met à chialer. Le caméraman jubile.

***

Cinq minutes plus tard.

Des ampoules sales défilent sur le plafond blanc. Le brancard s'arrête. On me dépose sur une surface lisse, métallique. J'ai froid. La salle d'opération est un frigo. Une doctoresse au regard sévère m'examine. Yeux bleus polaires aussi glaçants qu'une lame de banquise.

— Hémorragie placentaire, dit l'infirmière.

— Et c'est seulement maintenant qu'on me l'amène ?

Ton vif, cassant.

— Elle est arrivée à quelle heure ?

— Précisément, euh, il faut que je regarde sur le registre…

— Vous auriez pu vous renseigner avant ? C'est quoi, ce travail ! Décidément, ça ne s'arrange pas avec vous…

D'un geste rageur, la toubib dégage la couverture de mes épaules.

— Hématomes, entaille sur le cuir chevelu, lèvres tuméfiées, traces de brûlures… Encore une qui s'est fait tabasser… Il faudra le signaler ! Qui vous a fait ça ? Votre compagnon ?

Je déteste qu'on me touche.

— Qu'est-ce que ça peut vous faire ? je réponds.

La toubib ne relève pas.

— Vos examens étaient normaux chez la gynéco ?

La gynéco, et puis quoi encore ? Comme si j'avais du fric à dépenser pour ça…

— Oui.

Je mens pour qu'on me foute la paix.

— Depuis combien de temps vous êtes enceinte ?

L'infirmière répond dans un murmure.

— C'est une plaisanterie ?

Césarienne.

On va m'endormir. Et dégager de mon utérus deux bébés morts.

Si je survis, c'est quoi la suite ? Comment on fait pour vivre après ça ? On va me les enlever pour les jeter, comme dans ce documentaire à la télé, dans un sac-poubelle, avec d'autres matières organiques ? Ou dans le formol pour les séances de TD dans les facs de médecine ?

Pas comme ça. Je veux une mort digne. *Au moins ça !*

J'interpelle la toubib.

— Je veux pas qu'ils finissent dans un sac-poubelle ! Vous le promettez, hein ?

Elle hausse les épaules.

— On sait ce qu'on a à faire !

C'est pas une réponse, ça ! Et elle me prend de haut. J'aime pas qu'on me prenne de haut !

Je tends le bras vers une table à roulettes et attrape un truc métallique fin et pointu.

— Vous comptez faire quoi avec ce scalpel ?

La doctoresse se précipite et retire aussitôt la main.

— Et merde !

Du sang coule de sa paume.

Deux infirmiers m'immobilisent le poignet. Le scalpel résonne sur le carrelage. Des mains sur mes jambes. On cale mes talons sur un écarteur, soulève mon t-shirt, pose des électrodes qui poignardent mon abdomen. Je gueule à perdre haleine, tente de me redresser. On me plaque sur la couche.

— Bon, vous vous calmez, ou il faut qu'on vous assomme ?

Feu d'artifice étoilé devant mes yeux. Mon cœur tonne, mon crâne va exploser.

— Elle s'est calmée ?

Les contours de la salle deviennent flous. Des silhouettes s'agitent, ballet de fantômes. Le corps aussi mou qu'un chiffon, je flotte au-dessus de la table d'opération.

— On peut procéder. Électrocardiogramme !

Quelques minutes plus tard.

— Alors, ce monitoring ?

13

Le Frisé et le Beau gosse ont fait chou blanc. Canari raconte sa visite de la cave.

— Et vous auriez dû voir son crâne ! On croirait qu'on l'a sorti du ventre de sa mère avec des tenailles.

Il se marre.

— Mais c'est un tonton de première, tellement camé qu'il vendrait père et mère pour un joint. Donc, j'ai appris que mon vieil ami Tony jouait les dealers dans l'immeuble. Et vous ne devinerez jamais pour le compte de qui…

— Accouche !

— Pour le petit nouveau dont on parle beaucoup ces derniers temps dans les quartiers nord : le Libyen. Il étend son territoire, on dirait. Un immeuble en face du stade, ça en fait des clients potentiels. Et il y héberge une nourrice. Qui veille sur un gros paquet de came planqué quelque part.

— Alors, on attend Beretta ?

— Non, on se fait une montée d'adrénaline. Et au galop, avant que les guetteurs ne se réorganisent !

Rasades de bières en boîte. Pilules roses à avaler, amphétamines. Dans le coffre de la voiture, une trappe. Le matériel nécessaire : fusil à pompe, matraque, club de golf, pied de biche et bélier.

Ils enfilent des cagoules et grimpent par l'escalier de secours.

Dixième étage. Trois appartements à visiter, a balancé le Bigleux.

Première porte. Le Frisé s'élance. Un coup d'épaule suffit. Une vaste pièce disposée à la marocaine. Des matelas et coussins colorés. Odeur écœurante. Voile de fumée en suspension. Couchés à même le sol, deux jeunes dans les vapes, pupilles dilatées.

Le Frisé leur fait les poches.

— Trois barrettes, rien de plus, répond le Frisé.

— Du liquide ?

— Nada.

Appartement suivant. Fermé à clé. Porte plus épaisse. Le Frisé ajuste la lanière du bélier sur son épaule et prend son élan. La serrure cède, la porte sort de ses gonds.

Des matelas autour d'un fauteuil rapiécé, où est assis, pantalon baissé, un gamin à la coupe rasta. Entre ses mains, une seringue plantée dans sa verge dressée et un morceau de coton rougi.

— Tu veux que je t'aide ? demande Canari.

Le junkie pousse un cri de surprise. Le Frisé lui saisit le bras et, de l'autre main, écrase sa bouche. Canari s'empare de la seringue.

— De l'héro… Qui te fournit ?

Le junkie bredouille :

— De quoi ? De quoi ?

Canari appuie sur la pompe de la seringue. L'aiguille s'enfonce dans la chair qui ramollit. Les yeux injectés de terreur, le gamin hurle, étouffé par la large paume du Frisé.

— Elle est où, la nourrice ? Tu craches le morceau ou l'aiguille te traverse la queue. Tu pourras même plus pisser droit, mon pote…

Du sang perle de son sexe rabougri. Le gamin pleure, implore. Et finit par lâcher :

— La porte d'à côté…

Un salon blanc, tout blanc. Tapis en alpaga. Canapé de cuir, en forme de lèvres. Une blonde ébouriffée y roupille. Sa main gauche aux ongles démesurément longs repose sur une table basse. À côté d'un cendrier plein. Restes de joint et traces de poudre sur le verre dépoli. Du bout de son index, Canari goûte.

— De la coke ! Et de la bonne !

Une gifle réveille la blonde.

— Elle est où la came ?

Regard hébété, yeux dans le vague. Le Beau gosse agrippe son débardeur, ce qui dégage son ventre et l'amorce de sa poitrine.

— Elle a trop chaud, chef ! Même pas de soutien-gorge !

Le Frisé salive.

— Fais voir un peu ?

Le Beau gosse tire d'un coup sec, le tissu se déchire, libérant les seins de la blonde, aréoles roses et tétons pointus.

— On n'est pas plus à l'aise, là ?

Il se met à palper la marchandise.

— Pas mal ! On va faire connaissance, ma belle ? Ou bien tu veux commencer, Marcel ?

— Je te la laisse, grogne le Frisé. Elle a l'air aussi molle qu'un marshmallow… Pas envie de tremper mon biscuit là-dedans.

— Oh, les gars ! La came, d'abord, la bourre, après ! dit Canari.

Dans la cuisine, la voix du Frisé.

—Le frigo !

Ils accourent.

Une seule dose de poudre blanche, une dizaine de grammes, quelques billets de cinquante euros. Canari fait la gueule.

—C'est tout ? Il doit y en avoir ailleurs ! Vous me retournez tout l'appart'. Ou alors, le junkie à la bite percée m'a raconté des craques et je lui fais sa fête !

14

Tony ne se souvient plus de la suite. Seulement qu'il s'est traîné dans les chiottes, où il a vidangé son estomac.

Dans le bar, quelques potes trop saouls décuvent en ronflant. Affalés sur les chaises et les banquettes, sous les tables. Ou dehors, sur les bancs publics autour du square ou sous le kiosque, comme des cloches.

Plus de métro à cette heure. Ça lui fera du bien de rentrer à pinces, ça fait une sacrée trotte, quelques kilomètres, mais qu'importe, il a besoin d'air. Le mistral s'est calmé. Malgré la moiteur de la nuit, il grelotte. Le mélange pastis-joint a fait place à une sensation de vertige. Les jambes coupées, il zigzague en s'appuyant sur les murs, sur les lampadaires qu'il enlace, sur les poteaux de signalisation routière qu'il étreint. Le manque le dévore de l'intérieur.

Arrivé sur le boulevard Michelet, il s'attarde sur une barre d'immeubles flambant neufs en reluquant les balcons au dernier étage. De là-haut, peut-être qu'il pourrait encore lorgner à l'intérieur du stade pour attraper un bout du virage Nord... *Tu rêves, Tony! Comment tu vas te payer ça?*

Il pourrait vendre la maison de sa mère. Rapidement, avant que les travaux du Vélodrome commencent. Ça vaudrait combien dans la conjoncture actuelle ? Avec ses économies et l'héritage de son paternel, ce salaud qui s'est tiré avec une jeunette, ça pourrait le faire. Et surtout avec les bénéfices du trafic que lui a confié le Libyen. Un petit pactole qu'il a mis de côté. Et bien planqué. Enfin, c'est ce qu'il croit.

Seul hic, elle vit encore, sa mère, et elle est attachée à sa demeure, surtout à son jardin. *Doit bien y avoir une solution, non ?* Il pourrait la mettre en maison de retraite et économiser les frais de bouche de l'aide à domicile non déclarée.

Un poteau surgit et le frappe au coin du front. Tony revient à la raison. *Bordel, ça va pas d'penser à des trucs pareils… Déloger ta mère et la placer en établissement ?*

Une ombre le fait frémir. Ses poils se dressent.

Le Vélodrome. Cratère muet, volcan froid, apaisé.

Un jour, il va mourir là. Se faire enterrer sous la pelouse. On jouera sur sa tombe. Son rêve ultime. Ou alors sous le virage Nord. Avec son maillot, son short, son écharpe.

Un peu plus loin, quelques phares trouent les coins sombres du parking. Des couples en mal de sensations. Avant, il jouait à leur faire peur. Un coup de batte sur le capot, et un trouillard giclait de la voiture, le futal sur les chevilles, sa copine les quatre fers en l'air, écartelée et frustrée… Parfois, il prenait la place du mec. Après la peur, orgasme meilleur…

Même de ça, il n'a plus envie, Tony. Il ne pense plus qu'à un truc : retrouver Luce. Sa gueule d'ange. Sa belle bouche. Son petit cul. Son ventre en forme de poire. Ses seins encore plus gros depuis qu'elle est en cloque. Sa peau douce secouée de longs frissons et les petits cris aigus qu'elle pousse quand il lui fait l'amour.

L'amour… Ce mot qui lui traverse l'esprit le fait frémir. Il secoue la tête.

Non, Luce, j'l'aime bien, mais c'est pas d'l'amour. J'en ai qu'un seul d'amour, un seul et unique amour, exclusif.

Pas de place pour une femme, pas de place pour les sentiments de roman de gare. Il n'y a qu'un seul amour, celui du maillot, celui du club, celui de sa véritable famille, l'Ohème.

À deux blocs des Mimosas, il bute sur une ombre en train d'uriner sur le trottoir en même temps que son chien. Il reconnaît Paulo, un vieux pote, qui habite son immeuble.

— Oh, Tony ! Quelle misère, hein ?

L'épouvantail est trop crevé pour reparler du match.

— Laisse béton, l'ami... J'vais m'pieuter !

— Et dire qu'on l'a même pas vu, ce putain de penalty ! Une coupure de courant au plus mauvais moment, merde !

— Une quoi ?

— T'as pas eu de coupure de courant, té ? C'est tout l'immeuble qu'a plus eu de jus, à c'qui paraît... ça a bien duré cinq minutes, c'te merdier !

Tony met quelques secondes à réaliser.

Une coupure de courant, peuchère ! Bon, allez Luce, me fais pas la gueule, je pouvais pas savoir. Je croyais que c'était ta faute, tu sais... Tu m'en veux pas, hein ? Merde, je t'ai pas fait mal, Luce, j'espère ? Je t'ai pas fait mal, hein ?

Tony se relève et se met à courir. Sous son bras droit, le paquet cadeau qu'il écrase contre sa poitrine. *Je suis désolé, ma Luce. Je suis pas l'même mec pendant un match. Tu sais bien, je me contrôle plus. T'auras juste un gros bleu ou deux, c'est rien, Luce, c'est rien... Mais je t'avais prévenue quand même ! Je t'avais prévenue, hein ?*

15

— Eh, Beretta !

Devant le hall d'entrée des Mimosas, une voix grasseyante le fait sursauter. Marco le Gitan. La trogne d'un garçon boucher et la dentition de Joey Starr. Le genre de mec que personne ne veut voir sonner à sa porte.

— C'était quoi cette descente de flics tout à l'heure ? Et l'incendie chez toi ? Costa, il va pas aimer…

— De quoi tu m'causes ?

— Regarde un peu là-haut…

Tony lève la tête. Il n'avait pas remarqué son balcon. Un coquard sur la façade du bâtiment mal éclairé.

Dixième étage.

Des traces de sang dans le couloir. La porte de son appart' dégondée. Des scellés jaune fluo marqués « Police » qu'il arrache en moulinant des bras. Des arabesques fumantes qui dansent encore dans l'entrée.

Le feu a dévoré le lino du coin cuisine, gondolé le parquet du petit couloir, mais le séjour est presque intact. Le canapé, la table basse, l'armoire avec les trophées de l'Ohème made in China, les murs aux couleurs du club… Sauf la pelouse noyée de neige carbonique. *Mais qu'est-ce qu'il fout sur le balcon, mon meuble télé?*

Il traverse le salon. Une matière gluante investit ses baskets. Il retire le meuble en butée contre la rambarde. *Mon écran plat? Il est où mon écran plat?* Il se penche. Croit apercevoir des débris en contrebas, mais il n'est pas sûr. *Putain, y s'est passé quoi là? Elle est où, Luce?*

Un courant d'air le précipite à l'autre bout du deux-pièces, devant une porte aux bords calcinés. Une violente odeur – papiers, plastique, PVC brûlés – pénètre sa gorge et ses narines.

Le spectacle le pétrifie.

Sa chambre.

Sa chambre aux Trésors.

Ravagée.

Du sol au plafond, tout est noir, cloqué de larges auréoles. Sur les murs, sa collection de fanions et d'écharpes, les posters dédicacés de toutes les équipes de l'Ohème depuis vingt-cinq ans et les précieux maillots encadrés ne sont plus que lambeaux incrustés dans le placo fondu des cloisons.

Mes maillots, mes maillots… Il revoit les précieuses tuniques, frappées des numéros 7, 4, 10, 9… Waddle, Boli, Pelé, Papin…

Ah non, pas le numéro 9! Le maillot que Jean-Pierre Papin, son héros, avait porté un soir d'exploit en Coupe d'Europe contre le grand Milan AC. Plus précieux que l'or.

Il se souvient: la fierté, l'émotion, le regard qui se brouille quand l'idole du kop olympien lui avait donné son maillot imprégné de sueur. «Allez, tu vas pas pleurer, la Légende!» *La Légende!* JPP en personne savait qui il était! L'un des plus beaux jours de sa vie.

Du précieux maillot, il ne reste que la courbure du 9, bandelette noircie de la taille d'un gros sparadrap qu'il s'obstine à gratter jusqu'à ce que la pulpe de son index saigne.

Ah non, pas l'armoire, bonne mère! Il tombe à genoux devant les tiroirs gondolés d'où il extirpe délicatement ses albums Panini, comme s'il restait quelque chose à sauver de ces pages cramées. Il feuillette son enfance, sa jeunesse qui s'émiette entre ses doigts. Chaque saison de l'Ohème depuis qu'il sait lire. Toutes les équipes, tous les joueurs qui ont eu l'honneur de porter le maillot.

À chaque rentrée scolaire, la chasse aux précieuses vignettes dans leurs pochettes-surprises. Les vignettes en double, en triple, qu'il fallait échanger. Parfois à coups de poing. Ou en chapardant dans les débits de tabac. Le bonheur, ensuite, d'avoir l'album de la saison au complet, de caresser d'un regard amoureux les photos de ses idoles, de tous les footeux qui le faisaient rêver, qui enchantaient ses nuits, alimentaient ses rêves, mais aussi ses premiers accès de colère, ses rages homériques, ses crises de nerfs à faire peur.

Les vignettes volent en poussière au rythme de son souffle saccadé.

Il est assis dos à la fenêtre. Il n'ose pas se retourner, il n'ose pas regarder ce qui se trouvait encore hier soir, dans le coin droit de la pièce. Le petit autel qu'il a monté avec du matos de récup.

Avant chaque match, il s'y agenouille et prie au pied de son Trésor: la coupe d'Europe gagnée par l'Ohème en 1993. L'original, volé dans la vitrine même du stade. *Et ces cons qui ne savent pas qu'ils ont la copie!*

Et, au-dessus, la bâche sacrée! Celle qui a fait sa légende lorsqu'il s'en est emparé, oriflamme soustrait à l'ennemi sur le champ de bataille.

Il finit par se remettre debout et se retourne, comme face à un peloton d'exécution, les yeux grands ouverts pour constater ce qu'il reste de la bâche : une bande noire incrustée dans le mur, pareille à une trace de pneu.

À droite de la fenêtre calcinée, la table en ferraille de son autel tient encore sur ses quatre pieds. Dessus, la coupe aux grandes oreilles a partiellement fondu. Ce qu'il en reste n'est plus qu'un tas informe tordu par le feu. *Ça brûle aussi facilement du bronze ?*

Tony se surprend à chialer.

C'est du plastique, mon con, du vulgaire plastique ! Une imitation ! T'as volé une copie en plastique ! Ils t'ont bien eu, hein ?!

Il y a pire que le manque. Pire que la mort. Il y a la honte.

16

Tout ce qui a fait sa gloire a brûlé. Personne ne voudra plus le croire à présent ! Il n'a plus rien.

Surtout : il n'est plus rien.

La Légende est morte.

Tony reste un long moment assis sur ses maigres fesses, la tête entre les mains, ses doigts crochetant les rares cheveux sur son crâne pour les déraciner.

Quand il se relève enfin, son regard s'arrête sur le matelas noirci et la grille du lit de camp léchée par les flammes. *La cantine !*

Il se baisse. Elle est bien là, sa cantine en fer. À peine attaquée par le feu. Il pourrait presque hurler de joie sans la vision à l'arrière-plan du Trésor qui a fondu. Il essuie ses larmes. Et remarque un détail. *C'est quand même pas l' feu qui a ouvert les crochets de ma cantine, ou bien ?*

Un doute le frappe. Il soulève le couvercle légèrement carbonisé. La cantine est vide. Sa came et son fric ont disparu !

Et mon flingue, il est où, mon flingue ? J' l'avais pas laissé dedans ? Ou sous le matelas ?

À quatre pattes, ses deux mains à la pêche, il se met mécaniquement à fouiller dans ce cloaque de papiers noircis et de neige carbonique. Des bribes de mémoire, des morceaux de souvenir, de son passé, n'importe quelle preuve qu'il ait existé...

Mais pas de flingue.

La rage le galvanise, il s'arrache de sa chambre et jaillit dans le couloir. Rapide inspection de son territoire. Trois appartements à son étage.

Le premier est vide, ravagé. *Par des mecs qui cherchaient la came ! Des hommes à Topin !* La concurrence a attaqué le territoire qu'il est censé protéger ! *Pourquoi mes choufs m'ont pas prévenu ?*

L'appartement suivant sert de salle de shoot aux héroïnomanes. Porte branlante, serrure explosée. Dans le salon, du matériel, seringue, coton rougi, cendrier, au pied d'une table renversée.

Des traces de sang le conduisent à la salle de bains. Le junkie rasta gît, à poil, recroquevillé sous la douche. Les bras serrés autour des genoux, la tête pendante.

— Eh, mec, allez, réveille-toi !

Il le saisit par la chevelure et secoue. Les yeux du blond roulent dans ses orbites. *Oh, merde !* Tony actionne le levier de la douche. De l'eau brûlante, puis glacée. Aucune réaction.

— Oh, y se passe quoi là ?

Dans l'encadrement de la porte se glisse la tête d'épingle de l'un de ses choufs. Un gamin chassé de la Castellane. Décharné par la came qui lui bouffe la chair autour des côtes. Et son regard de bigleux lui donne le vertige.

— Qu'esse tu fous là ?

— Beh, j'étais aux toilettes...

Tony le bouscule, inspecte les WC. La cuvette est abaissée, une seringue souillée sur le sol.

— Beh, j'avais un coup de mou... se défend le Bigleux.

— Y s'est passé quoi cette nuit ? Pourquoi personne m'a prévenu ?

— Oh, chef, j't'ai appelé au moins dix fois…

Là, ça lui revient, Tony. Son portable, il l'avait oublié dans sa chambre.

Le Bigleux raconte. L'incendie, puis les pompiers qui interviennent. Et eux qui leur balancent des boulons et tout ce qu'ils trouvent à portée de mains.

— Sur les pompiers ? Mais vous êtes fadas ou quoi ? C'est un immeuble discret ici…

— On a fait ce qu'on fait toujours dans les quartiers nord. Enfin, sauf pour un détail.

— Quoi encore ?

— Beh, le détail qui est tombé du balcon. Une télé, j'crois. Mais c'était pas nous !

— L'était comment, cette télé ?

— Beh, genre écran plat. Pareil que le tien, m'a dit mon frère. Au moins aussi grand.

Tony vacille.

— Et tu sais pas le plus marrant ? L'écran, un pompier se l'est pris sur la tronche. Guillotiné, le mec ! Paraît que sa tête a roulé sur cinq mètres, m'a raconté le frérot. Mort de rire qu'il était.

— Et t'as pas vu la scène, toi ?

— Non, moi, j'gardais les caves, chef !

— Et après ?

— Beh, les keufs sont arrivés en force. Putain, on n'est pas des terroristes, non ? Ils cherchaient après toi.

— Après moi ?

— Paraît qu'après le penalty raté, t'as foutu le feu à ton bahut… C'est ce que ta meuf leur a dit !

Les yeux de Tony virent au noir.

— Luce ?!

— Oh, chef, moi je sais que c'est pas vrai, que c'était pas toi, t'étais déjà parti, j'peux témoigner. Tu me donnes dix grammes et j'leur raconte tout.

— Elle est où Luce ?

— Les pompiers l'ont évacuée sur une civière, à c'qu'on dit.

— Dix grammes, hein ?

Sourire sardonique de Tony qui plonge une main dans son short. Ça recommence à le gratter.

— Viens voir un peu par-là !

L'épouvantail l'entraîne devant la porte d'un appartement voisin, saisit sa tête par la nuque et l'envoie bouler contre le mur. Le Bigleux s'étale comme une serpillière.

Son maillot siglé André Ayew a l'air propre, remarque Tony. À peu près sa taille. Il déshabille le chouf. Le maillot le serre un peu aux épaules, mais bon. Il lui retire le short, à l'odeur douteuse, et remarque qu'il porte un string minuscule, taille fillette. *Salope !*

Tony lâche ses coups de pied.

Ça t'apprendra ! La prochaine fois, tu te bougeras le cul jusqu'au bar pour me prévenir ! Pourquoi je te paie, connard ?

Il revient dans l'appart'. Ouvre un débarras à côté des toilettes. Un portemanteau sur roulettes, des boîtes de chaussures empilées, des sacs, des fringues Zara, Naf-Naf, Kookai, Desigual…

Les affaires de Luce.

Il fouille, pille, dévaste, déchire. Les fringues craquent sous la brutalité de ses gestes. Il éventre, une à une, les boîtes à chaussures. Dans la première, du fric qu'il soutire au passage, des préservatifs, du gel… Dans la seconde, rouges à lèvres, parfums, ustensiles de maquillage. Des menottes en velours rose, un masque noir…

Il arrache le couvercle de la boîte suivante. Des trucs pour les bébés, même un livre d'occasion, *J'élève mon enfant*. Et un petit calendrier de l'Ohème qui lui saute aux yeux. Avec une date entourée de rouge ! Et ces deux lettres : BB !

Les dates se mélangent comme les substances dans son organisme. Et quand il comprend enfin, il s'écroule sur son séant, avec la sensation de traverser le plancher, de défoncer les étages jusqu'à la cave.

Les deux mains dans son short propre, il se gratte l'intérieur des cuisses.

Jusqu'au sang.

17

Au fond du couloir, gauche. Dernier appartement. Porte fermée que son poing martèle.

— Elle attend quoi, l'autre conne ?

Bruit de serrure. La porte grince en rayant le parquet. Marta, en déshabillé vaporeux, les yeux dans la vague, bâille.

— Pourquoi t'ouvrais pas ?

Une gifle l'expédie dans le salon tout blanc. Coup d'œil circulaire, Tony constate les dégâts. Les meubles disloqués, le canapé en forme de lèvres, crevé à coups de couteau, les bourres saillantes qui dégueulent des fauteuils.

— Il s'est passé quoi ici ?

Pas de réponse de Marta qui gît, inanimée, sur le tapis en alpaga blanc. Tony la traîne dans la salle de bains. Où les étagères de l'armoire à pharmacie ont volé dans la baignoire.

Il actionne le jet d'eau froide sur son crâne. Marta se débat.

— Tony, merde, arrête !

Il lève la main pour frapper.

— T'en veux encore une ?

— Tu sais que j'ai horreur de l'eau…

— Il s'est passé quoi, ici ?

— Trois mecs. Cagoulés.

Tony réfléchit. Si c'est la concurrence qui a attaqué l'immeuble, il va devoir rendre des comptes au Libyen.

— Des gars à Topin ?

— Je crois pas. Ils auraient été plus violents.

Tony pousse un soupir de soulagement.

— Ils ont trouvé quelque chose ?

— Seulement ce qu'il y avait dans le frigo.

— Rien d'autre ?

— Tu sais bien que j'ai une bonne cachette…

Il lui caresse la joue.

— Bon, tu me sors ce qu'il te reste.

Marta se relève et s'assoit sur le bidet.

Aspiration dans les narines. Tony en mode décollage. *Cap Canaveral,* le nom qu'il a donné à cette coke. Ça infuse dans ses membres, dans ses veines. Un sorcier puisant son énergie tellurique. C'est la magie blanche. Il pourrait soulever des montagnes. Ses bras frémissent. Les démangeaisons reviennent. Ça le gratte de partout.

Réfléchis… Ils sont venus pour la came. Donc, les paquets dans la cantine, c'est pas eux, sinon ils se seraient barrés. Et si c'est pas des gars de Topin, il reste qui alors ?

Un visage s'impose dans ses pensées. *Luce ! Pourquoi elle m'aurait dénoncé sinon ?*

Pour me mettre hors-jeu !

Marta lèche les traces de poudre sur le dos de la main osseuse de Tony.

— Cette pute de Luce m'a joué un vilain tour. Paraît qu'elle a été évacuée par les pompiers sur un brancard. T'aurais pas idée où ils ont pu la transporter ?

— Aux urgences de la Timone, je suppose.

— Bon, habille-toi. On y va.

— Mais je suis en pleine forme ! Pourquoi moi ?

— Me faut bien un prétexte, non ?

— Hein ?

Il caresse sa nuque. Puis d'un coup sec, fracasse la tête blonde contre le bord de la baignoire.

— Fais voir ?

Il la redresse en la tirant par les cheveux. Son arcade sourcilière pisse le sang.

— Parfait. On peut y aller.

D'abord voler une voiture. Pour transporter la loque qu'il se trimballe, incapable de tenir assise sur son scooter.

Feu rouge au bas du boulevard Michelet. Une Clio arrive au ralenti. Freine. S'immobilise. Dix secondes. Une jeune femme atterrit sur le capot, roule et retombe côté conducteur, un quinqua cravaté qui se précipite. À terre, Marta et son visage en sang.

— Ça va, mademoiselle ?

Un coup sur la nuque. L'homme s'effondre sur le bitume. Tony se frotte le tranchant de la main, puis empoigne la blonde par les cheveux et la balance dans la Clio.

— Papiers, carte Vitale…

À l'accueil des urgences de la Timone, une volumineuse Antillaise tend sa paluche, paume ouverte.

— … ensuite vous prendrez votre numéro, comme tout le monde.

— Bordel, vous voyez pas dans quel état elle est ? dit Tony en collant Marta contre le guichet.

— Elle ne va pas mourir dans les trente secondes, si ? Pièce d'identité, carte Vitale !

L'employée hausse le ton. Tony agrippe la paluche et referme sa main, tel un piège à loups.

— Tu vas nous faire passer de suite. Ou alors j'te broie les doigts et j'fous un tel souk ici que tu t'en souviendras toute ta vie!

Pression progressive sur la paume de l'employée. Qui le regarde sans ciller, droit dans les yeux, en gonflant ses mâchoires.

— Y a un problème, Désirée?

Un vigile encadre Tony. Peau couleur café, visage scarifié, carrure de rugbyman des Tonga.

— Tu peux raccompagner monsieur. On garde sa copine.

Au même moment, une dame âgée intercale sa tête de piaf entre les deux hommes.

— Les urgences pédiatriques, s'il vous plaît…

— Dans l'autre bâtiment, madame. L'hôpital pour enfants, à droite après la sortie…

Avant de grommeler:

— … c'est pourtant écrit en toutes lettres sur la banderole dehors!

Tony réalise qu'il s'est trompé d'adresse et se laisse raccompagner sans protester, le vigile sur ses talons.

— Tu veux un petit remontant, cousin?

— Dégage! Et si je te vois encore traîner dans le coin, je te refais ta face de rat.

18

Cinq heures trente. L'aube déroule son tapis mauve. Tony trépigne à l'entrée des urgences pédiatriques.

Se pointe une jeune femme au visage rose qui berce un nouveau-né braillard.

— Eh, cousine, besoin d'un petit remontant ?

Tony les repère les toxicos. La dosette qu'il agite capte la lumière du hall d'entrée et le regard bovin de la fille qui attrape le petit sachet. Les doigts de l'épouvantail se referment sur sa prise. La jeune femme sourit, l'air de penser : *je me doutais bien que ce ne serait pas gratuit.*

— Une pipe ?

— D'abord tu m'fais entrer.

Elle s'appelle Sandrine. Tony lui tient la main. À l'accueil, elle présente sa carte Vitale. Le bébé est brûlant de fièvre.

— Suivez-moi ! dit une infirmière.

— Les toilettes ? demande Tony.

On lui indique le fond du couloir.

Enveloppé d'ombre, l'épouvantail se faufile le long des murs, de couloir en couloir, d'étage en étage. Invisible. *Bonne Mère, y a combien de chambres dans ce bâtiment ? Cette peinture murale du Vieux Port, j'suis pas déjà passé devant, non? Où est-ce qu'elle se planque, c'te radasse?*

Troisième étage. Section C.

Un bruit le surprend. Il s'enfonce dans un coin, entre deux portes. Son ventre grogne. Le manque se fait sentir. Effet marée basse. Son corps a digéré les dopants chimiques. Après, ce sera les vertiges. Après, ce sera les crampes.

Il a besoin d'une nouvelle prise.

Dans les toilettes. Hommes à gauche, femmes à droite.

Des pas.

Il se fige.

L'instinct. Ou la chance.

Sa peau le démange. Ça lui fait toujours ça quand il a envie de cogner.

Et si c'était Luce? Ça serait trop bonnard, non?

Des pas rapides, légers. La porte s'ouvre. De la lumière gicle sur le sol.

Elle porte une blouse vert pomme. Une petite nana, du gabarit de Luce. *Quelle surprise!* Il attend qu'elle referme et la saisit par le col. Mêmes cheveux courts, à la garçonne. De grands yeux globuleux. La bouche charnue. La peau légèrement cuivrée.

Elle n'a pas le temps de crier. Une main sur sa bouche. Un bras autour du cou. Elle essaie de griffer, de donner des coups de talons. Mouvements de son cul rebondi. Frottements sur son bas-ventre, Tony sent la trique qui monte. Et quelque chose de plus puissant encore. D'irrésistible. Une vague, une houle qui le transporte, réveille ses muscles, ses muscles qui se souviennent.

La jeune femme frétille comme un lézard entre ses bras. Les doigts de Tony en crochet autour de son larynx l'étranglent juste ce qu'il faut pour qu'elle s'évanouisse.

—Yasmina?

L'entrée commune s'allume. Trait de lumière sous la porte de séparation avec les toilettes des hommes. Tony verrouille sa cabine.

— Yasmina, t'es là ?

Des coups de talons mitraillent le sol.

— Elle est où, la rebeu ? Encore en train de se shooter quelque part, je suppose... Si jamais je la surprends, ça va barder !

La porte claque. Tony fait pivoter les épaules de sa proie, face à lui. *Tu t'appelles Yasmina, toi ?* Il remarque le badge avec un prénom sur la blouse de l'infirmière. Puis en prenant une voix de gorge : *Non, moi, c'est Sonia, désolée...* Dans ses bras, elle est toute molle. Tony est pris d'un doute. *Merde ! Qu'est-ce que j'ai fait ? Elle respire encore ?*

Il la secoue. *Oh toi, c'est pas le moment de clamser... Respire !*

Une main sur sa poitrine écarte sa blouse, s'insinue sous son corsage. Son cœur bat. À peine.

Il arrache le coin d'un sachet de poudre blanche, force sa bouche et lui enfile une dose entre les dents. *Alors, on se came à l'hôpital ?* Il la laisse tomber, poupée désarticulée, entre la cloison et la cuvette des toilettes.

Un dernier sniff. Sa réserve diminue dangereusement. Il sera bientôt à court. Il faut redescendre à l'accueil. Vite. Consulter le registre des entrées. Si possible. Et ensuite s'occuper de Luce. Très vite. Avant que l'hôpital ne devienne une ruche.

Y a pas un escalier de secours derrière cette porte ? Il ouvre. Mauvaise idée. Sur le palier, adossé au mur, le vigile lui barre le passage. *Il est aussi dans ce bâtiment ? Comment c'est possible ?* C'est la copie conforme de l'autre.

—Tu fais quoi, ici ? Tu vois pas que tu déranges ? grogne le jumeau.

Il a le pantalon sur les genoux. À ses pieds, une tête en mouvement. Avant-arrière. Bruit de succion. Sans s'arrêter, la tête se dévisse et considère l'intrus. La jeune femme au visage rose fait un clin d'œil à Tony, puis, sortant le membre de sa bouche, lève les yeux vers le vigile.

— C'est mon mari.

Et se tournant vers Tony :

— Je finis monsieur et j'arrive. Chambre 10, premier étage.

L'épouvantail referme la porte délicatement.

Deux fauteuils-lits à côté d'un berceau. La lumière d'une veilleuse laque d'un vernis grisâtre la peau du nourrisson qui dort.

Tony s'approche. Une odeur monte à ses narines. Il colle son nez contre le crâne du nourrisson. Le renifle. Comme s'il se faisait une ligne. C'est agréable, une odeur de premier lait.

Son index caresse le front tout chaud. Cette tête pas plus grosse qu'une pomme. Sa main si large qui peut broyer les phalanges d'un homme. Il a déjà essayé avec le crâne d'un petit chat. Plus facile qu'il n'imaginait. Alors la tête d'un bébé…

Il essaie de calmer son bras secoué de furieuses pulsions. Ses doigts se resserrent autour de la petite tête. Il songe à Luce. *La salope !*

Luce et ses bébés. Il commençait à y penser. Deux garçons, l'idéal. Les plus jeunes membres des Lunatics. Il se voyait leur communiquer sa passion. Vibrer avec eux. Et puis il allait faire la surprise à sa mère, en débarquant chez elle avec un môme sur chaque épaule, comme un trophée. *Tu vois, m'man, j'ai fait quelque chose de ma vie !*

Et maintenant, en observant ce bébé qui dort… Depuis sa découverte dans les affaires de Luce… Il se fait une promesse : *si ça tourne mal, j'ferais éclater leur tête entre mes mains !*

La lumière du couloir jaillit à l'ouverture de la porte.

—Ah, tu le surveillais? Sympa de ta part. Il a été sage, au moins?

Sandrine lui décoche un sourire coquin. Elle s'essuie la bouche avant de l'embrasser. Son haleine sent le sperme.

— Le vigile m'a chopé alors que je chouravais deux billets de cent dans la veste d'un toubib. Donc, j'lui ai fait d'la monnaie.

Elle palpe Tony à travers son pantalon.

—À toi, maintenant. J'aime les doubles doses.

19

Samedi

Un rêve, enfin. Ou peut-être pas. Je suis pas sûre.

La salle d'opération.

On va vider mon ventre. De mes bébés morts.

Je me souviens de mon corps qui flotte sur la table d'opération. Et de la voix de la toubib :

— Montez un peu le son pour que la maman entende !

La maman… Je me demande de qui on parle.

Et puis ce son… Régulier. Des battements. Rapides. En écho, d'autres battements, plus rapides encore.

— Deux fœtus. Bien vivants. Mais il y a une anomalie. Césarienne d'urgence.

Maman. Battements. Anomalie. Césarienne. Les mots se bousculent, trop gros pour mon cerveau.

— Allez, on l'endort.

Je me réveille. La tête remplie de plomb. Le corps en coton. J'arrive pas à penser, chaque fil s'échappe. Ça dure longtemps. Jusqu'à ce qu'une pensée s'immobilise. *Vivants ? Ils sont où ?*

Ma chambre ressemble à une cellule de nonne. Fenêtre sale, format soupirail. Lumière pâle, pisseuse. Un lit, une tablette.

Un mini-lavabo. Pas de toilettes, ni de télé. Une chaise, mes vêtements. Mon sac rouge, dans un petit placard mural. *Tu vois bien qu'ils sont pas là! Tu vois bien qu'y a pas de bébés dans la pièce! Et puis, tu devrais les entendre, non? T'as rêvé, Luce! T'as seulement fait un beau rêve!*

Je me rendors. En espérant plus jamais me réveiller.

Un regard sévère déchire le voile devant mes yeux. Penchée sur moi, la doctoresse du bloc. Dentition parfaite. Lèvres minces. Visage glaçant.

Trois personnes l'entourent: un autre médecin, une infirmière ronde et une aide-soignante.

—Vous vous sentez comment?

Je grimace.

— Qu'est-ce que vous leur avez fait? Ils sont où?

Sur la figure froide de la toubib, pas un cil ne remue.

— Vous respirez bien? On va prendre votre tension et votre pouls. Ensuite, on verra l'état de votre utérus et vos urines.

J'essaie de me relever. Le mouvement fait bouger le drap et découvre mon avant-bras. Plantée au-dessus de mon coude, une seringue reliée à un tuyau, un flacon et un cathéter.

—Vous me faites quoi là?

— Calmez-vous, c'est juste une perfusion. Sels minéraux, sucre, eau. On ajoutera des antidouleur et des antibiotiques si besoin. Vous avez mal?

Je bouge les bras. Ça va. Mais mes jambes répondent plus. Je m'appuie sur les coudes, le drap cascade sur mes pieds. Un long t-shirt blanc cache mon ventre et un truc pas plaisant du tout entre mes cuisses.

— Qu'est-ce que j'ai là?

— Un pansement et une couche. Vous saignez. Rassurez-vous, c'est normal.

— Mais ce truc entre mes jambes ?

— Une sonde urinaire. On doit aussi vous expliquer à quoi ça sert ?

Je secoue la tête. *Je suis pas idiote, connasse !*

— Bon, alors pas de douleurs ?

— Non, ça va…

Je me redresse. Trop vite. Une violente douleur éclate sous mon abdomen. Je crie en retombant.

— On fait sa maligne, hein ? Vous rajouterez un peu de morphine dans la perfusion.

Une demi-heure plus tard.

— Les examens sont satisfaisants. Vous récupérez bien. On vous enlèvera la perfusion demain, et la sonde lundi. Bon, et vos jambes ? Essayez de nouveau pour voir ?

Je parviens à fléchir un genou, puis l'autre. La douleur se dissipe.

— Ces dames vont vous aider à grimper dans le fauteuil roulant.

— Je peux y arriver toute seule.

— Ben voyons !

Tu vas voir si je peux pas le faire… Assise au bord du lit, les pieds dans le vide, les yeux braqués vers le sol, je lâche mes jambes.

Pourquoi il fuit, le sol ? Un gouffre s'ouvre à mes pieds. Une infirmière me rattrape par les épaules, l'autre bloque mes hanches tout en tenant le cathéter.

— Vous n'écoutez jamais ce qu'on vous dit ?

Le temps de reprendre mon souffle, j'accroche mes bras au trapèze suspendu au-dessus du lit.

— Vous vous laissez faire maintenant ?

Les deux infirmières vérifient la perfusion, le drain, la position de la sonde urinaire et m'enfilent une blouse bleue. Puis elles me soulèvent et m'installent sur le fauteuil roulant. L'aide-soignante emporte mon sac rouge et mes vêtements.

Couloirs verts. Portes closes. Odeurs de produits de nettoyage. Et un silence suspect, insupportable. Juste le bruit des roues du fauteuil qui grincent. *On va où, là ? À la morgue ?*

Ça m'énerve. Je demande des explications. L'infirmière ronde dit :

— Vous étiez dans une chambre de réveil. Il n'y avait plus de place dans les salles communes.

On s'arrête devant une épaisse porte vitrée. Je lis le panneau.

Mon cœur se remet à battre, le sang bourdonne dans mes oreilles. Mes yeux se noient de larmes. Une vague de chaleur me submerge. J'ai envie d'embrasser ce mot : MATERNITÉ.

Les murs de l'hôpital se colorent. Des dessins d'enfants, des motifs de bandes dessinées. Enfin des couleurs. Tout danse autour de moi. Derrière les portes, dans le couloir, des femmes, des familles heureuses, des sourires, des éclats de joie, de pleurs… *Même des pleurs qui rigolent.*

J'ai la gorge trop sèche pour parler. Cacher cette émotion que je voudrais partager. *Pourquoi les infirmières ne sourient pas ? Pourquoi on les a pas emmenés dans ma chambre, mes bébés ?*

J'imagine des tas de trucs, des images se bousculent. *Ils ont pas de bosses et d'hématomes, au moins ? J'espère que le coup de pied leur a pas déformé la tête… Comme le Bigleux !*

Soudain, un couloir plus sombre. *Pourquoi ce silence tout à coup ? Pourquoi il fait si sombre ? Pourquoi j'ai une boule dans la gorge ?*

On ralentit. Une double porte vitrée. Je lève la tête, affolée. Un autre panneau me tombe dessus. Avec un dernier mot barbare. Je sais pas trop ce que ça veut dire.

Il me plaît pas ce mot.

Il me fait peur.

SERVICE DE NÉONATOLOGIE

20

—Mettez ça ! Ensuite vous vous désinfecterez les mains…

On me désigne une blouse, une charlotte, un masque et des chaussons.

Le sas d'entrée coulisse et chuinte, comme dans un film de science-fiction. Il fait très chaud, humide, mais je frissonne en découvrant les lieux. Une grande salle, des tas d'appareils branchés à une dizaine de tubes transparents de la taille d'un gros aquarium. Avec des ouvertures pour passer les mains.

D'autres mères aux visages graves, le personnel qui chuchote. On me conduit devant des couveuses accolées.

— Bon, on les a sortis vivants, c'est déjà ça…

De sa main enveloppée d'un épais pansement, la toubib désigne deux petits corps violets, percés de seringues reliées à des tas de fils et tuyaux. Et sur leurs bouches, un masque transparent.

— … mais ce sont des grands prématurés. Vous étiez enceinte de sept mois, pas plus. Votre fille pèse 850 grammes. Votre garçon : 880 grammes. Ils sont nourris grâce à la canule que vous voyez là, le tuyau qui s'infiltre dans leur nez. L'air pulsé gonfle cette machine et active cette série de diodes…

La toubib montre un moniteur qui clignote de chiffres et de courbes. Les yeux écarquillés, je la regarde pas. Je fixe ces…

je ne sais pas comment les appeler… ces *trucs* qui reposent dans ces espèces de cercueils de verre.

Je respire plus. J'ai envie de crier des mots qui restent coincés dans ma gorge. *Ils devraient être tout ronds. Avec des bras et des visages joufflus…*

— … ce sont les coups que vous avez reçus qui ont déclenché votre accouchement prématurément…

Je suffoque, m'accroche aux accoudoirs du fauteuil roulant. *C'est un cauchemar, c'est pas possible !*

— … mais il y a quelque chose qui me chiffonne… Elle n'a rien vu votre gynéco à l'échographie ? Elle n'a pas décelé d'anomalies ?

Je réponds pas, je réponds plus. Pétrifiée. Condamnée à regarder *ça*.

— … vous n'avez pas passé d'échographies, hein ? Jamais ?

Ça.

Ces horreurs.

Ces trucs cramés, rôtis. Ces trucs qu'on aurait jetés, puis retirés du feu.

— Tout ce que je peux vous promettre, c'est qu'on va les accompagner le mieux possible…

Mes yeux se ferment, mes muscles durcissent, premiers signes de tétanie. Je me sens partir, et c'est tant mieux.

Mais une voix s'invite dans ma tête. La Vieille qui se marre. *C'est ça, tes bébés jolis ? Ah, ils sont beaux, tes avenirs ! Ils sont radieux ! C'est ta punition, Luce ! Je te l'avais bien dit : t'es maudite !*

Je sursaute. Puis j'entends une voix qui hurle. Ma propre voix.

— C'EST PAS MOI QUI AI PONDU CES TRUCS !

Je décolle du fauteuil roulant.

— C'EST PAS LES MIENS ! VOUS VOUS FOUTEZ DE MA GUEULE !

Deux mains s'abattent sur mes épaules.

On m'évacue. La porte de la salle se referme dans un bruit de ventouse.

L'infirmière ronde aboie.

— Tu arrêtes ton cirque ! Personne ne se fiche de toi !

21

Dans les bras mous de Sandrine, le nourrisson braille. Ses cris aigus jouent de la scie musicale sur les nerfs de Tony qui se réveille en sursaut.

— Il a bien dormi, mon gros bébé ?

De qui on parle ? C'est moi, l'bébé ? Bonne Mère, j'suis où ? Combien de temps j'ai roupillé ?

Tony a l'impression de sortir d'une centrifugeuse. Tête éclatée, cervelle éparpillée. Un goût de plomb dans la bouche et des odeurs d'hôpital dans les narines. Le manque plante ses électrodes. Mauvais sang dans ses veines, crampes dans ses muscles et ses intestins. Un petit sachet de blanche. C'est tout ce qui lui reste. À peine de quoi tenir une demi-journée.

Et si Luce avait déjà quitté les urgences ? L'idée l'effleure, mais son estomac qui grogne lui signifie qu'elle est encore ici. Et il va la trouver.

— L'est quelle heure, là ?

— Midi.

— J'vais pisser…

Sandrine sourit.

— Bonne chance…

Il est à la porte quand elle le rattrape.

— Eh ! Tu sais qu't'es bonnard, l'étalon ? Elle en a du bol, ta régulière… Attends !

De la poche de son jean, elle sort un stylo-feutre et écrit son numéro de portable sur le dessus de la main de l'épouvantail.

***

L'heure du déjeuner. J'ai rien avalé. Juste deux verres d'eau.

Dans la chambre voisine, un nouveau-né pleure. Et sa mère aussi. Des sanglots de bonheur sans doute. *Heureusement que je suis pas obligée de partager sa chambre.*

Le pire, c'est ce vide dans mon ventre. Mon ventre de bois devenu si mou. Ballonné. Comme si on avait insufflé de l'air dans les poches d'où on a sorti ces *trucs horribles*. Du moins, c'est ce qu'on me raconte. Ce qu'on essaie de me faire avaler.

Hier matin, devant le miroir de la salle de bains, je caressais mon gros ballon. *Deux du premier coup !* Ça m'avait fait rire. Quand on connaissait mon histoire, il y avait de quoi. Un pied de nez au destin. J'avais consulté Renée, l'amie de la Vieille, ancienne sage-femme. Je revois l'étincelle dans ses yeux.

— Des jumeaux ! C'est ta mère qui va en faire une tête…

J'avais téléphoné à la Vieille. Elle avait rien répondu. Juste décroché, écouté et raccroché après quelques secondes de silence. *Peut-être, quand ils seront nés, elle arrivera à me pardonner… Sinon, qu'elle aille se faire voir !*

Pour la première fois depuis la nuit où j'ai voulu mourir, j'avais un futur. Un projet. Un horizon. Deux avenirs. Deux raisons de vivre.

Je me souviens des premiers jours après le cauchemar. L'ange qui m'avait planquée. Un bel appartement où je tuais le temps à fumer, à planer, à boire, à me caresser, à mater des feuilletons débiles. À essayer d'oublier.

Comment on fait pour vivre après ça ? J'avais plus envie de rien, sauf des yeux de l'ange sur moi, de son regard de loup, de sa chaleur que je sentais couver sous des dehors si froids les rares moments où il passait me voir.

Je sortais pas de l'appart'. Dehors, la rue était peuplée de fantômes et de mauvais souvenirs, mes cauchemars semblaient roder derrière chaque mur.

Je me roulais des joints. Je décollais, puis me refaisais un autre joint pour rester là-haut, à planer. Je remplissais les jours en traversant les nuages. Et en creusant des petits trous dans ma mémoire.

Trois ou quatre semaines, j'ai pas compté, puis il a fallu quitter mon nid douillet. *Tu n'es plus en sécurité ici*, avait dit l'ange. J'avais atterri boulevard Ramon, derrière le stade Vélodrome. Aux Mimosas. Chez Tony.

C'est un mec sympa, tu verras. Il veillera bien sur toi. Et il pourra t'apprendre des choses… Quelles choses, j'en savais rien. Le type qui me livrait des provisions et mon shit nous avait embarqués sur son scooter, moi et le gros sac rouge qui contenait le peu que je possédais, et nous avait déposés devant l'entrée d'un immeuble où un épouvantail tatoué et vêtu d'un maillot de l'Ohème attendait.

Passé la surprise de son look, il s'était révélé un mec attentionné et cool. Enfin sauf les soirs de match, il m'avait prévenue.

C'était aussi un sacré bon coup… J'avais pas pu m'empêcher de le goûter. Et de le goûter encore, et de prendre mon pied. Tous les jours. De quoi redécoller entre deux joints. De quoi les payer aussi. Je fumais plus que ma dose quotidienne. Et parfois, me faisait une ligne de coke, offerte par Tony.

Au bout d'une semaine, j'avais fini par remettre le nez dehors, toujours un joint au bec, béquille nécessaire pour plus penser. Le shit avait chassé mes mauvais souvenirs, mais j'étais perdue. Plus de repères. Plus de relations. Mes amis, les copines, et aussi les mecs dont je me servais pour trouver une porte de sortie et me barrer de chez mes vieux. Mais j'étais pas partie assez vite…

Mon compte Facebook supprimé sur les conseils de l'ange, mon portable brûlé dans l'incendie de ma maison, j'avais plus de liens, plus d'attaches avec tous ceux de ma vie d'avant. Sauf Renée, et par son intermédiaire, la Vieille.

J'étais censée rentrer au lycée, en seconde. J'étais bonne élève mais j'en avais rien à battre. L'école, c'était pour les gamins. J'étais dans un autre monde. Dans un monde où l'on volait en boucle dans le ciel comme un avion qui n'atterrit jamais.

Jusqu'au jour où Tony avait sorti d'un placard une vieille balance en bronze.

— Tu sais à quoi ça sert ? Si tu veux tes joints, va falloir m'aider. Je te montre, puis tu t'y mets.

Facile. Je faisais le boulot, ça payait mes joints. Mais à la longue je m'ennuyais. Je voulais sortir, j'en pouvais plus de rester enfermée…

Il m'avait testée. Sur le terrain. Un essai transformé haut la main. J'étais revenue épuisée, mais les poches pleines. Le lendemain, je repartais en balade. Avec quelques sachets, bien au chaud, dans la culotte.

Au départ, c'était juste pour m'acheter ma dose et me faire un peu d'argent de poche. Mais ça marchait si bien que j'en avais fait une activité régulière, fournissant les collèges, les lycées, les centres de formation, les foyers. Tony était heureux. Et moi, sa meilleure *charbonneuse*. J'y avais pris goût, le goût de l'indépendance. Du moins, c'est ce que je croyais.

Et puis, je vivais dans un logement correct, surtout quand je prenais le temps de ranger et de nettoyer un peu. Un seul amant régulier. Ou presque, car parfois quand même, un petit extra pour le plaisir. Se faire un mec comme on goûte une friandise, je me suis jamais gênée. La belle vie, quoi.

Avec Tony, j'avais arrêté la capote. À force, ça finissait par m'irriter. Je prenais la pilule quand j'y pensais. Entre deux trous d'air dans ma mémoire, aéré par trop de shit et de coke.

Grâce à Tony et ma nouvelle activité, j'avais retrouvé de l'appétit. Puis il y a eu cette semaine, en décembre, où je me suis mise à vomir tous les jours. *Tu bouffes trop*, avait grogné Tony.

Je savais que c'était pas ça.

22

— Vous cherchez, monsieur ?

Au bout d'un couloir au sixième étage, une infirmière le hèle. Tony est frappé par ses yeux piquants. Il lui décoche son plus beau sourire, l'air d'une gargouille qui ressemble à Houellebecq.

— Ma meuf a été amenée ici dans la nuit. Luce Ramona.

— Ramona ? Désolée, j'étais de service et on n'a reçu personne de ce nom-là.

— Elle était enceinte de jumeaux.

— La jeune femme aux jumeaux ? Elle a donné le nom de Mélodie Nelson.

— C'est son surnom. Une blague entre nous. Elle adore Gainsbourg.

L'infirmière s'arrête, perplexe.

— Elle adore qui ?

Tony soupire.

— Bon, vous m'conduisez ?

— Vous ne voulez pas voir vos bébés avant ?

— Mes bébés ? Ah oui… Euh non ! Leur mère d'abord.

— Suivez-moi.

Il la suit, deux pas derrière, en reluquant sa croupe moulée dans sa blouse.

***

Au début, j'ai des nausées que je soigne avec un peu de coke. Ça va pas mieux. C'est même pire.

J'augmente la dose. Ça s'améliore sur le coup, mais la descente est vertigineuse. Sensation d'avoir de l'acide dans les veines. Des douleurs horribles. À hurler. À s'arracher la langue, la bouche, la gorge. À s'ouvrir le ventre pour se débarrasser de ces petits rongeurs qui me bouffent les entrailles. *Pourquoi supporter cette souffrance ? Pourquoi les garder ?*

Et il y a eu ce fameux soir. Où je l'ai annoncé à Tony, blottie contre lui sur le canapé.

—Je suis en cloque…

— Qu'esse tu veux qu'ça m'foute ?

— Tu vas être papa !

— Me casse pas les burnes avec ça. Des lardons, j'en ai déjà une chiée. De l'Estaque à la Castellane, j'ai semé dans tous les quartiers. Alors, compte pas sur moi pour m'en occuper. Tu te démerdes. Ou sinon, tu vires…

Il avait pas tort. J'avais aucune raison de les garder.

Puis mon corps qui change, la décision d'avorter que je reporte de jour en jour, les aiguilles à tricoter qui me font peur. Renée est déçue quand je lui parle de mon intention. *C'est une chance de donner la vie, une chance !*

Les nausées se calment. Je gamberge. Ça finit par remuer des choses que j'avais enterrées, oubliées, des choses dont je voulais plus me souvenir. Ma véritable mère qui m'a abandonnée à la naissance. *Toi non plus, on t'a pas gardée, Luce. Ta mère s'est-elle posé la même question ? Et toi aussi, tu vas les abandonner alors ? Et ce serait un bon moyen de faire la nique à la Vieille, hein ?*

La frigide qui a jamais eu d'enfant. Juste une fille adoptive. Moi, Luce.

Et puis un matin, j'ai eu un doute. On fait comment pour savoir qui est le père ? Pour en être sûre ?

***

Au début, Tony n'en avait rien à faire de ces bébés. Il n'avait jamais voulu être père. *J'ai menti, j'en ai jamais eu d'gamins…* Mais l'idée faisait son chemin, creusait son sillon. *Après tout, j'suis plus tout jeune, peuchère… Bientôt quarante berges !*

Le premier jour du printemps, Tony l'avait annoncé à sa mère, d'une voix peu assurée. Elle s'était figée, blême statue de cire. Des larmes avaient noyé ses yeux. Elle était tombée dans ses bras et l'avait étreint de toutes ses maigres forces. Il se souvient de ses baisers mouillés dans son cou, et de ses paroles de plomb brûlant : *Je suis fière de toi !*

— Des jumeaux, il lui avait alors glissé dans l'oreille. Ça l'avait fait hoqueter de bonheur, elle s'était assise, incapable de maîtriser son émotion.

Malgré son handicap, elle avait repris le tricot.

— Tiens, pour cet hiver ! Des moufles.

— On est pas dans l'Nord !

Il trouvait ça ridicule, mais ça la faisait revivre.

Elle prenait des nouvelles à chaque fois qu'il se pointait à la maison. Il en revenait regonflé et Luce lui apparaissait sous un nouveau jour : une bénédiction sur le chemin de sa rédemption. Il s'était juré d'être plus doux, délicat, attentionné. Sauf les soirs de match.

À présent, plus rien ne compte. Elle s'est foutue de sa gueule. Sa mère ne doit pas apprendre la vérité. *Ça pourrait la tuer !*

Il a compris quand il a découvert, dans les affaires de Luce, un petit calendrier de l'Ohème et une date cochée au feutre rouge. Avec la mention « BB ». Un jour de match de League Europa à l'extérieur où il accompagnait clandestinement un groupe de ses Lunatics. En Croatie. Où il n'est pas interdit de stade. *Va falloir m'expliquer Luce. Et me rendre ce que t'as volé dans la cantine.*

***

Comment être sûre de la paternité ? J'allais pas demander un test à Tony… Heureusement, Renée connaissait une méthode.

Le résultat me sidère. Je refais les calculs, vérifie les dates, reprend le carnet qui sert à noter mes livraisons quotidiennes, et le calendrier officiel des matchs de l'Ohème.

Janvier.

Les jumeaux ont un géniteur inattendu. Et ça change tout ! Plus question d'avorter. Je cajole les bébés dans mon ventre. *Vous êtes mon assurance-vie ! La garantie d'un avenir radieux. Personne ne vous fera de mal !* Ça me rend fière, heureuse. Quelque chose de si fort que ça me fait arrêter la coke. Va pour la méphédrone. Produit de substitution. Sans risque pour les fœtus qu'il disait le mec qui m'avait fourgué ça.

Un mois après, j'ai des doutes sur le produit. Je fume juste mon bédo quotidien. La vie reprend. Les nausées diminuent. Le manque aussi. La vie palpite en moi. J'ai une sacrée bonne raison de les garder.

Il le sait pas encore, il peut pas savoir. Mais quand il les verra, il pourra pas résister. Ils seront trop beaux, forcément trop beaux. Mes trésors, des diamants bruts… Mes avenirs.

C'est à ça que je pense quand une odeur envahit la pièce et me tire de ma somnolence.

23

— Voilà !

D'un geste appuyé, l'infirmière invite Tony à entrer dans la chambre 63, puis, d'une voix théâtrale, claironne :

— Le mari de madame !

Dans l'encadrement de la porte, l'épouvantail contemple la scène. Elle est là, assise au milieu du lit, sa Luce qui met quelques secondes à réaliser. Jusqu'à ce qu'il harponne son regard. Que ses yeux s'étrécissent. Que la terreur les noircisse, que sa figure pâlisse. C'est si bon de lire sur un visage la peur qu'on inspire… Une terreur blanche.

Il va prier l'infirmière de sortir, fermer la chambre à clés et après… Ses bras frémissent, ses muscles se gonflent.

Trois pas. Il écarte l'infirmière. Et remarque, assis sur un tabouret à côté du lit, un homme moustachu qui le détaille.

— Tony Beretta, je présume ? dit Canari.

Une nuée de frelons pique la peau de l'épouvantail.

— Salope !

Tony bouscule l'infirmière, ouvre la porte à la volée, bute sur un chariot. Bruit de vaisselles qui tinte, fracas d'assiettes et de verres sur le lino.

Un cri résonne :

— Arrêtez-le !

Tony fonce, slalome entre les patients, percute deux infirmières, renverse un brancard. Au bout du couloir, un agent d'entretien écarte les bras, fléchit sur ses cuisses en position de catcheur. L'épouvantail baisse la tête. Son front frappe au menton, l'agent s'écroule. Canari trébuche en voulant l'éviter.

Bonne mère, elle est par où la sortie ? Au hasard, Tony dévale un escalier. La sueur inonde son front. Pas le temps de s'essuyer le visage. Couloir suivant. Un panneau SORTIE DE SECOURS. Tony saute trois marches. Une porte en acier. Il se jette contre le battant qui s'ouvre au ralenti. L'alarme se déclenche. Le soleil l'aveugle. Il ne voit pas l'ombre d'un avant-bras qui se détend. L'arête de son nez éclate dans une gerbe d'étoiles.

***

— C'était ton mec ? demande l'infirmière aux yeux piquants.

Je claque des dents. De longues minutes à me calmer enveloppée dans le drap pour empêcher mes membres de tressauter.

En une seconde, tout est revenu. La télé qui s'éteint, le regard noir de Tony, les coups de poing qui pleuvent, le pied dans mon gros ballon, mon ventre si dur, la douleur qui me poignarde, moi qui rampe, larve écorchée, et tous ceux qui m'ignorent, qui m'évitent, qui s'en branlent ou s'en réjouissent.

— Laisse-moi faire !

L'infirmière tire le drap. Je bondis comme si on m'arrachait la peau.

— Oh, calme ! Je suis là pour te masser.

Je ferme les yeux, essaie de faire le vide. Si seulement, j'avais de quoi fumer. Planer, pour m'évader de ma tête, de mon corps…

Si seulement mon ange savait ce qui s'est passé… Pourquoi il est pas là ?

Et Tony qui veut me faire la peau… J'ai cramé ses précieux Trésors, je l'ai dénoncé parce que je me vidais de mon sang, persuadée que j'allais mourir. Mais je suis toujours vivante. *Pourquoi ? Combien j'ai encore de vies pour supporter tout ce qui m'arrive ?*

Des mains, le long de mes jambes, tentent de soulager mes spasmes. J'ai pas l'habitude. J'aime pas qu'on me touche, surtout une femme. Mais ses mains douces me font du bien. Mes mollets, mes cuisses, tous mes muscles se calment.

— Bon, ça va mieux ?

L'infirmière me sourit.

— Au moins si le flic attrape ton mec, tu seras tranquille pour un petit moment…

— S'il l'attrape…

— Tu lui as fait quoi pour le mettre dans cet état ?

— Qu'est-ce que ça peut te faire ?

Le visage de l'infirmière se renfrogne.

— Sympa. La prochaine fois, j'attendrai que le flic soit parti avant d'indiquer ta chambre à un fan de l'Ohème tatoué…

— Ça va, t'emballe pas…

— Vu ta situation, tu ferais mieux de rester cool.

— Cool ? Dans l'état de mes bébés ? C'est même pas des bébés d'ailleurs…

— Ça s'appelle des prématurés. Il faut leur laisser le temps, après ils grandiront normalement. Enfin, j'espère…

Silence. Les derniers mots semblent suspendus dans la pièce. L'infirmière regarde ailleurs.

— T'espères ? Pourquoi, t'espères ?

— Ben, j'espère pour toi…

— Y a un truc que tu me dis pas… C'est quoi l'anomalie ?

— …

— Elle a pas parlé d'une anomalie, la toubib, quand j'étais sur la table d'opération ? Pourquoi elle m'a demandé si la gynéco n'avait rien vu à l'échographie ?

— Je ne me souviens pas. Bon, on se revoit tout à l'heure pour te changer la couche.

Je la regarde quitter la chambre, puis m'allonge, un peu étourdie. Une minute, le temps de penser à ce qu'on me dit pas, ce qu'on me cache. L'infirmière, la toubib, le corps médical. *Ils se foutent de moi. De toute façon, c'est pas les miens… alors pourquoi je me pose des questions ?*

24

De gros bras balancent Tony entre deux containers graisseux du local à poubelles.

— Il s'est barré, on n'a pas réussi à le choper… D'accord ?

Canari refile un sachet d'herbe au vigile.

— Ben alors, mon Tony, on a peur des vieux amis ?

Un genou à terre sur le sol humide, l'épouvantail frotte son visage avec son maillot taché de sang.

— Putain, y m'a pété le nez, ce con !

— Qu'est-ce que t'as à te reprocher, Beretta ? Coups et blessures sur ta compagne, l'incendie de ton appartement et ton écran plat qui s'écrase par le plus grand des hasards sur la tête d'un pompier… Pas de veine, hein ! Je pourrais te mettre à l'ombre rien que pour ça…

Tony secoue la tête.

— Putain, Canari, j'y suis pour rien ! J'te jure ! Après le penalty, j'me suis barré ! Demande à mes potes avec qui j'étais au bar !

— Qui a mis le feu alors ? Qui a balancé l'écran ? Ta petite pute là-haut ? Tu vas me faire croire qu'elle aurait pu être capable de pousser ta télé par-dessus le balcon avec une hémorragie placentaire ! L'hôpital a fait un signalement contre toi. Mais perso, j'en ai rien à foutre de vos histoires. Ma hiérarchie, par contre, exige un coupable. Et tu vas payer pour ça ! À moins que…

Canari s'agenouille, son haleine à hauteur du nez de Tony.

—Il paraît que t'as pris du galon. Dealer en chef, mazette. Un immeuble, des criquets comme s'il en pleuvait, des choufs à ton service. Du H, de la coke, du shit. Un vrai supermarché de la drogue. Même des salles de shoot à l'étage où tu crèches. Ça explique pourquoi tu donnais plus de nouvelles à l'oncle Richard, hein ? Dommage… un indic comme toi, c'était précieux…

— Faut pas croire c'qu'on raconte… Je veille juste sur quelques appart' dans l'immeuble. Une sorte de concierge, quoi…

Le flic lui décoche un crochet au foie. Tony s'affale en avant, hoquette, cherche de l'air, la bouche béante à se démonter les mâchoires.

— Me prends pas pour un con, Beretta ! On a trouvé de la coke et de l'héro dans trois apparts à côté de chez toi.

— J'trafique juste un peu pour survivre. Tu sais ce que c'est… Le reste, c'est que des carabistouilles…

Canari lève son poing.

— T'en veux encore une ? Je pourrais te tabasser mais tu sais encaisser les coups, hein, la Légende ? Il paraît que tu bosses pour le Libyen. Donc, on va passer un deal. Je vais faire en sorte que les charges contre toi disparaissent…

On n'entend plus que le souffle haché de Tony qui renifle.

— … mais je veux ma part. Et choper ton patron. Le Libyen va forcément te convoquer. Alors, je veux être là… Je te donne mon portable. Tu me rappelles. Trois jours. Sinon, je balance ton nom à la Castellane. Rapport à la pute que t'as soustrait à Topin, l'an dernier.

— Salaud !

— Je vois que tu piges vite. J'aime quand tu te montres coopératif. Pense au chagrin de ta pauvre mère quand elle entendra ton nom à la radio et la télé. Trois jours. Sinon, t'es mort. »

J'suis déjà mort, connard…

***

Quinze minutes plus tard.

Une odeur nauséabonde envahit ma chambre. Canari revient. Sans Tony. Ma gorge se contracte. *Tu t'attendais à quoi ? Qu'il le ramène au bout d'une corde ?*

Il reprend place sur le tabouret à côté du lit et s'éponge, la sueur collée au front. Visage huileux, cheveux noirs légèrement crépus, épaisses lèvres blanches de salive sous sa moustache baveuse. Il ressemble à l'idole de la Vieille, un Omar Sharif décati, suant, avec des poches sous les yeux. *Comment on peut s'appeler Canari avec une tête pareille ?*

— Vous l'avez eu ?

— Qu'est-ce que tu crois ?

— Qu'il vous a fait courir…

25

Canari étire ses bras derrière la nuque. Sous ses aisselles, des auréoles me regardent comme d'immenses yeux au beurre noir.

— T'aimes faire ta maligne, hein… Mes collègues ont gentiment raccompagné ton ami Tony au commissariat. En attendant, je veux savoir ce qu'il s'est passé hier soir.

Je raconte. Jusqu'au shoot dans mon gros ballon qui explose. Après je me souviens de rien. Seulement, à mon réveil, le feu, les pompiers… Voilà ce que je lui chante.

—Tu portes plainte contre lui ?

— Au point où j'en suis…

— Je reviendrai te faire signer la plainte demain. Mais avant, on va faire connaissance.

Il se penche. Il pue. Je remonte le drap pour me couvrir le nez. Le tissu se bloque à hauteur de mon menton. De ses doigts aux ongles sales, il le retient.

— Pourquoi tu veux cacher ton joli minois ? T'as des choses à dissimuler ?

— Nan…

Il dégage le drap jusqu'à ma poitrine qu'il reluque dans l'échancrure de ma blouse.

— Reprenons… Tu t'appelles ?

— Mélodie Nelson.
— Tu plaisantes ?
— Non.
— Ton âge ?
— Dix-huit ans.
— Adresse ?
— Ben, là où ça a cramé.
— Chez Tony Beretta, alors… C'est ton mec ?
— C'est mon père…
Je regarde sa mâchoire se décrocher.
— Tu te fous de moi ?
— Je rigole pas beaucoup depuis que je suis là…
— Tu as tort de vouloir jouer…
— Si on peut plus plaisanter…
Je me retiens de sourire, *c'était une bonne blague, non ?* Il reste de marbre.
— T'as un boulot ?
— Je voulais être esthéticienne, mais je suis tombée enceinte…
— Tu fais l'occasionnelle aussi ?
— Ça va pas, non ?!
— On a trouvé des stupéfiants à ton étage.
— Et alors ?
— Tu consommes ?
— J'ai goûté.
— À quoi ?
— Shit…
— On a trouvé de la coke et du H. Il paraît que c'est Beretta qui deale. Et toi, tu crèches chez lui…
La bouche ouverte, je cherche de l'air.
— J'en sais rien de ce qu'il trafique.
— Il trafique ?
— Façon de parler…

— C'est lui qui a balancé l'écran ?

— Je sais pas.

— C'est pas ce que tu m'as dit cette nuit, t'as oublié ?

— Je vous ai parlé de l'incendie. Et puis j'étais dans les vapes…

— Il y a quand même un truc bizarre… Le penalty, c'était à la quatre-vingt-cinquième minute. Le match ayant débuté à 20 heures, il était donc 21 h 40. Le feu a été déclaré à 22 h 45 par un appel téléphonique d'une résidente. Et les pompiers indiquent que l'écran est tombé à 23 heures. Pourquoi il a attendu si longtemps, ton jules ?

Il se penche, les coudes au bord du lit. À quinze centimètres de mon visage. Je recule vers la cloison.

— Des témoins t'ont vue ramper dans le couloir. C'est toi qui as prévenu les secours ?

— Non.

— Écoute-moi bien : si jamais tu m'as raconté des bobards, je te jure que t'es pas près de les élever tes marmots… À moins que…

La nausée s'infiltre dans ma gorge.

— … il paraît que tu as appelé à l'aide, un certain Marco. Et moi, j'en connais un qui est l'adjoint de Costa, le Libyen…

— Y a plein de Marco à Marseille. Et de Costa aussi. Le voisin de ma mère, par exemple.

— Elle habite où, ta mère ?

Je lui refile une adresse bidon.

— Je vérifierai. Au fait… encore un truc. L'écran plat de ton ami Tony a fracassé le crâne d'un pompier. Un gars de ton âge. Il est d'ailleurs dans le bâtiment voisin. Tu ne peux pas savoir combien ça émeut l'opinion publique. Et ma hiérarchie. Donc, les médias aussi. Des rapaces à qui il faut donner à bouffer pour qu'ils vous fichent la paix. Je pense qu'avec ta jolie tête, tu pourrais drôlement les intéresser…

Le souffle du flic dans mon cou.

— … j'ai bien envie de leur donner ton adresse actuelle. Sauf si tu te montres coopérative… Beretta, il la planque où, sa came ?

— Elle a peut-être cramé dans l'incendie…

— Donc, elle y était !? Beretta serait assez con pour l'entreposer chez lui ? Si con que ça, vraiment ? Ou alors, il avait d'autres planques dans l'immeuble ?

— J'en sais rien…

— Il y a une nourrice aux Mimosas et je pense que c'est toi.

Son museau dégoûtant flirte avec ma joue.

— Tu sais que tu me plais ? il murmure à mon oreille.

— Vous me donnez envie de gerber.

26

Le mistral s'est levé. Tony chemine jusque chez lui. On se pousse sur son passage, on dégage devant l'épouvantail et son maillot de l'Ohème taché de sang.

Il se tient le nez dans la main droite, chaque pas répercute dans ses os une onde de douleur à lui fendre la cloison nasale. Mais curieusement, Tony sourit, Tony revit. *Des coups dans le pif, elle en a pris, la Légende, hein ?* Combien de fois ? Cloison déviée, nez cassé, cartilage pété, cette douleur-là est une vieille copine de baston, le témoin de toutes ces belles années de *fight*.

Canari ne se rend pas compte de ce qu'il vient de déclencher. Il a réveillé le monstre, sa part d'ombre, son côté obscur. Tony a promis, juré, plus jamais de violence. *Sauf si on m'attaque.* Sa promesse est levée.

En repensant à Canari, Tony se marre. *Un naïf. Il a toujours été un naïf, ce poulet. Un pourri à la petite semaine… Trois jours… Ton deal, tu peux te l'mettre au cul ! Et j'ai pas peur de mourir. On peut pas mourir deux fois.*

Et pour toi, Luce, ce n'est que partie remise. J'sais où tu crèches, tu peux pas t'planquer. J'reviendrai. Vite. Et j'arracherai ta jolie tête.

L'immeuble en vue.

Pas un guetteur en faction ou en scooter sur le boulevard. Ou en observation sur un balcon, façon mirador. Personne. Rien. Il maudit le Libyen de lui avoir adjoint cette bande de microbes, des mômes camés jusqu'aux dents, capables de s'enfiler n'importe quelle merde. Du shit coupé au henné, au charbon ou au pneu, aux anxiolytiques ou au goudron. Il n'a jamais trempé là-dedans, Tony. *Au moins, ma came est propre. Brute, pas coupée avec n'importe quoi.*

Il contourne le bloc. Emprunte la sortie de secours, sur le côté. On n'est jamais assez prudent.

D'abord, il va nettoyer sa figure. Et réfléchir avant que le manque ne réveille les oursins dans ses intestins et ne déconnecte sa cervelle.

Il est quinze heures. Dans deux heures, les criquets vont défiler sur le parking derrière l'immeuble. Il y aura la queue. Pour toutes les cames que vend Tony : shit, herbe, chanvre.... L'épouvantail balise. *Leur donner quoi ?* Hormis ce qui reste planqué chez Marta, il n'a plus rien. Et plus un radis pour payer ses choufs. Il faut qu'il rétablisse vite la situation avant que le Libyen ne déboule et lui demande des comptes.

La porte de la sortie de secours grince à réveiller un moribond.

— Oh, Tony !

Le petit frère du Bigleux. Même strabisme, même tête en réduction. On le surnomme le Jivaro.

— Qu'est-ce que tu fous là ? Ton poste, c'est devant la sortie de secours, Ducon. Pas derrière !

— J'voulais te prévenir qu'on a eu droit à une visite de la volaille !

— Encore ? Y avait un moustachu parmi eux ?

— Nan, un chauve assez baraqué. Un mauvais. Un de ceux qui n'aiment pas les cadeaux...

— Ils ont pris quelque chose chez moi ?
— Queutchi…
— Et la voie est libre maintenant ?
— Yes, chef, ils se sont barrés.
Tony monte l'escalier, l'avorton dans ses pattes jusqu'au premier.
— Euh… maugrée le gringalet.
— Qu'esse tu veux encore ?
— T'aurais pas un peu de fraîche, chef ?
— C'est pas l'heure…
Le Jivaro renifle.
— Paraît qu'il te reste plus grand-chose ?
— Qui t'a raconté ça ?
— C'est ce qui se dit…
— T'occupe… Tu crois que j'ai pas pris mes précautions ?
D'un geste de la main, Tony l'envoie balader.
— Allez, trace, connard ! Retourne à ton poste !

Prudent, il monte sans bruit, décolle la porte antifeu qui débouche au bout du couloir du dixième étage. Devant son deux-pièces, les flics ont remis des scellés qu'il arrache sèchement.

Une envie pressante le précipite aux toilettes. Il en profite pour examiner son nez dans le miroir au-dessus d'un petit lavabo. Son appendice nasal n'a pas pris de volume, à peine une légère teinte violacée. *Il a pas l'air cassé, c'est déjà ça.*

Il entend des pas. Sûrement ses choufs qui rappliquent. Il va les secouer grave. Ses bras frémissent, ses démangeaisons se réveillent.

Il sort des toilettes et se retrouve face à un mec chauve et baraqué. Qui brandit un Taser au bout de son poing.
— Tony Beretta ?

— Eh, qu'est-ce que…

Les pointes du pistolet électrique traversent le maillot de Tony et se plantent dans sa poitrine. Une violente décharge le renvoie sur la cuvette des toilettes, son corps fait des sauts de cabri avant de s'étaler sur le sol.

— Vous me le déposez dans ma bagnole.

Le chauve s'adresse aux deux gars qui viennent de se pointer dans l'appart'. Le Bigleux et le Jivaro.

Les frangins ne bougent pas d'un pouce.

— Les vingt grammes d'abord, disent-ils en chœur.

27

Coup d'œil par la fenêtre. Un petit parc au gazon jauni. Des bébés font leur première sortie dans les bras de mamans aux traits tirés mais aux visages rayonnants. J'arrive pas à m'en détacher.

— Mademoiselle se réveille à ce que je vois…

L'infirmière aux yeux piquants revient me changer la couche. J'ai l'air de quoi dans cet emballage ? Mon ventre recousu comme un gigot. Et ça doit pas être beau entre mes cuisses… *Une boucherie !*

Je m'agace, mais me laisse faire.

Transfusion, cathéter, sonde urinaire. L'infirmière vérifie, remplace, ajuste. Je suis ses gestes mécaniques, regarde ses mains infiniment longues, ses ongles noirs, ses bras graciles.

Elle a quel âge ? Dix-neuf, vingt ans, peut-être. Elle a une belle peau, de belles lèvres bien pleines. Sa blouse est mal boutonnée en haut. *Elle a trop chaud ? Ou bien elle aime ça, montrer ses nibards bien bronzés…*

Ses fins cheveux noirs retenus par un chouchou bordeaux dégagent un visage qu'on croirait dessiné par Modigliani. Et ses yeux soulignés d'un soupçon de khôl rajoutent encore au piquant de son regard, comme un plat trop épicé.

Elle me regarde.

— Il te voulait quoi, ce flic ? C'est parce que tu t'es inscrite sous un faux nom ?

— Pourquoi ça t'intéresse ?

— Arrête de te la jouer. Je ne suis pas ton ennemie.

Ton sec. L'infirmière aussi en a dans le ventre.

— Désolée…

— En plus, il a une sale tête, ce poulet. Une tête de pervers. Quand je suis sortie tout à l'heure, il m'a maté le cul comme si j'étais une jument.

Je souris.

— Il a bon goût…

L'infirmière se marre.

— Tu trouves aussi ?

— Mais il pue…

— J'ai remarqué… Enfin, l'essentiel, c'est qu'il ait arrêté ton mec.

Elle me tend la main.

— Au fait, moi, c'est Yasmina, mais tout le monde m'appelle Yaz.

— Luce…

— Bon…

Un dernier coup d'œil d'inspection, puis elle me fixe. *Elle veut quoi encore ? Elle est seulement curieuse ?* Elle peut rien faire pour moi. En repensant à Canari, je songe à lui demander quelque chose, mais je trouve pas les mots. Les bons mots. *Ne pas éveiller ses soupçons…*

Finalement, je bafouille :

— Attends… Euh… T'as entendu parler d'un pompier blessé cette nuit ? La chute d'un écran télé, à ce qu'on raconte…

Elle hoche la tête.

— Forcément, on ne parle que de ça aux infos… T'es concernée ?

— J'étais dans l'appart' qui a cramé. Les pompiers sont venus me secourir… Paraît qu'il est ici à la Timone, le blessé ? T'es au courant ?

— Il doit être dans l'autre bâtiment. Tu veux que je me renseigne ?

Yasmina décroche le téléphone. Quelques secondes.

— Bon, elles font quoi ?

Elle secoue la tête.

— Ça répond pas.

Et moi, d'une voix fébrile :

— On peut pas aller voir ?

Un couloir. Une dizaine de personnes, plutôt jeunes, adossées à la cloison. Visages sombres, des larmes, une jeune femme en pleurs qui gémit, des bras qui la réconfortent.

Je me raidis sur le fauteuil roulant qui ralentit au passage du groupe. Quelques mètres plus loin, ma voix chevrote :

— Il est… ?

Elle lâche le fauteuil et entre dans le bureau de garde.

— Chambre 14. On y va !

— Attends ! Tu crois vraiment que c'est nécessaire ? Tu peux pas juste me dire s'il…

— T'as peur, la terreur ?

Je proteste. Trop tard. Yasmina pousse le fauteuil jusqu'à la porte 14, entrouverte.

Une télé diffuse un match de foot. Je me crispe, mes mains crochètent l'accoudoir et plantent mes ongles dans le plastique.

— Bonjour, comment ça va ? demande Yasmina.

Sur le lit relevé, le blessé a une jambe plâtrée et une minerve autour du cou. Il baisse le son de la télé et nous reluque avec l'étonnement d'un gars qui vient, dans la même journée, d'emboutir sa bagnole et de remporter la cagnotte au Loto.

— Ben, un peu mal au dos et à la cheville. Mais c'est rien à côté de l'état de ma moto…

— Votre moto ? Vous n'êtes pas pompier ?

— Ben si, mais j'étais pas en service quand je me suis viandé… On s'est déjà vus ?

Le mec sourit béatement.

— Yaz, j'crois qu'y a erreur…

— Désolée…

Marche arrière. Demi-tour.

— Eh, les filles, mais restez…

Yasmina claque la porte et me plante comme une quiche dans le couloir.

— Attends, je vais dire deux mots à cette conne qui m'a raconté n'importe quoi…

Quand elle ressort du bureau de garde, son visage s'est assombri.

— Fracture du crâne. Le pompier blessé cette nuit est en réa, coma végétatif.

— C'est quoi « végétatif » ?

— Un légume, tu vois…

Yasmina me ramène. Je bouge plus. Les couloirs défilent, telle une suite de tunnels qui s'imbriquent, des kilomètres de tunnels sans fin. Dans ma tête s'invite la voix de la Vieille. *Maudite, maudite… J't'avais prévenue, hein !*

On arrive à la chambre, je suis aussi raide qu'une momie. Yasmina me hisse sur le lit et m'allonge. Avant d'éteindre la lumière, elle se penche sur moi et dit :

— L'écran, c'était toi ?

— Va chier !

28

La cathédrale Sainte-Marie Majeure fait de l'ombre à l'hôtel de police, rue de l'Évêché.

Canari poireaute dans le bureau de la secrétaire du patron. Convoqué un samedi après-midi, ça ne présage rien d'agréable. Un peu nerveux, il allume une cigarette et ouvre la fenêtre d'où il peut voir un bras de mer entre le port industriel et les chantiers de la Villa Méditerranée et du musée des civilisations méditerranéennes.

Mais c'est un autre point de vue qu'il aimerait embrasser. Du chemin de ronde du fort Saint-Jean, il verrait le Vieux Port et pourrait apercevoir dans la forêt de mâts, celui de son bateau. Un voilier de douze pieds, modèle Gin Fizz de chez Jeanneau. Son passeport pour les Baléares, puis les Canaries. Dernière escale sur la route du Brésil. Belize, Belo Horizonte. Des noms qui chantent à ses oreilles et à son imagination. *Avec des litres de sangria en cale et deux pépées bien roulées sur le pont.*

Bien sûr, sa ville lui manquera. Marseille, « la ville bleue, blanche et rose », écrivait Joseph Joffo. Marseille, qu'il n'a jamais quittée, plus attachante que toutes les belles qui ont partagé son lit.

— Alors, Richard, il paraît que t'as laissé échapper un suspect à la Timone ?

L'homme qui vient d'entrer dans la pièce est chauve et baraqué. Ses yeux bleu délavés lui confèrent un regard unique. Transparent. Cynique. Avec sa figure pâle, son crâne lisse, il ne lui manque plus que des pupilles d'albinos pour avoir l'air d'un mutant.

Capitaine d'un des groupes d'enquête, il se nomme Marin Diaz mais à l'Évêché tout le monde l'appelle le Tordu.

—Ça s'arrange pas, Canari, cui-cui… Heureusement qu'il reste de vrais flics… Devine un peu qui on est en train de cuisiner ? Une vieille connaissance à toi : Tony Beretta !

Canari encaisse.

— J'ai failli le coincer à l'hôpital mais il a réussi à s'enfuir.

— T'es jamais là où il faut, mon pauvre Canari. Nous, on l'a cueilli… chez lui ! Suffisait d'y penser, non ? En plus, il avait reçu un coup sur le nez. Bizarre, non ? Une mauvaise rencontre, peut-être… À moins que ça ne soit encore l'une de tes combines ?

Canari bondit, attrape le revers de sa veste et plaque son collègue au mur. L'autre lève un genou et vise la côte flottante.

— Messieurs !

Une voix tonitruante siffle la fin de la récréation. Aussi large que haut, le commissaire, que ses hommes surnomment Bouddha, remplit l'encadrement de la porte.

—On se calme et on s'installe. Faut que je vous cause…

Le vaste bureau verni est couvert de grotesques miniatures représentant la figure tutélaire du bouddhisme. Le boss connaît son surnom et ne manque pas d'humour. Mais il n'est pas revenu un samedi après-midi pour plaisanter. Le regard qu'il porte sur ses officiers n'a rien d'amical.

—On en est où de l'enquête sur l'incendie et la chute de l'écran télé, boulevard Ramon ? Alors, Diaz ?

— Pas de témoins, mais on a cueilli le propriétaire de l'appartement. Tony Beretta. Ancien leader des Lunatics de l'Ohème, un groupe de hooligans du virage Nord. On pense qu'il a mis le feu et balancé son écran plat.

— En colère après le penalty manqué ?

— Sans doute. On est en train de l'interroger. Il prétend qu'à l'heure des faits, il était dans un bar, en haut de la Canebière. On vérifiera, mais on ne se fait pas d'illusion. Qu'est-ce qu'ils ne feraient pas, les Lunatics pour protéger l'un des leurs ?

— Je m'en bats les couilles de leur groupe. On enverra la facture aux dirigeants de l'Ohème. Nous, ça nous fait un coupable idéal... Rien d'autre ?

— On a aussi découvert qu'une gamine enceinte a été évacuée sur une civière...

Le fauteuil usé du patron pivote vers Canari.

— Pourquoi ça ne figure pas dans votre rapport, Richard ?

— Aucun lien avec la chute de l'écran... Une gamine sur le point d'accoucher. Elle a été incommodée par la fumée.

Bouddha soupire.

— Diaz, je veux les aveux de Beretta !

— Avec plaisir, dit le Tordu.

Les deux hommes se lèvent. Le chauve est le premier à la porte.

— Richard, vous avez une minute ? siffle Bouddha.

Canari s'y attendait.

D'une pichenette de son épais index, le commissaire fait sauter le couvercle d'une boîte en teck serrée entre deux statuettes. Une odeur de tabac artisanal se répand.

— Cigare ?

Les havanes du divisionnaire, il connaît, Canari. Quand on en croque, c'est pareil au baiser du parrain qui, chez les mafieux, signe votre arrêt de mort.

— Vous voyez votre avenir comment, Richard ?

Le volumineux divisionnaire pose ses coudes sur son fauteuil qui gémit.

— Ça chauffe pour la BAC 3. L'un de vos anciens collègues a balancé. Il paraît que vous rançonnez des petits dealers…

— Foutaises ! C'est politique, vous le savez bien.

Les yeux globuleux du commissaire roulent vers Canari des montagnes de lassitude.

— Lundi en huit, vous êtes convoqué par l'Inspection générale de la police. En attendant, je peux appuyer votre demande de mutation. Dans le 9-3. Au mieux, le 9-2. Vous connaissez ? Des contrées très hospitalières pour ceux de votre espèce… C'est ça, ou la démission…

Canari puise dans la boîte à cigares ouverte devant lui. Au point où il en est, autant croquer… Il n'a jamais résisté. *Comme ce cher Oscar Wilde.*

— … ou la radiation, mais j'aimerais autant pas. Je serais obligé de vous enfoncer. Pas mon genre, Richard, vous me connaissez.

— Justement…

Canari souffle une bouffée de havane, voilant une seconde la figure du patron qui s'est crispée.

— … et si je vous donne le Libyen ?

Le commissaire se met à tousser, ses joues tremblent comme de la gélatine en expulsant la fumée.

— Vous vous foutez de moi ?

Il a élevé le ton, Canari n'a pas bronché.

— Douze morts dans des règlements de compte depuis le début de l'année, dont sept cramés dans leurs voitures. Et pas seulement dans les quartiers nord. Parce qu'un petit jeune a les dents longues et s'attaque aux territoires des caïds en place. Il est en train de se construire une réputation et un nouveau surnom. Le Rôtisseur…

Du coin de l'œil, Canari observe le pachyderme qui postillonne, un politique même pas habillé en flic, engoncé dans sa graisse et ses magouilles pour n'être jamais responsable de rien au regard de sa hiérarchie. Il ne l'écoute plus. Il décode.

Le Libyen fout le bordel, et toi, t'aime pas ça. Pas bonnes, les statistiques, et ça plaît pas du tout à la hiérarchie qui ne voit que ça, hein. On ferme les yeux sur le trafic, on s'entend avec les gros poissons ; de temps en temps, on part à la pêche, on ramasse de la friture, histoire de donner à manger aux médias, aux grands pontes et aux politiques. Le reste du temps, autrement dit tout le temps, on fait semblant mais surtout on veille au statu quo. Tout est sous contrôle, circulez, y a rien à voir. Mais le Libyen, il rompt les équilibres, alors, forcément, il t'intéresse, mon salaud !

— Costa s'est allié aux Gitans et à une nuée de petites crapules maghrébines qui sévissent un peu partout dans la métropole. Il se sent pousser des ailes. Et moi je vais les lui couper, ses ailes !

— Je l'ai ferré. Laissez-moi trois jours…

Les yeux de crapaud fixent Canari qui imagine un instant qu'une langue va sortir de ses énormes cavités et l'avaler. Sans desserrer les lèvres, Bouddha gronde :

— Il n'y en aura pas un de rab… Et inutile de me brandir encore la menace de votre syndicat !

29

Verrouiller la porte capitonnée. Rabattre les volets roulants. Braquer une ampoule sur le prévenu qui a les mains menottées au dos de la chaise.

Le Tordu roule les revers de sa chemise blanche, enfile par-dessus un maillot acrylique made in China. Pour ne pas salir. Le sang, ça éclabousse. Un maillot vert, siglé « Association sportive de Saint-Étienne ». Une provocation devant les yeux de tout supporter de l'Ohème qui se respecte. Ses deux acolytes, des Marseillais pur jus, ont enfilé des t-shirts de l'Amicale de la police, *faut quand même pas pousser.*

Le Tordu fait basculer l'ampoule qui oscille, Tony plisse les yeux. Ils lui ont retiré son maillot. Torse nu, sa poitrine exhibe un énorme bulldog noir à la gueule menaçante, en forme de poing fermé. Un poing qui frappe. Le signe d'appartenance à l'internationale de l'hooliganisme.

Les yeux délavés du Tordu ne quittent pas le tatouage.

— Quelle bonne surprise ! Si je m'attendais à ça… Tony Beretta, la Légende des Lunatics en personne. La référence des hools dans toute la France et dans l'Europe des fêlés. Marrant, je t'aurais vu plus costaud, genre dégénéré bodybuildé, mais en lisant ton casier… peuchère, quel parcours ! Quel pedigree !

Se tournant vers ses adjoints :

— Messieurs, je vous présente une espèce rare : un BAC + 15 ! Soit un individu qui a fait l'objet de quinze arrestations et citations pour coups et blessures… Assorties de trois condamnations avec sursis. Et, je garde le meilleur pour la fin : trois ans aux Baumettes pour agression caractérisée au couteau…

Tony secoue la tête et grommelle :

— C'était juste une estafilade…

— … sur la carotide d'un supporter parisien qui s'est vidé de la moitié de son sang comme un poulet ! Mais, y a un truc pour lequel t'as jamais payé, hein, la Légende… Quand tu nous as foutus, la honte, à nous, le peuple vert…

Son regard fouette ses adjoints.

— Un fameux coup de force. Chez moi, à Saint-Étienne. Dans les tribunes de Geoffroy Guichard, il y a dix ans. Fallait le faire, foncer dans le kop vert pour voler notre étendard ! Respect. Des témoins m'ont rapporté qu'ils l'ont bien vu chez toi, c'te bâche. Avec « Allez, les Verts », ils s'en souviennent très bien. Dommage qu'elle ait cramé dans l'incendie de ton appart'… Pas de bol, hein, la Légende !

Tony s'agite sur la chaise, une envie de se gratter le démange.

— T'en as défoncé un paquet de mes potes pour y arriver. Et t'as eu du bol car j'y étais pas. Mon frère, oui. Mon frère qui s'est fait repasser la tronche ce soir-là. Il n'est plus jamais retourné au stade, tellement qu'il s'en est pris dans la gueule. Peut-être que c'était pas toi… mais tu vas payer pour ceux qui ont fait ça. Car tu en étais l'instigateur. Tu t'en es vanté, et paraît que tu t'en vantes toujours. Et ça fait des années que j'en rêve, Beretta, d'avoir un Lunatic à ma pogne. Alors, la Légende, tu vas déguster…

— C'est du passé tout ça. J'suis rangé des voitures. J'ferais plus de mal à une mouche…

Une gifle frappe sa tempe, le désarçonne. On retient sa chaise. Diaz agrippe sa tignasse et lui souffle dans les bronches :

— Tu sais que moi aussi j'ai un surnom ? Tu sais lequel est-ce ?

Tony secoue la tête.

— On m'appelle le Tordu. Et j'assume. Tu vas vite comprendre pourquoi…

Si une vipère pouvait sourire, elle aurait sûrement cette expression au coin des lèvres.

— Je vais te rappeler les faits, Beretta. Samedi soir, un incendie se déclare au dixième étage de l'immeuble Les Mimosas, boulevard Ramon. Une habitante appelle les pompiers qui contactent Police-Secours. Tout ce petit monde débarque et, contre toute attente, se ramasse un déluge de boulons et d'objets divers sur la tête. Mazette, on se croirait dans les quartiers nord ! Y aurait-il des trafiquants dans c't'immeuble ? Dans ce quartier réputé calme, mais qui s'agite les soirs de match et qui voit passer des centaines de supporters allant au stade ? Pas possible. Et voilà qu'au milieu des boulons, on balance un écran plat d'un balcon, et pas de bol, hein, c'est le tien ! Et encore moins de bol… ou alors, t'as super bien visé, Beretta… il fracasse la tête d'un pompier !

— J'ai rien à voir avec tout ça !

— Mauvaise réponse.

Les deux flics agrippent ses bras tatoués.

— Redressez-lui la tête !

Une main sur son front, une autre sous son menton.

— Bien droit…

Le rond de lumière vise l'appendice nasal de Tony. Le Tordu tient entre les mains l'annuaire téléphonique des Bouches-du-Rhône.

— Je vais te rafraîchir la mémoire. Il est vingt-deux heures et quelques… Tu regardes le match. Y a penalty. Et Signac, cette pastèque de Signac, s'élance… À cet instant tu y crois, Beretta, ô comme tu y crois, hein… Le but, la victoire, et hop, en tête du classement, vous passez devant Paris… Non, mais tu rêves mon con, tu rêves… Parce que cette petite tantouse de Signac envoie la balle sur le poteau… Poteau, Beretta ! Poteau, poteau, poteau ! Le bruit du ballon contre le métal résonne dans ta tête ! Hein, comme ça ! La balle claque ! Comme ça !

L'annuaire vole, gifle le profil droit de Tony, sa tête décolle, le pied de la chaise se soulève, puis retombe.

— Poteau, Beretta ! Match nul ! NUL, tu entends ! Et moi, je jouis à ce moment-là en imaginant toutes les têtes de connard de ton espèce qui se dégonflent comme des ballons de baudruche. Et je jouis en imaginant la tienne de tête, Beretta ! T'as fait dans ton froc, hein ? Un penalty raté, putain d'occasion… Et là, t'as fait quoi, Beretta ? Dans ton froc d'abord, et puis t'avais tellement la haine que t'es allé tabasser ta gonzesse… Eh oui, je sais tout moi ! Hémorragie placentaire, à ce qu'il paraît, ben dis donc, tu lui as mis son compte, Beretta, hein, tu lui as mis son compte, t'es fier de toi, t'es un homme, un vrai qui frappe sa gonzesse parce qu'un connard n'est pas foutu de transformer un penalty…

Il se tourne vers ses comparses :

— Et l'autre crapule de Canari qui raconte au commissaire qu'elle était juste indisposée par la fumée, ben voyons… La vérité, c'est que notre ami assis là frappe sa gonzesse enceinte, hein… Et comme si ça suffisait pas, car rien ne le calme, il met le feu à son appart' et, dans sa rage, il balance son écran plat sur les pompiers… Hein, Beretta ?

L'annuaire reprend son vol, cogne son profil gauche, la chaise se soulève mais ne se renverse pas. Tony, de douleur, baragouine un truc incompréhensible.

— Tu peux articuler ? Ou je te fais rentrer la cloison nasale entre les dents…

Tony reprend son souffle.

— Me suis barré tout d'suite après la fin du match. J'ai pas mis le feu, ni poussé l'écran. J'en sais rien c'qui s'est passé. Mais Luce n'y est pour rien. L'était enceinte. Elle pouvait pas pousser l'écran dans son état…

— Ah ouais ? Parfois, on voit des trucs incroyables dans mon boulot… Elle n'était pas alitée quand même ?

— Si, justement ! Elle était pas bien, elle avait des nausées…

— Mais tu l'as laissée dans cet état, hein ?

— J'suis pas sage-femme… et puis j'avais trop la rage… alors j'l'ai laissée se reposer…

— Ben, t'inquiète, je vérifierai… Mais alors qui l'a balancé, l'écran ?

— Celui qui a mis le feu sans doute…

— Donne-moi un tuyau, Beretta, donne-moi un tuyau ! Sinon, ta gueule va rencontrer le métro ! Dis-moi que c'est toi ! Dis-moi que c'est ta petite pute !

— Pas moi ! Pas Luce, non plus !

— C'est pas ce qu'on m'a raconté dans ton immeuble ! Et j'ai des témoignages contre toi ! Alors, tu vas passer aux aveux, sinon…

— Va t'faire mettre, le Stéphanois !

— Tenez-lui le front ! Et ce nez, Beretta, il est seulement cassé ou fêlé ?

En position de batteur de base-ball, le Tordu pivote, l'annuaire décrit un arc de cercle, le souffle décoiffe Tony, avant qu'un mur de papier n'explose sa cloison nasale et noie sa figure de larmes et de sang.

— Eh, merde !

Des taches rouges sur son beau maillot vert… Le Tordu frotte comme si de l'acide avait troué le tissu.

— Amenez-le en bas, cellule 4 !

— Euh, chef, pas dans la quatre, y a GPM dedans…

— Ben justement… il va lui apprendre à danser, à notre ami Beretta… et après il nous suppliera de le sortir de là et il signera tout ce qu'on lui demandera. Elle est pas belle, la vie ?

— On va avoir des emmerdes, Diaz…

— J'ai dit : cellule 4 !

30

Ils le traînent par les aisselles. La porte de la cellule s'ouvre sur une ombre qui les enveloppe de sa monstrueuse envergure.

—J'veux pas de compagnie, grogne une voix d'ogre.

— On te demande pas ton avis.

— Il est suicidaire, vot' gars ? J'vous aurais prévenu…

Ils le hissent sur la couche supérieure des lits jumeaux. L'ombre reluque l'arrière-train de Tony avant qu'il ne s'étale sur le matelas.

— Je te referais bien le trouduc, *fangoule*. Un petit pétard pareil, j'en salive d'avance !

Les deux flics referment la cellule qu'un rire tonitruant fait trembler, abandonnant Tony à la merci d'un habitué des lieux surnommé Grand Porc Malade.

***

Quelques étages au-dessus.

Son bureau. Vide. Le Frisé et le Beau gosse sont en RTT.

Canari ferme à clés derrière lui. Baisse le store. On n'est jamais assez prudent depuis que des rumeurs courent sur certaines pratiques de la BAC Nord. Surtout depuis l'arrivée d'un nouveau préfet de police qui essaie de secouer le cocotier auquel certains sont accrochés comme des parasites. Il est trop tard pour reculer. *T'avances ou tu crèves.* Tant que le syndicat ne le lâche pas.

Fais chier, merde! Sa colère explose, un coup de poing ravage son bureau. *En plus, ce connard de Beretta qui s'est fait choper...* Il ne parlera sans doute pas, mais ça met en péril son chantage. Et ce salopard de Tordu qui se permet de se payer sa tronche... Depuis le temps qu'il veut se le faire celui-là!

Il est au bout du rouleau, Canari. Il pourrait leur balancer sa démission, mais il sait que certains n'attendent que ça, qu'il serait alors plus facile de le mettre en cause. Sans l'insigne et la protection d'Alliance Police, il serait tombé depuis longtemps.

Canari déplace son fauteuil, le cale contre le mur et monte dessus. Du plat de la main il pousse, à petits coups secs, l'un des panneaux rectangulaires du faux plafond blanc. Le panneau se soulève, dégage un espace vide entre deux couches de laine isolante.

Il fouille les poches intérieures de son blouson. Des petites doses rejoignent sa planque, plus sûre que les casiers que l'IGPN a eu le culot d'inspecter le mois dernier. Le reste est caché dans un box loué par son père. De quoi mener une vie de pacha jusqu'à la fin de ses jours.

Allez, encore un dernier coup! Il se dit ça à chaque fois. Il y a toujours un dernier coup en vue. *Mais pas comme celui-là!*

La nourrice de Beretta. La came du Libyen. Un gros paquet de coke et d'héro, et il ne l'a pas trouvé. *C'est la gamine au visage d'ange, la nourrice! Et elle sait où est la planque!*

Il veut tout. La came. La fille. Et le Libyen.

Et après, la quille. Mettre les voiles, sur son bateau. Direction, le Brésil. Il a déjà tout organisé. Mais il y a encore quelque chose qui le retient. Plus précisément, quelqu'un.

Pas facile de le quitter. Il aurait l'impression de… Il déteste le mot. Non, il ne va pas… l'abandonner. *Mais comment faire autrement ? Je ne peux quand même pas l'emmener…*

Un coup sec. Le panneau s'ajuste.

Il descend, repousse sa chaise qui ronfle lorsqu'il se rassoit, puis allume son ordinateur.

Le fichier d'identification s'affiche sur son écran quinze pouces. Il entre son numéro de matricule et un nom. *Mélodie Nelson…*

« Inconnue au fichier » indique la fenêtre de recherche. *Ben voyons… Elle s'est foutue de moi, cette petite conne !*

Le Bigleux. Il repense à sa tronche avec dégoût. Il a son numéro de portable. Il compose un SMS, « le nom de la poule de Beretta ? », et signe « le Moustachu ».

La réponse arrive une demi-heure plus tard. Canari entre un nouveau nom dans le fichier. Le logiciel mouline, tandis qu'il se chope un paquet de clopes dans un tiroir. Allume une tige de Marlboro, renverse sa tête en arrière et contemple les ronds de fumée qui s'élèvent vers les panneaux blancs du faux plafond. *Alors ?*

Surprise. Le nom de la gamine est cité dans une affaire.

Une photo d'identité. Cheveux courts, visage admirablement dessiné, regard d'ado dans le vague. *Et cette bouche, ces lèvres… humm…* Rien que pour ça, il veut la serrer.

Coup d'œil sur sa date de naissance. *Elle a menti ! Elle n'a même pas encore seize ans, bordel !*

Il clique sur la souris, ouvre un lien hypertexte vers le procès-verbal relatif à un fait divers datant de l'été dernier. Il est question de l'incendie de la villa de sa mère adoptive et de son beau-père.

Il lit entre les lignes.

Elle a été entendue en qualité de témoin. Pas grand-chose à signaler. Elle dormait. Sa mère avait pris des somnifères. Le beau-père a été brûlé au troisième degré. Les circonstances du sinistre ne sont pas établies, le rapport présume qu'il s'agit d'un incendie domestique.

Et c'est tout? Seulement deux pages?!

Coup d'œil sur la date du sinistre et sur celle de son audition. *Pourquoi elle a été entendue trois jours après les faits?* Il relit le rapport, mot à mot. *Pourquoi? Elle était en état de choc? Hospitalisée? Ou bien intoxiquée?* Le rapport ne mentionne rien.

Quelque chose le gêne, Canari. Une coïncidence. Un bon flic n'aime pas les coïncidences, ni la répétition tragique de certains faits. Il renifle quelque chose. *Elle est pas nette, cette affaire. Trop vite expédiée. Et, en même pas un an, la gamine se trouve sur les lieux de deux incendies. Qui a pondu ce rapport?*

Un nom en bas de la dernière page. Il a entendu parler de cet enquêteur. Viré de son unité l'an dernier comme un malpropre. *C'était quand déjà?* Le syndicat Alliance l'avait défendu. En vain, il avait été muté sans préavis dans la région parisienne. Il cherche sur Internet, dans les archives du syndicat. Et trouve la date de la mutation: 15 septembre 2010! Une semaine après! Il faut qu'il se rencarde. Il y a une embrouille là-dessous.

Et la victime, le beau-père, c'est qui?

Pas de détails dans le rapport. Juste un nom, Albert Ramona. Qu'il tape en martelant les touches. Le système mouline. La page affiche: «Accès refusé»!

Quoi? s'énerve Canari. *Ça veut dire que le mec est protégé. Un indic de la police?*

31

Dimanche

Yasmina m'a donné un cachet pour que je dorme. Il me faut toujours un truc pour dormir. Depuis la toute première fois. Ce cauchemar qui revient alors que je m'agite dans le lit étroit de cette chambre d'hôpital. Ce cauchemar, l'été dernier, qui a tout déclenché. Et qui, quelques semaines après, m'a envoyé à la cave.

C'était une nuit chaude. Un clair de lune filtré par les persiennes. Et, penchée sur mon lit, une ombre qui m'écrase.

Je l'ai pas entendu entrer. J'ai senti son haleine. Whisky, tabac brun. J'ai senti son souffle mordre mon cou, mes épaules, mon dos, mes fesses, mes cuisses, comme si l'ombre goûtait ma peau.

Je réalise que je suis nue.

Je veux rabattre le drap entortillé entre mes jambes. Je veux crier. Me retourner et le frapper.

Rien ne se passe. Mon cri reste coincé dans ma gorge. Mon bras bouge pas. Mon corps répond plus. Dur, lourd. Un marbre lisse et froid.

Curieusement, ça me calme. J'ai plus peur. J'imagine l'ombre, la bave aux lèvres et les yeux fous. *Je suis de pierre. Il peut plus rien m'arriver…*

Dix secondes plus tard, une idée horrible.

Et si je bougeais plus jamais ?

La panique saisit ma gorge et se met à serrer. Je me débats dans ma tête. Mes pensées chahutent, se télescopent, se tapent dessus. Pas un cri qui sort, pas un souffle, je sais pas si je respire encore.

Mes yeux se ferment, ma bouche aussi. Je compte les secondes, c'est absurde mais je m'accroche à ça, aux dernières secondes avant d'étouffer. *Cinq, six, sept, huit…*

Puis tout s'éteint.

Je me retrouve dans la cave, sous la maison qui menace de s'effondrer. M'en fous, je veux mourir.

Puis une main se pose sur mon épaule. Une main osseuse et fripée. Et une voix chevrotante ricane : « tu les entends hurler ? »

Je tremble en détachant de mes oreilles les paumes de mes petites mains.

— Alors, tu les entends ? »

Je regarde les yeux de la Vieille, deux billes noires brillant de contentement, avant de réaliser.

Les hurlements. Des cris aigus, des piaillements. On dirait des cris d'oiseaux, ou de chiots. Des cris de petits animaux que l'on fait souffrir atrocement.

La Vieille rigole.

— T'as toujours pas compris, ma petite Luce ? »

Comprendre quoi ?

C'est ça, le pire : de pas comprendre, de pas réaliser tout de suite. De refuser la réalité.

Comment c'est possible ?

À l'intérieur de la maison en flammes…

Comment c'est possible ?

La Vieille se marre.

Oh, Luce, c'est qu'elles sont en train de cramer, tes petites horreurs ! Magnifique, hein ! Bien fait pour toi, c'est ta punition ! Juste retour des choses !

Dans la maison qui s'effondre, mes bébés brûlent.

Je hurle. Et me réveille. Trempée. De sueur et d'urine. Du sang coule de mon nez. L'écho de mon hurlement vibre encore dans la pièce.

J'attends. On va venir me soulager. *Je suis dans un hôpital, non ?*

J'attends. Personne ne vient.

Derrière les rideaux qui rosissent, l'aube naît.

Personne ne vient.

32

Sur le CD, Abd-El Malik slame sur une musique d'Ahmad Jamal. « *Marseille / Je marche souvent seul dans tes rues / Et trop souvent j'ai disparu / Marseille, mon cœur si seul cherche ta caresse / Car ma vie est trop remplie de tristesse… Marseille / Ta voix ne cesse de m'appeler / Marseille, Marseille ville d'éternité…* »

Il est six heures.

Canari coupe la musique et se gare sur une place réservée aux handicapés.

Rue de la Montée. Alignement de petites maisons, anciennes demeures de pêcheurs aux tuiles bleues. On se croirait à Cassis. On est à l'Estaque, un vieux quartier de Marseille à la végétation un peu folle et que Canari adore.

Numéro 32. Des palmiers qui se contorsionnent dans tous les sens. Un opulent jardin à l'abandon, livré aux ronces jusque sur la façade d'une vaste villa. Ou ce qu'il en reste. Un mur effondré, noirci, et le squelette d'une partie de la charpente calcinée, de laquelle s'est détaché le premier étage. *Ce devait être une sacrée belle demeure. Il faisait quoi dans la vie, le beau-père ?*

Un incendie a visiblement ravagé la moitié de la propriété. Sur la boîte aux lettres, intacte, Canari gratte la moisissure qui recouvre un carton rectangulaire. *Ramona Albert.*

Il sonne à la porte voisine. Petite maison pimpante aux couleurs bleu lavande. Le son d'une radio, la voix de Bourdin sur RMC. À côté de l'entrée, un volet s'ouvre sur une femme entre deux âges, en chemise de nuit.

— Les Ramona ? Peuchère, la mère et la fille ont déménagé après le drame. Vous pensez bien qu'elles ne pouvaient plus habiter là, les pauvresses…

— Où elles sont maintenant ?

Elle fait semblant de réfléchir.

— Euh, chez l'amie de la mère, la Renée.

Canari s'impatiente.

— Si j'ai l'adresse… ? Ah oui, un instant. J'ai même le téléphone. Au cas où il y aurait un acheteur, elle a dit la Renée. Tu parles, qui voudrait acheter ça…

Canari s'énerve.

— L'adresse !

La voisine détale et revient une minute plus tard, en lui tendant, par-dessus un pot de fleurs, un sous-bock de bière à l'effigie de « La cagole de Marseille ».

— J'avais que ça sous la main… Je vous l'ai notée dessus.

Il lit : *Renée Blissman.*

— C'est qui ?

— Son infirmière, la fameuse amie, mais…

Coup d'œil à gauche, à droite. Elle le fixe en pouffant. Et chuchote :

— … je crois qu'elles couchent ensemble… Eh, je vous ai rien dit, hein ?

— Merci. Euh, encore une question : il faisait quoi dans la vie, le père Ramona ?

Elle blêmit, secoue la tête et referme les volets avec fracas.

Le même quartier. Trois cents mètres à vol d'oiseau. Une petite maison étroite, deux étages aux volets rouges. Pas de sonnette. Il frappe à la porte, vieux bois qui sonne creux comme si on l'avait renforcé d'un morceau de contreplaqué.

Il attend. Trente secondes. Il cogne, poing fermé. Bruits de pas, genre claquettes. Une clé qu'on enfiche dans la serrure. Une femme grisonnante, le visage plissé d'inquiétude, entrouvre la porte.

— Lieutenant Canari, police. La mère de Luce Ramona, elle est ici ?

Son interlocutrice pose un doigt blanc sur ses lèvres de porcelaine.

— Chut, elle dort à cette heure !

— Ce n'est pas mon problème, Madame Blissman…

Canari donne un coup d'épaule dans la porte. La femme n'a pas le temps d'accrocher la chaîne de sûreté.

— Mais, arrêtez !

Il plaque la paume de sa main sur sa bouche. Elle se débat. Panique. Yeux exorbités.

— Je veux juste parler à ton amie. OK ?

Elle acquiesce. Il libère sa bouche.

— Elle n'a rien fait ! Il faut lui pardonner, elle n'a plus toute sa tête.

— Je n'ai pas dit qu'elle avait fait quelque chose. Bon, tu me conduis ?

L'étroit couloir qui mène à la chambre à coucher sent l'encaustique. Des persiennes absorbent la clarté du jour. Le parquet grince. Un grand lit, des draps fleuris. Une forme enveloppée jusqu'au bout du crâne ronfle bruyamment. Odeur de patchouli et une autre fragrance qui alerte Canari. Là, sur la table de chevet. Il tend le bras.

Renée Blissman s'interpose. Dans le mouvement, les pans de sa robe de chambre, nouée lâchement, s'écartent. Sous le nez de Canari se balancent des seins fripés.

Il la repousse sur le lit, allonge son bras vers la table de chevet, frotte du doigt ce qui ressemble à des feuilles sèches émiettées qu'il goûte du bout de la langue.

— Marijuana… Toi aussi t'en prends ?

Renée referme sa robe de chambre et secoue la tête.

— Elle est malade. Y a que ça qui lui fait de l'effet. Y a qu'avec ça qu'elle arrive à dormir. Ils l'ont mise trois mois à l'asile, à l'assommer de médicaments après ce qui est arrivé à son mari. Je l'ai sortie de là.

— Et depuis, vous couchez ensemble ? dit Canari désignant le coussin et l'empreinte qui y est imprimée. Ça fait partie du traitement sans doute ?

— Laissez-la dormir… C'est trop vous demander ?

Sans ménagement, il l'attire à lui. Elle se laisse faire, tête baissée, les larmes au bord des yeux.

Canari dénoue la ceinture et écarte les pans de son vêtement. Sa peau est étrange, moitié rougeâtre envahie de taches de rousseurs, moitié d'un blanc crépusculaire. Il examine son cou, sa poitrine, le renflement de son ventre un peu bombé au-dessus d'une culotte de coton blanc. Vulgaire et excitant à la fois. Plus toute jeune, la soixantaine bien tapée, mais encore comestible.

— Tu es prête à aller jusqu'où pour qu'elle ne se réveille pas ?

Il saisit ses seins plus mous qu'il ne pensait, effleure les pointes qu'elle a longues et fines.

— Je suis passé à son ancienne adresse tout à l'heure. Raconte-moi ce que tu sais de l'incendie.

— J'ignore de quoi…

Il pince son mamelon droit.

— Aïe, vous me faites mal !

Plus fort. Elle étouffe un cri, mâchoires serrées.

— T'aimes ça, hein ?

Elle devient rouge, des larmes gonflent ses yeux.

— Et si je le mords, ça te plairait ?

Canari attend qu'elle le regarde. Et qu'elle voit bien sa bouche happer le téton et ses dents claquer sur la délicate membrane. La douleur explose sur le visage de Renée qui se crevasse de rides et vire au cramoisi. Une plainte sourde sort de sa bouche. Elle sanglote en silence, son corps secoué de spasmes.

Canari plonge la main dans sa culotte, rencontre un sexe lisse. Il commence à bander en imaginant qu'il touche Luce. Sa main s'active entre ces cuisses trop blanches qui tremblotent, et, d'un coup, se mouillent. Il retire sa main, dégoûté.

— Tu m'as pissé dessus, salope ! Elle est où la salle de bains ?

D'un mouvement de tête, elle lui indique la direction.

— Tu ne bouges pas de là, sinon… dit-il en chassant ses mains qui pressent son bas-ventre.

Renée entend un bruit d'eau qui coule. Une minute. Canari revient, un bras dans le dos.

— Mais qu'est-ce que… ?

De sa main gauche, il brandit un cruchon au-dessus de la femme qui ronfle. De l'autre, il saisit le drap et découvre la Vieille.

Elle dort dans une chemise d'homme. À plat ventre. Il verse le liquide sur sa nuque. La Vieille s'ébroue dans un long râle qui s'interrompt lorsqu'elle remarque le policier. La surprise allume ses yeux hébétés.

— C'est rien. Juste un peu de détergent…

Son amie tente d'intervenir. Il la repousse, puis sort un briquet de sa poche.

— Mais faut faire gaffe, c'est très inflammable !

Il roule son pouce sur la pierre du briquet qu'il agite sous le nez de la Vieille.

— Regarde la flamme… Ça te rappelle quelque chose ?

Un masque de terreur se plaque sur la figure de la Vieille.

— Alors ? Tu te souviens ? L'été dernier, ta maison qui brûle. Avec ton mari dedans… Elle était où quand c'est arrivé, Luce ? »

Son visage, sa bouche, ses yeux se révulsent de panique. La Vieille hurle :

— Elle l'a provoqué ! Elle l'a provoqué !

— Tu parles de qui ? De ton mari ?

— Éloignez-vous ! Éloignez-vous ! Elle porte malheur à tous ceux qu'elle approche !

Le hurlement la soulève avec la violence d'une éruption. Son corps se cabre, ses membres aussi raides que de vieilles rames barattent le matelas comme si elle était en train de se noyer. Les tissus craquent, le lit s'ébroue à décoller du plancher. Canari recule. Son amie se précipite, rabat le drap sur elle, l'entoure d'un plaid, avant de s'allonger sur elle.

— Aidez-moi, je vous en prie !

Tressautements d'un corps à l'agonie. Grincements du sommier. Vibrations des pieds du lit.

Canari s'allonge à son tour.

— Ne recouvrez pas sa tête !

Le détergent, c'était du pipeau, il a juste versé un bouchon de détachant, mais ça marche à tous les coups. *Bon, il va falloir que ça s'arrête, sinon…*

On n'entend plus que des gémissements étouffés. Sous la couverture, plus rien ne bouge.

— Calme-toi, calme-toi… murmure Renée.

— Prépare-lui un joint, je t'autorise… Après, on va passer à côté et tu vas me raconter ce que tu sais. Sinon je recommence…

33

Dans le sous-sol de l'Évêché, le claquement des verrous résonne. Le gardien de relève inspecte chaque cellule avant de distribuer le petit déjeuner des prévenus, un bol fumant et deux tranches de pain de mie.

Cellule 4. Le gardien a été prévenu. Le sourire aux lèvres, il déverrouille la porte. Grand Porc Malade est ici chez lui. Et on ne met jamais personne dans cette cellule. *Diaz, t'es pas un tordu, t'es un vicelard!* Pourvu qu'il ne se récupère pas un cadavre. Pas bon pour son avancement, sans compter les questions de sa hiérarchie et les papiers qu'il faudra remplir.

Le sourire s'évanouit de son visage quand la lumière qu'il vient d'allumer éclaire une scène ahurissante. Sa gueulante rameute son équipier.

— Putain, Raoul, aboule ton portable et prend moi ça en photo, sinon je passe pour un fada!

Dans un coin de la cellule, un homme gémit. Sa tête penche, on la croirait décollée de son torse. Ses bras relevés tels des branches tordues forment une insolite figure de yoga qui lui martyrise les épaules. Ses mains sont nouées à la barre du milieu séparant les lits jumeaux. Nouées avec les jambes de son propre pantalon… L'homme se démène, gémit, un filet de sang bave sur son torse flasque et les poils blancs de sa poitrine. Les lits jumeaux branlent. Sur le mince matelas du haut, un homme dort tranquillement.

Grand Porc Malade pleurniche :

— Jicé, sors-moi de là, s'te plaît, détache-moi… Putain, c'est un dingue, ce type, un dingue !

Les gardiens se fendent la poire. Le dénommé Raoul actionne la fonction photo de son portable.

— Sûr, personne ne le croira !

— Eh, Beretta, réveille-toi ! On te demande !

Tony émerge. Son nez, patate violette au milieu de la figure, a doublé de volume.

Le gardien notera dans son rapport qu'il y a *vraisemblablement* eu lutte dans la cellule et que le dénommé Tony Beretta en ressort avec le nez cassé.

— Tu portes plainte, Grand Porc Malade ?

Les gardiens se bidonnent de plus belle. Le dénommé Raoul est plié en deux.

— Putain, arrête Jicé, j'en ai mal au bide !

***

— J'étais pas là quand c'est arrivé…

— Ça, tu me l'as déjà dit et je m'en branle…

Canari a attiré Renée sur ses genoux. Elle sanglote mais n'oppose pas plus de résistance qu'une poupée gonflable.

— Après le drame, elle pouvait plus parler. En état de choc. Parfois, elle se mettait à hurler ce que vous venez d'entendre…

— Elle a provoqué quoi, Luce ? Pourquoi elle porte malheur ?

Elle ne répond pas.

— Regarde-moi !

Il pince son menton entre deux doigts et fait pivoter sa tête vers lui.

— Elle n'a pas de chance dans la vie, cette petite. C'est une orpheline. Ses premiers parents adoptifs sont morts dans un accident. Des circonstances pas claires, à ce que j'en sais…

— Et avec son père, il s'est passé quoi ?

— C'était un monstre. Il la frappait.

— Il frappait qui ? Luce ?

— Non, non, sa femme…

— Et Luce ?

— Il… l'aimait, il l'adorait ! Il touchait plus sa femme tellement il en était dingue !

— Jusqu'à quel point il en était dingue ?

— Je l'ignore…

— Et sa femme n'a jamais porté plainte contre son mari ?

Renée secoue la tête.

— Je n'ai eu de cesse de l'encourager, mais elle n'arrêtait pas de dire : *ils feront rien contre lui*.

— Ils, ce sont les flics, je suppose ?

Elle hoche la tête.

— Il faisait quoi dans la vie son mari ?

— Il avait des affaires dont elle ne parlait jamais. Je sais juste qu'il avait de l'argent, beaucoup d'argent. Elle l'a épousé pour ça. Pour le confort. Pour le reste, il y avait sa fille adoptive avec laquelle elle ne s'entendait plus…

— Et toi ? Amante depuis longtemps ?

— On se connaît depuis qu'on est ados. J'ai été mariée moi aussi…

— M'en fous de ta vie ! Et ton amie, elle t'a raconté ce qu'il s'est passé ce soir-là ?

Les doigts de Canari jouent avec les bourrelets du ventre de Renée qui se raidit, sa respiration redevient saccadée.

— Elle avait pris des médicaments pour dormir. Le hurlement de son mari l'a réveillée. Après, la maison brûlait et elle l'a vu en proie aux flammes…

— Et Luce a aussi vu son père en train de cramer ?

Une larme le long de sa joue. La main de Canari agrippe son slip blanc. Le tissu craque. Elle sursaute.

— Je crois pas, non…

Sa joue contre la sienne. Ses doigts caressent ses cuisses.

— Tu crois pas ou tu sais pas ?

— Je sais pas…

Elle hoche la tête, tente mollement de fermer ses jambes.

— Autre chose ?

Elle secoue la tête.

Canari est dubitatif. Une intuition traverse son esprit.

— Le flic qui a mené l'enquête, tu l'as vu quand il a interrogé ton amie ?

— Oui, je l'ai croisé deux fois… Ça la rassurait que je sois toute proche, dans la salle d'attente. Surtout qu'il lui faisait peur…

Il lui faisait peur ? Canari se souvient de l'enquêteur. Un type toujours courtois, pondéré. Jamais un mot plus haut que l'autre. Pas trop le genre à faire peur.

— Il était comment ?

— Froid, antipathique…

— Non, physiquement.

— Assez grand, costaud. Et chauve, avec des yeux très clairs…

Le Tordu ! Qu'est-ce qu'il vient foutre dans ce bazar ?

34

Ils sont venus à quatre.

Un commando de blouses blanches pour m'immobiliser. M'écarteler. M'ouvrir la mâchoire et me faire dégueuler la langue.

Je me suis débattue. J'ai griffé, mordu. Donné des coups de poing et de pied. Dans des ventres mous, des muscles durs. Dans le vide.

Ils ont relevé mon t-shirt, m'ont écrasée de leurs poids, une seringue a crevé ma peau.

Piquée. Comme une chienne enragée.

Ils m'ont fait quoi ? Pourquoi je peux plus bouger ?

Je pèse une tonne et défonce le matelas.

Je finis par m'endormir.

— Vous êtes calmée ?

L'infirmière ronde vient d'entrer. Son parfum vanille-coco bon marché empeste la chambre.

— J'ai fait un cauchemar, c'est tout.

Elle démonte la perfusion.

— Demain, on vous enlève la sonde…

— Pas avant ?
— Peut-être ce soir…
— Je veux bien ce soir…
— On dit : *je voudrais, s'il vous plaît, madame…*
— T'es pas ma mère !
— Si vous êtes sage…
— Comme une image…
Elle enlève la seringue plantée dans mon bras.
— Voilà. Bon, on y va ?
— Où ça ?
— Ben, voir vos bébés !
— C'est pas les miens ! Je bougerai pas d'ici !
— On n'est pas à l'hôtel. J'en référerai à la chef de service.
— Je vous en prie…
— Au fait, vous avez deux jours pour les reconnaître, vos enfants…
— M'en fiche, c'est pas les miens !

Dix minutes plus tard.
Un toubib se présente. Docteur Terrier. C'est écrit sur sa blouse. Je l'ai vaguement aperçu hier dans le groupe derrière la doctoresse au regard polaire. Il est beau. Bien rasé. Visage hâlé. Nez aquilin. Des yeux bleus qui ressortent sur son bronzage. *Il veut quoi ? M'emmener en balade jusqu'aux couveuses ?*
Il m'explique le coup que j'ai reçu et ses conséquences. *Hémorragie placentaire. Césarienne. Prématurés.* Sa voix coule comme du miel. Il m'intrigue, mais c'est plus fort que moi :
— Rien à foutre, c'est pas mes bébés !
— Je comprends le choc que vous avez eu en les découvrant, mais c'est juste un retard de croissance. Dans deux mois, ils seront dans la norme.

Ses derniers mots sonnent faux. Il me cache quelque chose, lui aussi.

— Elle a parlé d'une anomalie, la toubib. C'est quoi ? Juste qu'ils sont si petits ?

— Je vais vous expliquer. Venez avec moi.

— Non !

Il a glissé sa main sous ma nuque puis m'a soulevée dans ses bras. Je suis si surprise que je proteste pas.

Un ange passe. Un ange aux yeux de loup. Il m'avait emportée de la même façon. Et sauvée de l'effondrement de la maison. Et soustraite à l'enquête. Simplement entendue en qualité de témoin, puis les flics m'avaient foutu la paix.

Un court instant, je ferme mes paupières et m'imagine dans les bras de l'ange. *Tout va s'effacer, Luce, tout va s'effacer… tu as bien vu que c'est possible…*

Quand j'ouvre les yeux, j'aperçois le toubib. Son visage, son after-shave légèrement citronné, ses mâchoires viriles… Je crois que je suivrais un beau mec jusqu'au bout du monde.

Il me dépose sur le fauteuil roulant. La rupture de contact est brutale. L'impression de tomber dans le vide.

L'infirmière ronde me pousse comme si elle avait hâte de se débarrasser de moi. Les couloirs défilent, la lumière décline. Tout va trop vite.

La fin de mon cauchemar revient, tel un boomerang en pleine poire. La trouille me rattrape, la trouille qui monte de mon estomac à ma gorge. La peur de les voir, les *trucs* que j'ai pondus. Mais j'ai besoin de savoir. *Y a eu le feu cette nuit dans la salle aux couveuses ?*

Parfois il y a des rêves prémonitoires. Des cauchemars aussi.

Est-ce qu'ils sont vivants, les trucs ? L'idée me vient de poser la question au beau toubib, mais faudrait pas qu'il me prenne pour une cruche. Alors, je ferme ma grande bouche et me laisse transporter.

Le sas d'entrée chuinte. Je franchis le seuil d'un autre monde, celui des morts-vivants. Le service de néonatologie. Gris et humide. Je me mets à transpirer, le tonnerre gronde dans ma poitrine. Je sais pas si le toubib l'a senti, mais sa main se pose sur mon épaule.

Je serre les dents, une sueur glacée dévale mon dos, la main caressante accentue sa pression. Sans ça, je hurlerais quand le fauteuil se plante contre les deux tubes côte à côte qui contiennent les *trucs* que j'ose pas regarder.

— Ici, c'est le contrôle du rythme cardiaque…

Le doigt manucuré du toubib désigne une machine où défilent des chiffres rouges. Les diodes clignotent comme des véhicules d'urgence. Et les *bips, bips,* se répandent sur mes nerfs.

J'ai envie de fuir. Le toubib flatte ma nuque. *Putain, ça devient carrément agréable, là. Il le fait exprès ou quoi ?*

L'infirmière ronde tape la discute avec sa collègue au fond de la salle. Je laisse lentement fléchir ma tête contre la main de Terrier. Dans le mouvement, j'entrevois mon bébé au bracelet bleu. « Jumeau-garçon », écrit au feutre noir. J'ai même pas encore songé à leur donner un prénom à mes bébés. *Mes bébés ? C'est pas mes bébés, c'est des erreurs de la nature, ça devrait pas exister… et d'abord, d'abord, c'est pas ma faute, merde !*

La voix de la Vieille s'invite dans sa tête : *ah ouais ? C'est ce que tu crois ? C'est ta punition, ma fille, ta punition !*

Je me détourne et focalise sur les diodes, les chiffres qui clignotent en rouge. *161, 162, 164…*

— C'est normal que son cœur batte si vite ?

— Pour lui, c'est OK…

Le médecin pousse le fauteuil vers le tube voisin. Moi en face du *truc* au bracelet rose. « Jumeau-fille ». Qui dort.

— Vous pouvez la toucher, si vous voulez.

Il me tend une paire de gants sous cellophane. *Pas question !* Je secoue la tête.

La main du toubib se détache, le fauteuil roulant claque contre le tube qui a la forme d'un cercueil. Un bruit accompagne le choc. « Jumeau-fille » ouvre les yeux. Petite bouche ouverte, couleur griotte. Visage violet qui se fronce. Ses poings, ses poings minuscules tels des osselets qui se crispent, ses bras rachitiques qui se débattent. Tout ce corps boursouflé qui se tend à craquer. Comme si son sang bouillonnait et qu'il allait imploser.

Je me sens mal.

« Jumeau-fille » pousse des cris en saccades. On dirait les aboiements d'un chiot. Sa respiration se détraque.

Le bruit de mitraillettes des diodes qui clignotent.

Les chiffres qui défilent : 178, 180, 190…

Son pouls qui s'accélère.

— C'est normal, ça ?

Ce bruit de mitraille d'un cœur détraqué. Qui ralentit. Quelques secondes. Et repart. Plus vite. Encore plus vite.

— C'est normal ?

Terrier ne répond pas. Je voudrais me barrer mais reste scotchée au tube, incapable de m'en détacher, devant mon bébé qui semble crier sa colère.

Le pouls des jumeaux s'accélère encore.

— Ne vous inquiétez pas, c'est courant en néonatologie. Une forme de tachycardie qu'on appelle l'apnée des prématurés.

Les diodes clignotent, crachent des chiffres rouges. Je les vois double, triple. Dans ma tête, le bruit devient obsédant. Et si les machines déconnaient ? *Coupable, coupable…*

Mon corps, mon ventre, mes hématomes, mes douleurs se réveillent. Je me retrouve contre le mur, à côté de la porte des toilettes, dans le deux-pièces de Tony.

Parer les coups de mes petites mains, de mes bras trop fins. Protéger mon ventre. Mon ventre rond comme un ballon. Le pied de Tony décolle.

Je m'évanouis.

35

Des collègues flics, des amis pompiers, des potes fonctionnaires à la mairie du 16e arrondissement de Marseille… Canari a passé une heure à téléphoner, envoyer des mails et des SMS. Toujours le même objectif : comprendre les circonstances de l'incendie de la maison des Ramona et en savoir plus sur l'identité de la victime.

Il fume une clope au bord de la fenêtre, file aux toilettes sniffer un rail. Puis il emprunte un couloir et traverse le bâtiment.

Au fond d'un bureau cerné de casiers métalliques, un crâne chauve émerge derrière le journal ouvert devant lui. *La Marseillaise*, vestige communiste des belles heures de la ville rouge. Une provocation dans le milieu policier. Le Tordu est syndiqué et communiste.

Canari cogne contre le battant de la porte. Diaz lève tranquillement la tête et défie l'importun de son regard transparent et cynique.

— Tiens, Canari, cui-cui… Tu viens prendre des nouvelles de ton ami Beretta ?

Il ricane en reposant son journal.

— Pas de chance, j'ai dû le renvoyer à grands coups de pied dans le derche, poursuit le Tordu. On a vérifié. Il était bien au bar en haut de la Canebière, à côté du club des supporters, à l'heure où les pompiers ont été appelés pour l'incendie. Donc, c'est pas notre coupable. Maintenant, je vais m'occuper de la petite radasse qui créchait avec lui et qui, selon tes dires, n'a aucun intérêt pour l'enquête…

— Non !

— Comment ça, non ? Tu me donnes des ordres maintenant ? À moins que tu aies quelque chose à me vendre…

Canari observe ses lèvres molles qui produisent des sons mouillés comme s'il mastiquait les mots. Ce mec lui fait horreur.

— Une enquête sur un incendie, rue de la Montée, quartier de l'Estaque. L'été dernier. Ramona. Ça te parle ?

— Qu'est-ce que j'ai à voir là-dedans ?

— En effet, tu n'as pas signé le rapport. Mais c'est bien toi qui as enquêté… J'ai des témoins.

— Et alors ? L'affaire est classée.

— Il semblerait que le nouveau proc veuille rouvrir l'enquête. Un témoignage inattendu…

Aucun frémissement dans ce regard trop clair. Le chauve referme son journal et l'aligne contre le bord droit de son bureau.

— Pas au courant…

— Il paraît qu'un collègue aurait croqué pour boucler rapidement l'affaire. Et tu sais qui serait derrière tout ça ?

C'est un piège un peu grossier, certes, mais sait-on jamais. Canari recule la chaise devant le bureau, en faisant grincer les pieds sur le lino. Instinctivement, le Tordu recule son siège.

— Accouche, Richard… Tu veux quoi ?

Touché ! Canari s'assoit.

— J'en ai rien à cirer que t'aies palpé, mon pote. Rien à battre de l'incendie, mais je crois connaître le coupable. Ou plutôt la coupable.

Imperturbable, le chauve lui désigne le paquet de Dunhill posé sur le dossier.

— Cigarette ?

Canari acquiesce et extrait une tige du paquet.

— Comme t'es chargé de l'enquête sur l'incendie de l'appartement de Beretta et la chute de son écran plat, j'ai une proposition à te faire…

— Du genre que je ne pourrais pas refuser, hein ?

Ses yeux ont la même couleur que la colonne de fumée qui sort de sa bouche.

— La petite amie de Beretta, c'est mon affaire. Tu l'oublies pendant trois jours.

— Trois jours, pas un de plus. Après je m'en occupe…

Le Tordu attend que Canari ait quitté son bureau, puis d'une main tremblante d'excitation, il saisit son téléphone fixe et compose un numéro abrégé.

— Vous ne devinerez jamais qui m'a proposé un marché ?

Un sifflement dans le combiné.

— Un petit oiseau jaune qui porte moustache, je parie…

— Bingo !

— Au sujet de… ?

— L'incendie de la villa de qui vous savez l'été dernier…

— Rien que ça ! Et en contrepartie ?

— J'oublie pendant trois jours la petite amie de Beretta. La gamine enceinte que les pompiers ont tirée du sinistre…

— Tiens, tiens, surtout qu'il le fasse… D'autant que j'ai appris qu'il menait sa propre enquête à la Timone. Laissons-le tirer les fils. On ramassera la mise à la fin. Surtout s'il nous mène au Libyen. Et s'il échoue, comme à peu près tout ce qu'il entreprend, on lui mettra sur le dos l'échec de l'enquête…

36

Tony a quitté sa cellule et remonte à l'étage dans un grand silence. Les flics se taisent sur son passage. On le regarde, on l'observe, le récit de ses exploits de la nuit sur toutes les lèvres. Il scrute les regards, les sourires entendus, les moues admiratives. Les flics reconnaissent les mecs qui en ont. Comment il a fait pour rosser une brute de cent cinquante kilos ?

Suffisait de bien viser. Les doigts de Tony sont des tenailles, ses mains des vérins. Torsion des testicules. La brute s'est évanouie de douleur ; ça a été facile ensuite de le déshabiller et d'accrocher ses bras au-dessus de sa tête en nouant son pantalon. Puis, un coup sur la rotule. Quand il essaiera de se mettre debout, elle va tourner et le gros lard s'effondrer sur ses couilles enflées comme des melons de Cavaillon.

Une chance, la brute avait de quoi fumer. Un joint, pas de la super came, mais de quoi apaiser la douleur et les élancements de son nez fracassé. Ensuite, Tony a dormi comme un bébé, malgré les soubresauts du Grand Porc Malade.

Il signe sa sortie. Les flics n'ont plus rien contre lui, même si l'enquête n'est pas terminée. Il se doit, bien entendu, de rester à la disposition des enquêteurs. Un agent lui demande s'il veut consulter un médecin pour son nez, puis le congédie sans attendre la réponse en lui refilant un ticket de métro et une vieille casquette de l'Ohème, modèle 1993. L'année de la victoire en coupe d'Europe. Tony y voit un bon présage.

Métro. Ligne 2. Arrêt stade Vélodrome. Il est encore plus effrayant que la veille, des croûtes de sang accentuent la couleur violacée de son faciès qu'il exhibe, la casquette à la main. On s'écarte, on se pousse, on évite de le frôler, ou de croiser son regard.

La Légende n'est pas morte, pas encore. L'envie de se gratter le reprend.

Boulevard Ramon. Son immeuble en vue.

Presque vingt-quatre heures. Jamais Tony ne s'est absenté des Mimosas si longtemps depuis que le Libyen, à l'automne dernier, lui a confié la gestion d'un nouveau trafic. Au pied du Vel'. Le bon plan. D'abord les soirs de match quand les travées du stade empestent le shit, puis le bouche-à-oreille fonctionnant, le service est devenu quotidien. Sauf qu'hier soir, les habitués ont trouvé le supermarché vide.

Plus de came, et plus un radis pour payer ses choufs. Pas bon de les laisser inactifs. Pas bon de les lâcher face à des junkies qui peuvent devenir carrément violents s'ils n'ont pas leur dose.

Il n'aurait jamais dû se barrer à la fin du match. Laisser les Mimosas sans surveillance. Il a suffi d'une seule absence pour que tout parte en sucette. L'incendie de son logement, la chute de son écran plat, le vol de sa came, de son fric, de son flingue… Tout son univers qui s'écroule.

Comment reprendre la main ? Il lui faut retrouver les paquets qu'il avait planqués dans sa cantine, sous le lit. Il n'y a que Luce qui pouvait savoir qu'ils étaient là. À moins que le Bigleux qui venait souvent renifler autour de son deux-pièces ? Mais non, il sait que Tony lui aurait crevé les yeux s'il avait seulement osé avancer un doigt de pied dans sa chambre aux Trésors.

Il a remis sa casquette, rabattu la visière masquant son visage boursouflé. Il rase les murs devant les caves, se poste deux minutes derrière un muret. *Ils sont où, mes choufs ?* Personne en faction. Pas un scooter sur le boulevard. Du relâchement, du laisser-aller, c'est bien ce qu'il craignait.

Et il était planqué où, le Tordu, pour qu'il échappe à leur vigilance ? *La voie est libre, chef,* qu'il disait le Jivaro.

Et s'ils l'avaient fait exprès ? Et s'ils voulaient le planter pour mieux le doubler ? Pas possible : ils ont bien trop peur de lui. Il est la Légende des Lunatics, tout le monde le craint et le respecte, non ?

Il longe une clôture, contourne le bloc jusqu'au parking à l'arrière. Derrière une camionnette, il attend. Puis trotte jusqu'à une autre sortie de secours du bâtiment. *Y vont quand même pas me surprendre une deuxième fois ?*

Une porte rouillée gémit.

La cave.

Pénombre. Il tâtonne dans un étroit couloir jusqu'au pied d'un escalier en fer qui dissimule son scooter. Lequel n'est plus à sa place.

Une silhouette se détache des ténèbres.

— C'est ça que tu cherches, Tony ?

Entre les mains battoirs de Marco le Gitan, la carcasse d'un vélomoteur sans roue.

— Devine qui veut te causer…

Derrière le Gitan apparaît un jeune homme élégant. Visage fin. Barbe taillée en pointe. Costume Smalto, chaussures Santoni.

Le Libyen.

— Alors, c'est toi qui as déclenché ce bordel ?

Tony n'a pas le temps d'ouvrir la bouche. Le Gitan a lâché la ferraille et saisi sa gorge.

— Paraît que les flics te recherchent parce que t'as mis le feu à ton appart' ?

Le Libyen allume son portable et éclaire le visage de Tony qui a viré vert autour de son nez violacé.

— Ce sont eux qui t'ont arrangé la tronche ?

La pression du Gitan sur sa gorge écrase sa trachée. Tony pourrait se dégager, viser d'un coup de coude la côte flottante de son adversaire plus grand que lui. Mais il n'a rien à se reprocher. Il a toujours été d'une fidélité sans faille à ses employeurs. Mieux vaut jouer profil bas.

— Laisse-le parler, Marco.

L'étreinte se relâche.

— Un certain Diaz m'a cogné, mais m'a relâché après. Les caméras de télésurveillance ont prouvé que j'étais au QG des Lunatics à l'heure de l'incendie.

— Et qui a mis le feu à l'appartement que je te loue ?

— Quand j'suis parti, après le penalty raté, y avait que Luce dedans…

Une lueur amusée traverse le regard du Libyen, puis son sourcil droit se lève.

— Ce serait elle qui… ? Luce ne fait jamais rien au hasard. Tu l'as pas frappée, j'espère…

— Sur ma vie, j'te jure, Costa, tu m'connais, non ?

— Justement. Je t'ai pas récupéré dans mon équipe pour violenter une fille que j'ai mise en pension chez toi. Alors si j'apprends qu'elle s'est retrouvée sur une civière par ta faute…

— Mais elle était en cloque ! C'est pour ça qu'ils l'ont emmenée à l'hosto !

— En cloque ? s'étrangle le Libyen.

Une seconde, il s'est figé, son regard traversé par des vagues de sentiments. Stupéfaction, colère. Puis il ouvre la bouche, expire longuement, comme s'il pouvait rattraper le dérapage de sa voix. Son visage se calme, redevient froid, glacial.

— J'te jure, Costa ! Même que c'est des jumeaux… Mais elle va bien, j'reviens à peine de l'hôpital. Chambre 63, au sixième. Dans le bâtiment des enfants, faut pas se tromper surtout.

— C'est toi qui l'as mise en cloque ?

La patte du Gitan remet la pression sur son larynx.

— J'aurais jamais osé la toucher, parole de…

— C'est pas ce qu'on raconte… grogne Marco.

— C'est qui alors ? l'interrompt le Libyen.

— J'en sais rien… De toute façon, moi, j'peux pas en avoir, des mômes. Un problème avec mon sperme…

Un mensonge, mais il n'a pas trouvé mieux.

— Elle était enceinte de combien ?

— J'suis pas trop sûr… Six mois, au moins, j'pense…

Le regard du Libyen se voile. Une seconde, puis il se racle la gorge.

— En attendant, t'as pas perdu ma came, j'espère ?

— Ben… non, tu penses bien !

Le Libyen a repéré l'hésitation.

— Ne me dis pas que tu l'avais planquée dans ton appart' ?

— Costa, tu m'connais, j'suis pas si con quand même. Elle est en lieu sûr, ta came !

Le Libyen agrippe les cheveux filasse de Tony.

— Je ne vais pas te buter de suite, parce que jusque-là, t'as été bon dans ton *bizness*. Mais je te mets à l'amende. Pour chaque gramme que j'ai mis à ta disposition, tu me reverseras le double. Plus dix bâtons parce que t'as pas été vigilant et pour le bordel déclenché par la descente des keufs. Dans trois jours, on se retrouve ici, mon Tony. Au pied de cet escalier. Trois jours ! Après…

Le Libyen regarde son adjoint.

— … il se fera un plaisir de te saigner… et pour que je sois certain que tu aies bien compris le message… Marco !

Clin d'œil au Gitan.

— Un acompte, chef ?

Le Libyen hoche la tête. Une lueur de reconnaissance éclaire le faciès de Marco.

— La main.

— Gauche ?

— Celle que tu veux…

De sa poche, le Libyen sort un cran d'arrêt. La lame à rainures claque en se dépliant.

— Pour que tu n'oublies pas. Trois jours.

Le Gitan écrase la main gauche de Tony contre le mur.

— Déconne pas, Costa ! Putain, déconne pas !

— Calme-toi, mon Tony. Rien de personnel. C'est le tarif. Tu connais les règles.

La lame entame la peau et tranche le tendon entre les deux phalanges. L'épouvantail gémit. Le Gitan lui balance son poing sur la tempe. Tony s'effondre.

37

Ne plus penser. Me débrancher la tête. *Avec la came ou la télé.* M'abrutir d'images et de sons. Saturer mon cerveau. Ne plus songer à ce que j'ai fait. Ou pas fait. Ou pas été capable de faire. Protéger mes avenirs, mon capital pour avoir la vie à laquelle j'aspire. Ma villa au bord de la grande bleue, avec vue sur une baie gorgée de soleil.

J'allume la télé. Le journal de France 3 raconte la découverte de deux cadavres près de Marseille. Flambés dans un véhicule dont la plaque d'immatriculation a fondu. « Encore un règlement de comptes dans le milieu de la drogue », dit le journaliste.

Mes mâchoires se contractent. Toujours la même appréhension. Le reportage donne pas de noms. Parfois, c'est pire de pas savoir de quel camp sont les victimes.

Retour sur le plateau du journal. Derrière le présentateur, cette image : notre immeuble et l'appartement de Tony en partie brûlé. Et ce commentaire : « le pompier grièvement blessé par la chute d'un écran plat est toujours dans le coma. Son pronostic vital est engagé. Un suspect, ancien ultra de l'Ohème, est toujours entendu par la police. »

Je suis pas rassurée. Est-ce que Tony va être mis en examen ? Combien de temps vont-ils le garder ? Il finira par sortir, tôt ou tard. Il faudra que je sois loin. Ou bien protégée. *Pourquoi j'ai fait ça ? Pourquoi je me suis encore mise dans la merde ?*

J'éteins la télé.

***

La barrière du parking de la Timone se lève.

Aucun flic n'a plaisir à se rendre à l'hôpital. Sauf Canari qui saute de la voiture, guilleret comme un adolescent excité par un premier rendez-vous. La petite ne cesse d'occuper ses pensées. *Trois jours, et elle me mangera dans la main.*

Il les aime malignes, résistantes, bravaches. Pour sa dernière affaire, elle est une gourmandise qui lui met l'eau à la bouche, le feu aux neurones. Et une putain d'envie de… *Elle pourrait être ta fille, bordel ! Et elle n'est même pas encore majeure !* Jusqu'à présent, c'était sa limite, mais à quelques jours de la quille, il n'y a plus de tabous qui tiennent. D'autant plus qu'il repense aux injonctions de la Vieille : *Éloignez-vous ! Elle porte malheur à tous ceux qu'elle approche !*

Non, le malheur, c'est moi ! Et la tentation est plus forte que tout.

Il grimpe l'escalier quatre à quatre.

***

J'ai trop chaud. La blouse me colle à la peau. Je tire le rideau devant la fenêtre, puis me déshabille.

Je suis assise sur le lit, mes bras enserrent mes jambes, ma tête repose sur mes genoux. Si seulement je pouvais ne plus penser. Mais mon corps n'oublie pas, ma peau encore marquée, les bleus de mes hématomes qui virent au vert.

Ma poitrine aussi me fait mal. Le bout de mes seins tout dur. Je les examine. De mon téton gauche perle quelques gouttes. *Merde! Manquait plus que ça!* Ça devrait me faire rire, mais c'est pas le cas. J'ai du lait pour quoi faire? Pour les *trucs* tout cramés? Ils vont me tirer du lait?

Je suis pas une vache. Si quelqu'un me touche, je le frappe.

Un courant d'air me fait sursauter.

***

Il a ouvert la porte avec la délicatesse d'un amant qui veut surprendre sa belle. *Pour une surprise…* Il contemple le spectacle. Une petite sirène échouée sur un lit froissé, les mains caressant ses seins tendus comme des pommes Golden. À croquer.

— Des chaleurs, mon cœur?

Le sourire aux lèvres, le regard incandescent, il la regarde sursauter, recouvrir sa nudité et se blottir au coin du lit.

— Si tu as trop chaud, faut pas te gêner pour moi…

Il s'assoit sur le tabouret et de la chemise cartonnée qu'il tient à la main sort un formulaire. Premier acte.

— Ta plainte contre Tony Beretta…

Luce s'en fout. *Il connaît pas mon vrai nom, alors je peux signer n'importe quoi…* Elle fait semblant de lire. Jusqu'au bas de la dernière page. À la ligne « la plaignante », deux mots l'interpellent.

— Luce Ramona, c'est bien ton nom?

Elle ne répond pas.

— Au fait, on vient de relâcher ton copain Tony. L'incendie et l'écran, ce n'était pas lui. Il a un alibi, il se trouvait ailleurs au moment où le feu s'est déclaré. Mais si tu signes, il sera recherché pour coups et blessures…

Qu'il se barre vite, qu'il me fiche la paix… Luce signe.

— Parfait.

Il sourit en rangeant la plainte qu'il ne déposera jamais.

— Mais je n'en ai pas fini avec toi… J'ai fait la connaissance de ta mère adoptive ce matin. C'est marrant l'histoire que j'ai apprise. L'incendie, l'été dernier ,de la maison où tu vivais, ton beau-père qui a cramé… Tu te souviens ? Paraît qu'il se serait brûlé tout seul, pauvre vieux imbibé d'alcool… Si c'est pas malheureux. Tu les attires, les incendies, dis donc…

Il caresse sa moustache en la scrutant. Un geste, un frémissement, même un battement de cils, une inflexion dans la voix, une hésitation ou son débit qui s'accélère ou ralentit. Un signe, et il l'aura ferrée.

— L'enquête a conclu à un incendie domestique, mais les circonstances sont troublantes…

Une désagréable sensation mord le dos de Luce. *Elle se raidit…*

— Je suis allé voir le collègue qui était en charge du dossier.

Des crochets se plantent dans son épiderme. *Elle contracte ses épaules…*

— Il a, semble-t-il, subi quelque pression pour aboutir à cette conclusion, dirons-nous, un peu rapide… Peut-être pour te disculper, qui sait…

— Je dormais…

— J'ai appris que ton beau-père frappait ta mère, mais que toi il t'aimait beaucoup, semble-t-il… Jusqu'à quel point ?

Cette fois, la partie inférieure de son visage frémit. *Ah ah…*

— Je l'aimais pas. Il est mort. Bien fait pour lui…

— Il a essayé de…

— Non !

— Au moins, c'est clair…

Il sourit. Elle est maligne, mais il saura. Tôt ou tard.

— Dans la série des trouvailles, il y avait aussi du cannabis chez ta mère. Je suis certain que c'est toi qui la fournis.

Parce que tu es la nourrice de Tony Beretta… Alors, elle est où, la came ? Tu me le dis et je te fous la paix.

— Pas au courant…

Elle se contracte encore… On va passer au deuxième acte, ma chérie…

— On a trouvé un briquet dans le deux-pièces qui a cramé, chez ton ami Tony. Ce serait marrant qu'il y ait tes empreintes dessus…

Elle baisse les yeux, fixe ses pieds qui lorgnent sous le coin du drap. Le vernis noir sur ses ongles s'est écaillé. *Un geste d'évitement.* Il en profite pour se lever et poser ses fesses au bord du lit. *Acte trois…*

— On a ramassé aussi un portable rose Hello Kitty. Pas trop le genre de ton mec, je pense… Ça va toujours, ma puce ?

Il s'avance au milieu du lit, sa cuisse effleure ses doigts de pied qu'elle rétracte sous le drap bleu. Trop envie de la croquer, il a adoré voir ses seins tout à l'heure. Autre chose que l'amie de la mère Ramona ce matin. Des mamelles fières, arrogantes, cachées sous ce triste drap bleu. *Pourquoi tu me les caches, tes belles rondeurs ?*

Il se fait ses films, Canari, il se fait ses propres scénarios. Juste avant de rentrer dans le champ et de s'inviter sur la pellicule en jouant son propre rôle. Celui du flic sadique qui ne crache jamais sur une tentation, une opportunité.

Allez, après, c'est promis, je te laisse tranquille. Au moins, je te le ferai croire. Et demain, je reviendrai avec d'autres charges contre toi. Et après-demain on se retrouvera dans mon bureau, et je te prendrai par-derrière, ma main sur ta bouche pour étouffer tes cris.

Il s'était enregistré une fois. Une blackette, prise en flag. Facile. La crampe dans son boxer se raffermit, rien que d'y penser. *Elle va craquer, elles craquent toutes.* La tentation, c'est maintenant. Tout de suite.

Il se penche sur elle, ses lèvres flirtent avec son oreille.

— Tu sais que tu m'excites ?

Sa voix qu'il voudrait suave écorche même les mots doux. Luce le regarde fixement. Les yeux plongés dans les siens. La bouche ouverte. Il prend cela pour une invite et tend son cou pour l'embrasser. Elle plante ses dents dans la lèvre lippue parfumée à la Gitane. Le regarde, alors que la surprise et la douleur crispent son visage. Sa lèvre saigne. Luce, la rage dans les yeux, dents serrées, crache :

— Va te faire voir !

Canari passe sa langue sur sa blessure, un faux sourire magnanime tord sa bouche. Il aime qu'on lui résiste.

— Oh, qu'elle est vulgaire ! Tu crois que l'hôpital te gardera encore longtemps ? Dans deux ou trois jours, tu viendras avec moi dans les sous-sols de l'Évêché et tu vas la regretter ta chambrette. M'est avis que tu les verras plus beaucoup, tes prématurés… s'ils survivent…

Il attend la réaction de Luce, après son coup de semonce. Elle ne moufte pas. Une idée lui traverse l'esprit.

Il jette un œil autour du lit, puis vers l'armoire.

— Tu l'as peut-être planquée ici, la came… Dans ton sac, mélangée avec de la poudre de lait, qui sait…

Il se lève. Regard braqué sur l'armoire. Luce ne réalise pas de suite. Il est à deux pas de l'armoire quand ça lui revient. *Merde !*

À cet instant, l'infirmière ronde pénètre dans la pièce. Le flic se fige tel un gosse pris la main dans le sac.

— Je dérange ?

— Du tout, je reviendrai demain de toute façon. Bon courage, ma puce…

Il sort. Son odeur reste. L'infirmière, perplexe :

— C'est ce flic qui sent aussi mauvais ?

— Ouais, à lui seul, il pue autant qu'une équipe de rugby à la fin d'un match.

38

L'infirmière ronde vérifie mon pansement. Appliquée, mais lente. Je m'impatiente, des fourmis rongent mes nerfs. Elle remarque que je la reluque avec une expression amusée.

— Qu'est-ce que vous avez à vous marrer ? C'est moi qui vous fais cet effet ?

— Non, madame…

— Fous-toi de ma gueule ! Heureusement que t'es pas ma fille…

La forte silhouette s'efface de la chambre. J'attends. Pour être certaine qu'elle va pas rappliquer dans quelques secondes. Dommage qu'on puisse pas verrouiller la porte.

J'inspire un bon coup. Quelque chose d'extraordinaire est sur le point d'arriver. Un long moment, je retiens ma respiration de peur que cet instant éclate comme une bulle de savon.

Puis je me hisse sur le fauteuil, roule jusqu'à l'armoire, cale le frein, et descends. À genoux, je me positionne devant le meuble pour que mon corps fasse paravent si quelqu'un venait. *Le sale flic qui entre sans frapper, faudrait pas qu'il voie ça…*

Dans l'armoire, mon sac rouge. *Putain de mémoire ! Même ça, j'ai oublié ! Bordel, qu'est-ce que j'ai bien pu oublier encore ?*

Je me jette sur la fermeture Éclair, écarte les couches, découvre un sac en toile de jute qui enveloppe deux paquets sous plastique indétectable. Un gros, un petit. Dans le plus volumineux, le stock de Tony le dealer : H, coke, shit… *Et l'autre idiot de poulet qui court après une nourrice, ah, ah ! Il connaît pas Tony Beretta.*

L'épouvantail a confiance en personne. Ce con est sa propre nourrice. Il croyait qu'il pouvait se fier à moi, que je savais pas. Je suis une fouille-merde. Qui inspecte toujours son territoire. À fond.

Le deuxième paquet. Enveloppé de plastique gris opaque et de plusieurs épaisseurs de papier journal que je déchire. Ce que j'ai sous les yeux me coupe le souffle. *C'est de la bombe !*

Des tas de billets noués par des élastiques.

Combien ? Des milliers d'euros. Mon poids en or. Multiplié par dix au prix de la came à la revente. *Je suis riche !*

Je prélève un doigt de poudre blanche. De la coke. Quelques secondes, et ma vie se colore. Mille couleurs. Un vrai kaléidoscope. Mon corps sort d'une gangue. Je deviens papillon. Je pourrais m'envoler. Portée par cette bouffée d'énergie.

Et tout va s'arranger ? Oui, le pompier va se réveiller avec une belle bosse sur la tête et aucun souvenir. Mes bébés vont grandir et devenir deux beaux bambins potelés avec de grosses joues, comme dans les pubs à la télé. Alors, je pourrai les présenter. *Et me tirer avec leur père ?* D'abord lui faire la surprise. Avec la came et le fric de Tony. Et je sais d'où ça provient. C'est ça le plus drôle…

C'est si bon que je replonge la main dans le sac. Encore un doigt.

La seconde prise me fouette les sangs, une douzaine de couleuvres frétillent dans mes membres. Ça secoue, ça fait sauter mes neurones comme ces bonbons qui crépitent dans le palais, ça chasse les nuages noirs qui gangrènent ma cervelle et mon avenir.

Cette énergie, cette force… Je vole. Je plane. Prête à tout affronter. Même les voix dans ma tête. Même mes peurs.

Je ferme les yeux.

Je convoque la Vieille, sa voix chevrotante et son affreux ricanement. *Crève, la Vieille ! Un jour, je te ferai taire. Tu paies rien pour attendre.*

Je convoque l'ombre du Vieux. *Qu'est-ce que tu veux encore, toi ? T'es plus debout, t'es moribond !*

Je convoque les *trucs* qui brûlent. *De toute façon, je ne vais pas les déclarer alors c'est comme s'ils existaient pas, non ?* Et, de toute façon, ils vont mourir.

Pourquoi cette pensée me tarabuste ? *En attendant, ils souffrent à cause de toi, ils agonisent et le corps médical le sait bien. Il ne faut pas continuer à les laisser dans cet état… Vivre les torture.*

J'en suis convaincue : c'est le sort que la Vieille m'a jeté, sa malédiction qui s'abat sur moi. Ma punition.

La Vieille revient dans ma tête, ricanant comme une mobylette mal réglée : *Jusqu'à la fin de tes jours, ils te hanteront. Et ce sera ton fardeau quotidien, Luce, chaque jour, les cris et images de la souffrance de tes bébés brûlés te poursuivront, partout tu les emmèneras avec toi, parce qu'ils ne sortiront jamais de ta tête. Jamais !*

Encore un doigt. Monter plus haut, toujours plus haut. Trouver les réponses dans les étoiles.

Comment affronter ça alors ? Comment ? Comment ?

Et d'un coup, tout se dégage. Ça me rend lucide. Tout devient clair, limpide et lisse comme une lame de rasoir.

Une idée. Une sale idée, mais elle est nécessaire. La seule solution. Et ça n'a rien d'une blague.

Après le dîner, c'est le moment.

On m'a plus emmerdée de la journée. J'ai eu tout le temps de me préparer. De m'habiller. Sous la blouse, je planque un couteau dentelé que j'ai piqué au déjeuner. Reste la sonde urinaire et la couche. Pas le choix. Faut faire avec et me les trimballer.

Je sors.

— Vous allez où, là ?

Assis sur une chaise devant ma chambre, un vieux flic rougeaud me considère comme une taularde.

— Rien. Je voulais juste humer le bon air du couloir…

— Je t'ai à l'œil. Tu ne vas nulle part sans moi…

39

Tony a toujours eu peur de l'eau. Mauvais souvenir d'enfance.

En plus, l'eau monte. Il baigne dans quoi, au juste ? Un marigot souillé d'immondices et peuplé d'ombres qui font des gestes qu'il connaît bien. Les gestes que font tous les tox qui se piquent. Un garrot. Des seringues. Un coup de pompe. Dans le bras, dans le mollet. Dans le pied. Dans la verge. Et il y a quelque chose qui grouille sous lui. Quelque chose de vivant et qui rampe. Quelque chose de piquant qui érafle sa peau.

Ils sont des dizaines, formant une masse noire. Ça ressemble à un dépôt d'algues en décomposition sur une plage engluée de pétrole. Il réalise qu'il repose sur un banc d'oursins.

Il essaie de se débattre, mais plus il s'agite, plus la masse l'engloutit. Et le pire, c'est la seconde d'après. Quand les oursins s'insinuent dans ses intestins.

Tony hurle. Et se réveille.

Il est dans l'une de ces caves glauques, salle de shoot, salle de tournante quand il faut. Son maillot de l'Ohème trempé de sueur et maculé de vomi. Une brûlure irradie son petit doigt et son nez lui semble plus volumineux que son crâne.

Il s'accroche à la poignée de la porte et, tel un boxeur sonné aux cordes d'un ring, se hisse sur les genoux. Le soupirail tire un rayon de soleil à travers la pièce. Il lève sa main mutilée vers la lueur, observe son auriculaire amputé de moitié. Il se souvient avoir ramassé le bout manquant à quelques mètres de là et serré dans son poing. *Il est où, mon petit doigt ?*

Tony rampe sur le sol humide et poisseux. *Il doit être là, non ? J'ai dû le perdre quand on m'a déposé ici…* Sous les casiers, quelque chose a bougé. Il se jette à plat ventre, bras en avant. Une ombre bondit sous son menton, tenant quelque chose dans la bouche. *Un rat !*

Il effleure sa queue, le rongeur s'échappe, il se lève pour bondir, sa tête tournoie telle une toupie, des élancements matraquent son nez, ça secoue les oursins dans ses boyaux. Le pire effet du manque. Des douleurs à s'ouvrir la panse au couteau. Il lui faut une prise, vite.

Il se traîne jusqu'à l'ascenseur, en suçant son moignon de petit doigt.

Dans son salon, il n'y a plus rien. Envolés, le canapé, la table basse, les fauteuils et le meuble télé. L'armoire démontée et ses copies de tous les trophées de l'Ohème, volatilisés.

La petite armoire à pharmacie de la salle de bains, où il planque quelques substituts, est vide. Le frigo, le buffet dans la cuisine, vides. Il ne reste même plus un rouleau de papier dans les toilettes.

Tony titube dans le couloir, l'estomac vrillé de douleur, les jambes coupées. *Une prise, vite !* Marta a toujours de quoi. Bien planqué. Dans ses orifices.

La porte de l'appartement a été remise sur ses gonds. Il entend de drôles de bruits à l'intérieur. Des gémissements, des rires. On semble s'amuser là-dedans.

Il frappe. Patiente. Trépigne. *Putain, elle attend quoi, c'te radasse?* On déverrouille la serrure. *Elle va encore s'en prendre une…* La porte s'entrouvre jusqu'au crochet, découvrant le visage du guetteur bigleux, pansement sur l'arcade sourcilière et coquard sur l'œil droit. Sa voix pâteuse en dit long sur son état de lucidité.

— Ooooh, mec, tu vois pas que tu déranges?

Il se tient au chambranle et respire tel un asthmatique. D'un coup, son œil fermé s'écarquille comme si sa paupière venait de se dégripper.

— Ooooh, mais c'est celui qui se prenait pour notre chef…

Du séjour, Tony ne distingue qu'un bout du tapis en alpaga que griffent des ongles fluo démesurément longs. *Marta!*

— Putain, vous allez dégager de là fissa, les minots, ou…

Le *clac* du couteau à cran d'arrêt que le Bigleux pointe vers sa gorge coupe sa gueulante.

— Ou quoi? T'as vu ta tronche? Paraît que t'as plus un rond… Avec quoi tu vas nous payer?

Le regard du Bigleux louche vers un détail qui le fait marrer.

— Eh, matez son petit doigt, les mecs!

Le Bigleux décroche la chaîne de sécurité et ouvre la porte. Dans le salon, ils sont une demi-douzaine. Des gosses, de douze à quinze ans. Des microbes, dans le jargon des banlieues. Ils ne s'intéressent pas à ce qui se passe dans l'entrée de l'appartement. Trois sont debout et semblent attendre leur tour, le pantalon sur les genoux, la main dans le caleçon. Les autres sont vautrés sur le tapis. Et immobilisent les membres de Marta, qui geint tel un animal blessé.

— Alors, le Libyen t'a mis à l'amende?

Tony n'entend plus. La rage rend sourd. Il se prépare à bondir, mais deux microbes ont rappliqué vers la porte et sorti des couteaux sans même remonter leur pantalon.

— Depuis le temps que tu nous fais suer, chef ! poursuit le bigleux. On avait trop envie de se la faire, ta protégée ! Et quand ta petite Luce se ramènera, ça sera son tour… En attendant, on va te trouer la peau.

Le Bigleux attend les renforts. Qui ne bougent pas.

— Oh, les gars, on se le fait, le Beretta ?

Grognements et réponses en cascade.

— Tu vois pas qu'on est occupés, là ?

Le Bigleux soupire.

— Mais, quand même, dis-y qu'on rigole ! Il a le droit de savoir pour la coupure de courant !

— Ah, chef, tu nous faisais tellement chier avec ton Ohème, alors on t'a fait une petite blague…

Et tous se marrent :

— Au moment du penalty, on était dans la cave et on a coupé le jus ! Elle est bonne, hein ?

Puis, la porte claque, laissant Tony, ahuri, sur le perron.

40

Allongée sur le lit, je poireaute.

Le vieux flic devant la porte, il est armé ? Me semble pas. N'empêche que c'est un keuf. Posté là par l'odeur qui me fait surveiller. Mais il a l'air fatigué. Il va bien finir par s'endormir, le pépère.

Une heure plus tard.

Mon oreille contre la porte. Ma main sur la poignée. Humide, nerveuse. *Inspire, expire.* Mon cœur tonne lorsque j'ouvre doucement la porte.

Affalé sur la chaise, mains croisées sur la bedaine, le flic roupille, la bouche ouverte, en sifflant comme une vieille locomotive.

J'ai viré la sonde, mais gardé la couche. Debout, mon ventre me tiraille, comme si on essayait de m'écarter la peau autour. Ma main droite le presse, en appui sur mon pansement.

Les jambes encore faibles, je longe le mur, frôle des dessins d'enfants que je voudrais gommer, effacer. Le sac rouge bat mon flanc droit et réveille mes douleurs. Ça fait mal, je serre les dents.

Dans les chambres, des bébés pleurent, d'autres s'époumonent. Je me presse. En finir, au plus vite. Ne plus jamais entendre des cris de bébés. Plus jamais.

Le service de néonatologie, toujours si chaud et humide. Atmosphère de science-fiction qui m'enveloppe de sueurs froides. Pénombre inquiétante, surréaliste, trouée de lumières continues ou clignotantes, où des petits corps tentent de survivre à l'aide de respirateurs artificiels, branchés à des machines qui font *bip, bip, bip… On faisait comment avant, quand il n'y avait pas tous ces équipements ? On les jetait, les prématurés ?*

Je le supporte plus. Tout ça. De voir ce spectacle affligeant. Ces trucs horribles qui vivent pourtant. *Enfin, c'est vivre ça ? J'ai pas donné la vie, j'ai donné une punition !*

Ils paient pour toi, Luce. Leur souffrance, c'est la tienne, transfusée, par procuration. Ils souffrent pour toi. À ta place. Tout ce que tu méritais, Luce. De crever comme eux, à petit feu. Mais t'as la vie dure, Luce… T'as combien de vies, hein ?

Ma colère répond à la Vieille.

T'as raison, ils méritent pas de souffrir à ma place. Je pourrais jamais le supporter. Alors je vais mettre fin à leur souffrance, et je vais l'endosser, moi.

De toute façon, ils existent pas. Je les ai pas déclarés. Leur père en saura rien… *Tu m'atteindras plus jamais, la Vieille. Après ça, plus rien pourra m'atteindre.*

La trouille cristallise mes membres qui craquent comme s'ils étaient recouverts de givre. Ça pourrait les réveiller, les *truc*s. Je dois faire vite. *Pourquoi je suis au ralenti ?* Même ma cervelle semble engourdie…

Je suce mon doigt. Des résidus de poudre magique sous mon ongle réactivent mes membres. *Bouge-toi, Luce, bouge, merde !*

Ils dorment ? Tiens, « Jumeau-garçon », on lui a mis des gants. Le petit ne bouge pas. Seule la buée sur son masque indique un signe de vie.

« Jumeau-fille », corps violet pas plus gros qu'un poumon, respire en arrachant chaque seconde de vie à sa fin inéluctable, ou à sa souffrance. Et les diodes clignotent. Vite.

Des tas de fils sortent des deux tubes accolés. Les respirateurs se gonflent. Un tuyau épais.

Comment on fait pour que ça paraisse un accident ?

Ouvrir le tube et… ?

Non, pas ça.

Je peux pas !

Coupe le tuyau alors !

Je fais glisser le couteau dentelé le long de mon avant-bras.

Je plisse les yeux et saisis le tuyau. Mon pouls s'accélère. *Fais-le ! Arrête de réfléchir !*

Le couteau sur le caoutchouc du tuyau.

Une suée dégouline dans ma nuque et traverse mon dos. Ça bourdonne dans ma tête. Le bip continu des machines s'accélère. Le cœur de la petite se détraque. Bruit de mitraille. *Elle va souffrir encore plus si tu n'agis pas !*

Ma main gauche pince le tuyau. L'autre tremble au moment de couper le caoutchouc, plus résistant que je croyais. Des larmes sur mon visage. Je fixe la petite, sous son masque.

La petite qui ouvre les yeux. La petite qui couine. La petite qui sent qu'elle va mourir.

41

— Tu fais quoi, là ?

Une voix sabre mon dos.

— Lâche ça tout de suite !

Une main sur mon épaule. Je pivote en pointant mon couteau. Sur la poitrine de Yasmina.

— Qu'est-ce que tu fous là ? Dégage, la beurette ! Ou j'hésiterai pas à te planter !

— Ben, vas-y, qu'est-ce que t'attends ?

Elle me défie. Visage fatigué, yeux froncés, regard déterminé.

— Tu sais pas de quoi je peux être capable, alors dégage !

Yasmina ne recule pas.

— C'est moi qui suis de garde, ce soir. T'as pas de chance, ma belle. Comme il y a grève, je fais des heures sup. Besoin de thunes… Et je suis crevée là, OK ? Alors, t'arrêtes tes conneries ! Sinon, je déclenche l'alarme et tu iras expliquer ce que tu fous ici avec un couteau ! Et t'as de la chance que le système de vidéosurveillance soit en maintenance… T'avais même pas vu qu'il y avait une caméra !

Je relâche le couteau. Envie de fuir. Courir, courir, si je pouvais, si j'en étais capable. J'essaie quand même. À peine deux pas. Le sol se dérobe.

— Reste là !

Yasmina agrippe ma main. Fermement. Entoure mes épaules traversées d'ondes glacées.

— T'as froid ?

Je tente de la repousser. Elle me retient par la manche de ma blouse.

— Viens !

Je me retrouve contre la couveuse. Au contact du plexiglas. La poigne ferme de Yasmina menotte mon bras. Son autre main me débarrasse du couteau, puis saisit mon menton.

— T'es shootée ou quoi ? T'as les mirettes, on dirait des lanternes. Ce que tu voulais faire là, ça s'appelle un crime. Tu voulais supprimer tes propres enfants ? Tout ça parce qu'ils sont nés un peu en avance ? Aujourd'hui, la très grande majorité des *prémas* s'en sort et n'a pas de séquelles. Tu m'entends ? Tu écoutes ce que je te dis ? Ils n'y sont pour rien. Et toi non plus ! Tu n'as rien à te reprocher, t'entends… Personne ne s'attend à ça. Et dans ton cas, c'est un accident ! Alors, je comprends que ça te fasse un choc. D'autres mamans sont effondrées au début, puis elles s'y font. Putain, t'as donné la vie, merde !

Elle me secoue comme une bouteille vide.

— En plus dans l'état où je t'ai trouvée aux urgences, c'est un miracle qu'ils soient encore vivants. Et c'est même un miracle que toi, t'aies pu t'en sortir !

Ses beaux yeux noirs crachent du feu. À bout de souffle, elle vacille une fraction de seconde et rebondit contre moi.

On reste immobiles, l'une contre l'autre. Je murmure des mots gelés qui s'évaporent de ma bouche :

— J'aurais préféré…

— Quoi ?

— … y rester.

— Raconte pas de bêtises…

— Je suis maudite, tu sais… Tu ferais bien de me lâcher et de plus m'approcher… Sinon, à toi aussi, il t'arrivera des choses bizarres.

— C'est une menace ?

— C'est la Vieille qui m'a jeté un sort, tu peux pas comprendre…

Un long silence.

— Regarde…

Elle fait pivoter mes épaules face à la couveuse. Le petit corps de ma fille baigne dans une lumière mauve. Un tremblement me secoue. Une main dans mon dos. Tout se réchauffe à son passage.

— Tu l'as appelée comment, ta fille ?

Elle s'appelle pas, je pense. Mais c'est pas ce que je dis.

— À quoi bon lui donner un nom ?

Elle soupire, détache sa main de mon épaule et recule. Aussitôt, des frissons m'assaillent. Je me raccroche au tube, regarde la petite qui dort. *Elle a pas de nom, elle existe pas,* je me dis.

Pourtant, ma bouche s'ouvre et, telle une boule de Loto, un nom tombe de mes lèvres.

— Sylvaine…

— Et lui ?

Yasmina désigne « jumeau-garçon ». Un nouveau nom roule de ma bouche :

— Max !

À cet instant, je remarque :

— Pourquoi il porte des gants ?

— C'est rien, t'inquiète ! Une allergie, je suppose.

Yasmina ouvre la couveuse, le tube ronfle.

— Approche ! Allez, laisse-toi faire ! Elle va pas te mordre !

Elle soulève Sylvaine enroulée dans une couverture blanche. Ma peau se hérisse.

— À ton tour…

Moi, tétanisée.

— Tends tes bras, allez ! Quelle empotée, tu fais ! Doucement… Touche-la !

C'est ce que je fais. Maladroitement. Au bout de mes doigts, la peau un peu rougeâtre, fripée de ma fille. La sensation me pétrifie.

— Je vais la faire pleurer, non ?

— Touche-la ! Caresse-la ! Sens les choses, au lieu de poser des questions… Doucement, doucement… Ta main doit être un gant de soie.

Quelque chose palpite dans mon ventre.

Je repense à des sensations récentes, des mouvements circulaires sur mon gros bidon. J'imprime le même mouvement de massage sur le corps de Sylvaine.

Le visage de ma petite s'éclaire. Sylvaine crie. Ses petits bras s'agitent, ses yeux se fendent. Le tuyau qui l'aide à respirer et tous les fils se tendent.

Des larmes coulent sur ses joues, sur les miennes aussi. La petite se tourne vers moi, sa mère. Qu'elle semble désigner de ses yeux pleins de colère… *T'as voulu me débrancher, hein ?*

Je lâche ma fille.

42

Des œufs, des canettes de Coca et de bières, des quignons de pains rassis… Il n'y a pas que ses hommes à balancer des déchets sur Tony. Ils s'y mettent tous, tous les bras valides et disponibles, tous ceux qui l'ont vu détaler sous les sifflets des choufs et des microbes qui rêvent de rentrer dans la bande du Bigleux. C'est lui qui a pris le pouvoir. Avec la bénédiction du Gitan sans doute. La même famille. Le Libyen a, semble-t-il, d'autres chats à fouetter.

Et encore, Tony s'en sort bien. Ils avaient trop à faire avec Marta. Sinon, ils l'auraient planté, tous les Brutus des quartiers nord. Au couteau, par-devant, par-derrière. Ils auraient balafré sa gorge d'un large sourire, signature pour faire plaisir au Gitan.

Sa tête lui fait mal, résonne à chaque pas contre sa boîte crânienne. Il a du mal à garder l'équilibre, ses oreilles sifflent, ses yeux dégoulinent. Les passants s'écartent, il est effrayant avec son nez violacé et ses croûtes de sang autour. Il fait peur parce qu'il est un monstre de foire inoffensif, un monstre qui s'est fait tabasser.

Mais un monstre que les oursins bouffent de l'intérieur. Un monstre en manque. Un prédateur en chasse.

Les chaleurs printanières ont desséché l'Huveaune, la rivière qui coule autour du Vélodrome. On vient s'y balader en été, quelques flaques subsistent pour faire trempette. On vient s'y cacher, sur la berge, à l'abri des piliers des ponts, pour flirter, baiser ou se faire un shoot. Facile à surveiller, vue droite-gauche dégagée, et on entend les pas crisser dans les cailloux quand quelqu'un remonte le lit de la rivière.

C'est un gamin de dix-sept ans qui vient de se payer sa dose en se faisant prendre le cul à l'arrière d'une Mercedes. Il va se piquer là où sa peau est encore vierge, une seringue neuve qui n'a servi que trois fois, ça passera. De toute façon, pas le choix. Il se laisserait pisser dessus pour une prise.

L'air est doux, la rivière déserte, ses oreilles bourdonnent. Le micheton, la cinquantaine bien sapée, avait mis les baffles à fond, hurlant du Johnny pendant qu'il le besognait, ses acouphènes s'en souviennent, *peuchère,* ce tintamarre dans sa tête. Il espère que le shoot va lui anesthésier les tympans. Il brandit la seringue, l'aiguille se dresse, ça va brûler mais après…

Tony s'est hissé par-dessus la balustrade du pont. En trois bonds, son pied frôle le sol. Ses muscles se crispent, il lutte contre les crampes mais parvient à atterrir en douceur et sans bruit.

— Salut !

La surprise lui fait l'effet d'une décharge électrique, le gamin tente de se lever, un coup de pied décolle son menton. Il chute en arrière et perd connaissance.

Tony détache le garrot, ramasse la seringue qui s'est plantée entre deux cailloux, pique l'aiguille dans son bras replié. Et laisse infuser les sensations.

Un shoot d'héro. Il a remis le couvert avec son meilleur ennemi. Juste pour que son corps se souvienne du venin dans ses veines, de l'acide qui brûle les nerfs, du poison qui rend dingue. Dingue à tuer.

Tony en fusion.

Chassé des Mimosas, sous les quolibets et une pluie d'objets. Humilié, trahi, mutilé, Tony Beretta a tout perdu. La Légende s'est consumée avec sa chambre aux Trésors partie en fumée.

Il n'y a plus que la haine. Avec un grand H comme humiliation, honte. Héroïne.

Se venger de tout. De tous.

Il fera tomber Costa, le Libyen. Il fera tomber Canari, le ripou. Et pour Luce, il ne sait pas encore. Mais il trouvera ce qui lui fera le plus mal.

S'en prendre à ses bébés. Car ce ne sont pas les siens. Il a compris qui était le père. Une info qu'il est le seul à détenir et qui vaut son pesant de nitroglycérine. Il n'hésitera pas à l'utiliser.

À tout faire sauter.

Il fouille le corps du junkie. Trouve un trousseau de trois clés, un bip électronique et la carte de visite d'une décharge. Dans le quartier voisin. Il connaît.

L'une des clés lui permet d'entrer dans une annexe grillagée. Le bip déclenche les feux d'un vieux combi Volkswagen défoncé, pneus crevés, mais aménagé.

Après minuit, il se réveille en grelottant sous une couverture miteuse. L'effet du manque. Qu'importe, il vient en un éclair d'imaginer un plan d'action. Et il se met à rire, à rire. À secouer sa couche, à secouer le combi Volkswagen.

Ils n'ont encore rien vu.

Ceux qui le connaissent, ou l'ont déjà vu faire, savent. Jusqu'où il peut aller.

43

Ses mains ont amorti la chute mais Yasmina n'a pu la rattraper. La petite est tombée à ses pieds.

— Quelle maladroite !

Yeux fermés, bouche close, Sylvaine est inerte. Je suis pétrifiée.

— Je l'ai… Je l'ai…

Yasmina prend le bébé dans ses bras, chaque geste mesuré, au ralenti. Approche le nez du son visage, le sent respirer. Puis me regarde, les yeux plus piquants que jamais.

— Si j'avais pas amorti la chute…

Le tube de la couveuse s'ouvre, elle replace la petite sur sa couche.

Les nerfs électrocutés, je bouge plus. Yasmina saisit mon avant-bras.

— Dégage ! Laisse-moi !

— Calme-toi ! C'est une chance de donner la vie, bon sang !

— Pas cette vie-là ! Merde, ils ne sont pas…

— Pas quoi ?

Je considère Sylvaine, puis Max, et secoue la tête.

— Ils sont pas… présentables.

— Tu délires, là ? Ils ont juste un retard de croissance, c'est tout. Et puis, présentables pour qui ? Pour le salaud que j'ai aperçu hier et qui voulait te faire la peau ?

Je baisse les yeux.

— C'est pas lui, le père ?

Elle relâche sa prise.

— Je vais pas le répéter, tu sais…

À nouveau le contact de sa main.

— À qui tu dois les présenter ? Ne me dis pas que…

Moi, immobile.

— … t'as été payée pour les mettre au monde, c'est ça ?

Je hoche la tête.

— Je peux pas les montrer dans cet état, tu comprends ? S'ils découvraient ça, je risque ma vie… Mais s'ils survivent pas, j'aurai une bonne excuse…

C'est un gros mensonge, mais parfois plus c'est gros…

— Ils sont au courant que t'es ici ?

— Justement, je crois pas…

— Alors, ils doivent vivre, bon sang ! Pour que toi aussi, tu vives ! Mais dans quel merdier tu t'es fourrée ?

Je réponds pas. À bout de souffle. À bout de tout. Je m'abandonne, m'accroche à Yasmina, ma main dans la sienne, ma tête au creux de son épaule. Deux lutteuses épuisées qui se cramponnent pour pas s'effondrer.

Yasmina. Son haleine. Son souffle chaud dans mon cou. Son parfum épicé. Sa voix légèrement rauque qui prend un ton rugueux avec la fatigue. Sa poigne ferme.

Je me presse contre elle, ma joue contre sa poitrine dure, pointue. J'ose pas lui dire. Ça me révulse et me trouble à la fois.

Nos corps fatigués tanguent et se bercent. Je ferme les yeux, mais ma mémoire se réveille. Salope de mémoire qui me laisse jamais en paix. Une question s'impose, je me raidis, sueur froide et battement de cœur au galop.

Je me détache, lève la tête et cherche le regard de Yasmina.

— Pourquoi la toubib a dit que vous alliez tout faire pour accompagner mes bébés dignement ? Regarde-moi quand je te parle !

De l'émotion dans ses yeux, lourds de fatigue.

— Dis-moi… J'ai le droit de savoir !

Sa main se crispe dans la mienne.

— Les accompagner pour mourir, c'est ça ?

— Ta fille a un problème cardiaque.

— Elle va vivre ?

— Je ne suis pas toubib. Juste une aide-soignante en CDD.

— Elle n'a donc aucune chance ?

— J'ai entendu dire que si la patronne veut bien l'opérer, peut-être…

— Ça veut dire quoi, *si elle veut bien* ? C'est son boulot, non, de sauver mes bébés ?

— Je…

Elle chancelle avant de finir sa phrase.

— Ça va ?

— Je suis crevée. Tant que je tiens jusqu'à cinq heures… J'ai pas le choix. Mon CDD s'arrête à la fin du mois. Et… »

Un bébé se réveille et pleure. Une seconde. Ma petite se réveille et crie.

— Merde ! Ils vont tous s'y mettre. Dans trente secondes, ça sera le poulailler ici ! Va-t-en, vite ! Grouille !

Je me détache de Yasmina, comme un bout de banquise.

DEUXIÈME PARTIE

Marseille, your many monuments abound,
mysteries, beyond the human mind
Marseille, I never, ever, can regret
blessed be, the moment that we met.
(Ahmad Jamal, « Marseille »)

Marseille, tes monuments abondent en nombre
Tes mystères, au-delà des hommes nous comblent
Marseille, jamais je ne peux regretter
le jour béni où je t'ai rencontrée.
(Ahmad Jamal, « Marseille »)

1

Lundi

Quand il était môme, c'était un rituel. Dès qu'il arrivait à la maison, il passait la tête entre deux barreaux du portail vert et contemplait le spectacle du jardin.

Ce matin, Tony se tient en retrait. Les barreaux lui rappellent trop la prison, mais il prend le temps d'observer les deux femmes qui, accroupies à l'ombre d'un pin parasol, arrachent d'un geste délicat des roses trémières fanées.

Le portail couine. La femme coiffée d'un chapeau de paille se redresse, la tige d'une rose à la main.

Tony s'est toujours demandé comment elle faisait pour ne pas se piquer. À croire que les épines l'évitaient. Ou qu'elle avait apprivoisé les roses et toutes les plantes qui s'étageaient jusqu'à l'escalier en pierre calcaire brute au pied de la maison.

Son jardin. Sa passion. Son royaume. Un océan de fragrances et de couleurs, aussi chamarré qu'une toile de van Gogh, qu'elle arrive vaille que vaille à entretenir. Avec le concours de son aide qui se relève et, d'un geste vif, rabat sur son nez le voile d'un hijab gris.

Des pas crissent sur le gravier inégal de l'allée. Tony chaloupe comme un homme qu'on aurait saoulé de coups. Un sourire s'imprime sur le visage fripé qui se détache de l'ombre du pin.

— C'est mon garçon, Slav ! Mais j'entends à sa démarche que ça ne va pas fort…

Longeant les massifs de fleurs, un chien blond accourt. Les pattes en avant, il se jette sur Tony.

— P'tain, Pelé, lâche-moi, merde !

Le labrador s'escrime à lui lécher la figure.

— Pelé, arrête ! Il n'est pas de bonne humeur, mon petit.

S'appuyant au bras de son aide, la vieille dame se remet debout. Du terreau glisse de son tablier provençal à fleurs, et de ses genoux cagneux.

— Tu sais qu'il va bientôt être papa, Slav ? Je te l'avais dit ? Elle se porte bien, Luce ?

Elle ouvre ses bras aussi largement que son sourire. Tony s'y pose, en effleurant ses joues recouvertes d'un duvet blanc.

— Bonjour, m'man.

— T'as une drôle de voix…

Elle recule et fait mine de l'examiner, de ses yeux blancs d'aveugle.

— J'y vois peut-être pas, Slav, mais j'ai de bonnes oreilles. Où est-ce que t'as été fourré ton nez ? Tu n'as pas encore des ennuis, j'espère ? Des problèmes dans ton travail de concierge ?

— C'est rien, m'man, c'est rien. T'inquiète…

— Et il parle comme quelqu'un à qui on a refait le portrait…

Ses yeux éteints se mouillent.

— Tu m'avais promis, Tony ! Tu m'avais promis de ne plus te battre !

— Mais, m'man, on m'a attaqué ! J'te jure !

— Je rentre, Slav. Ça suffit pour aujourd'hui. Tu peux t'en aller, Tony. Tu n'as plus rien à faire ici. Plus jamais !

Tony cherche à capter le regard bleu cobalt de l'aide de sa mère. *Putain, quatre ans que j'me tiens à carreaux ! Quatre ans, nom de Dieu! Pas un seul coup porté, pas une rixe, même pas une petite bagarre…*

Il avait tenu sa promesse. Pour celle qui avait pris quinze ans de rides et contracté une dégénérescence maculaire entraînant une cécité fulgurante.

L'assistante raccompagne sa mère. Au seuil de la maison, madame Beretta s'effondre.

— Elle va mieux?

— Je l'ai allongée sur le canapé. Un coup de fatigue. Ça lui passera. Tu sais combien elle est émotive, ta maman, répond-elle d'un timbre de voix à réveiller un mort.

Une voix qui frotte les mots sur de la toile Émeri. Une voix qui rallume le souvenir d'une scène d'horreur. Tony ne veut plus y penser.

Devant le miroir de la salle de bains, Slavica examine sa cloison nasale. Des cotons-tiges. Des gestes précis. Avant la guerre dans son pays, elle avait fait des études d'infirmière.

— Il est bien cassé ton nez, au moins en deux endroits. Ici… et là!

Tony étouffe un cri en se mordant les lèvres.

— Putaaaaaaaaaaain… Pas la peine de me le rappeler!

Elle frotte le sang coagulé autour de ses narines et de son petit doigt amputé, puis bricole un pansement avec deux bâtonnets de glace à sucer.

— Qui t'a fait ça?

— Le Libyen… Il m'a fait payer l'incendie de l'appartement qu'il me loue. Mais j'y suis pour rien. C'est Luce qui m'a trahi. En plus, je pense qu'elle m'a piqué ma came. Enfin, la came du Libyen que je deale. J'ai été assez con pour la garder dans ma chambre. Avec mon fric et mon flingue.

— Je te l'avais dit de ne pas t'y fier!

— En plus, j'ai découvert que c'est pas mes enfants qu'elle porte.

— Ne le dis pas à ta mère, surtout…

— Ça risque pas…

— Et maintenant, tu vas faire quoi ?

— Viens !

Il l'entraîne dans sa chambre de minot. Les posters ont un peu jauni, mais on reconnaît Tony, maigre comme un clou sur ses jambes de poulet, dans toutes les équipes de jeunes d'Endoume, de l'âge de cinq ans jusqu'à sa majorité, catégories « poussins » à « juniors ». C'était avant sa période de supporter de l'Ohème. Sa vraie famille. Le club des Lunatics qu'il a fondé. Au cours d'une rixe mémorable.

Il y a la date gravée sur l'objet fixé au mur, au-dessus de son vieux bureau en chêne massif poinçonné des portraits des idoles de son enfance et les noms en dessous… Anigo, Di Meco, Caminiti, Förster, Giresse, avant l'épopée des années Tapie.

Un objet sacré. Une relique qui a perdu son vernis avec le temps et dans le sang des affrontements épiques qui lui ont valu quelques côtes cassées.

Il se souvient de la naissance des Lunatics. Un grand moment. La bataille rangée dans le parc Chanot. À cinquante contre cent. Ils les avaient pris à revers en se planquant dans des containers. Ils étaient shootés à mort.

— Qu'est-ce que j'avais pris déjà ? Un truc que prennent les Talibans… Des amphétamines à ressusciter un moribond. Du Captagon… Il doit m'en rester une poignée dans ce tiroir.

Il se dirige vers le bureau. Le vieux bois d'un tiroir grince. Tony en sort un petit sac de papier à l'effigie d'une pharmacie et renverse quelques pilules sur sa paume ouverte. Trois millimètres de diamètre, de couleur blanche, barrées d'un côté d'un trait en creux, de l'autre de deux parenthèses en vis à vis.

— Avec ça, tu sens plus les coups. On te cogne avec une barre de fer et toi, tu rigoles. J'te raconte pas la tête des mecs en face.

Il retire l'objet, délicatement, telle une pièce de porcelaine rare et fragile. Sa batte de base-ball. Le manche s'enroule autour des doigts de sa main indemne comme un mécanisme bien rodé. *Une seule main suffira.*

Suspendu à un clou, son casque d'Astérix avec des ailes blanches, cadeau de son père pour son septième anniversaire. Il s'en coiffe. Avec l'ombre des ailes, on verra peut-être moins son nez bandé.

Le ridicule ne tue pas. Moi, si !

Sur son lit d'enfant, un coussin. Il le crève d'un coup de couteau. De petits sachets de cocaïne tombent. Il prendra une prise juste avant de s'effondrer. De quoi tenir deux ou trois jours, pas plus…

En attendant, ça grouille dans son ventre, le banc d'oursins se réveille. Le manque se lève, marée de douleurs. Il n'a plus l'habitude de cet état. Lorsque l'absence de dope rend fou. Lorsqu'on pourrait tuer pour ça.

Une heure plus tard.

Ils sont assis sur son lit d'enfant, Slav pelotonnée contre lui. Ils viennent de sniffer la coke et planent.

— Et si on plaquait tout pour partir ensemble ?

— D'abord, je dois récupérer mes paquets…

— Tu vas les rendre au Libyen ?

— Tu plaisantes ?

— Et ta mère, qui va l'aider ?

— Je vais lui laisser du fric, tu penses bien.

— Et tu comptes y arriver tout seul ?

Tony regarde la paume de sa main. Le numéro de Sandrine s'est partiellement effacé.

— Non, j'ai toute une armée.

— Emmène-moi avec toi, Tony. J'en peux plus d'être enfermée…

— Avec la gueule que t'as…

D'une pichenette, elle détache son voile, découvrant son mauvais profil. La vision saisit Tony. Un rouleau glacé lui remonte l'échine. Ce n'est plus une surprise, comme le jour où il l'avait trouvée. Mais c'est toujours un choc de voir son visage. Ou ce qu'il en reste.

— Justement…

2

Une drôle de nuit.

Au retour de mon escapade, le vieux flic se trouvait plus devant ma chambre, la chaise vide. Je m'en rappelle maintenant en me réveillant, molle comme une chiffe, la bouche aussi sèche que si j'avais fumé cent grammes de shit.

Je me souviens aussi d'un bout de rêve étrange.

J'ai rêvé que je supprimais mes bébés. Mais ils ne voulaient pas mourir. Ils criaient : « Coupable, coupable ! » Et là, je me suis énervée : « Non, pas coupable, puisque je vous ai pas tués ! »

J'écarte le rideau. Le soleil me crache à la figure comme un projo qu'on me braquerait dans les yeux.

Coupable !

Qu'est-ce que j'ai failli faire ? Qu'est-ce que j'ai voulu faire ! Mais réveille-toi, Luce, bon sang !

Est-ce que je pouvais seulement espérer que ça améliore ma situation ?

En même temps, je les laisse souffrir… Non, Yasmina dit qu'ils souffrent pas. J'ai confiance en elle. Enfin, je sais qu'elle veillera sur eux. Et moi aussi…

Ils doivent pas mourir. C'est un signe. C'est leur destin. Ils vont grandir. *Deux mois, c'est quoi, deux mois ?*

Deux mois, il en saura rien. Après, ils seront présentables. Enfin, j'espère…

Et le sac rouge, ça peut les aider à vivre. *Et si je donnais un petit remontant à la petite ?*

Je me traîne jusqu'à l'armoire, plonge un doigt dans la poudre blanche. Ma vie se recolore.

Une demi-heure plus tard.

— Tu as fini ?

L'infirmière ronde déboule dans la chambre pour débarrasser le plateau du petit déjeuner. Je hoche la tête.

— Il est encore devant la porte, le flic ?

— C'est moi qui pose les questions ici, ma petite !

Elle jappe, puis grommelle.

— Il est pas là pour rien, je suppose…

— C'est pas vos oignons !

— Bon, on y va, cette fois ?

— Où ça ?

— Là où tu ne voulais pas te rendre hier matin parce que t'avais la trouille… Le docteur Terrier te demande.

Pour le beau toubib, je veux bien me lever, malgré mes jambes encore cotonneuses. Envie de me marrer ce matin. *Tout va s'arranger, non ?*

— En voiture, Simone !

— Tu te crois drôle ?

Le visage de l'infirmière s'est assombri. J'aime pas la grimace au coin de sa bouche.

— Pourquoi y a un problème ?

— Tu ferais bien d'aller voir ta fille. Je crois qu'il lui est arrivé quelque chose cette nuit.

Service de néonatologie.

Mon pouls grimpe, le bourdon de mon cœur plus fort que les *bips* des machines.

D'autres mères sont là. Visages tendus, crispés, inquiets. Ou affligés. On fait la toilette des bébés. À l'idée de les toucher à nouveau, mon ventre se contracte et grogne. *J'aurais dû reprendre de la coke…*

Au milieu de la salle, trois infirmières entourent le docteur Terrier, penché sur une couveuse.

— Elle est où, ma petite ?

Terrier se retourne.

— Au bloc réa, en observation. Elle a connu une alerte cette nuit.

Des bouffées de chaleur me giflent.

— Ça va pas ?

On m'a assise sur une chaise, donné un verre d'eau. Je vois plus Terrier.

— Il est où, le docteur ?

— Avec votre petite, en réanimation.

— C'est où ?

— Personne ne va en réa, c'est les consignes. Votre fille reviendra ici dès que les médecins l'ordonneront.

— Et mon fils, il est où ?

La couveuse de Max n'est plus à côté de celle de sa sœur. Je me lève. Péniblement. L'émotion et la fatigue de la nuit pèsent un âne mort sur mes épaules.

— Par là…

L'infirmière désigne le coin opposé de la salle, à côté des toilettes. Je vois toujours pas mon fils. Juste une cloison mobile de couleur grise.

— … à l'écart.

L'infirmière a ajouté ça comme une évidence.

— Enfin, je veux dire… Euh…

— Pourquoi à l'écart?

Je me dirige vers le paravent. Derrière lequel une aide-soignante lave au gant de toilettes le petit corps de Max.

— Pourquoi ce paravent? Vous le cachez?

Elle me fait signe de parler plus bas.

— C'est pour ne pas effrayer les autres mamans…

— QUOI?!

— Parlez moins fort, s'il vous plaît…

Je comprends toujours pas. L'aide-soignante grimace, le regard braqué sur la main droite du bébé qui porte un gant blanc. La main gauche a perdu le sien.

Sa main… C'est quoi, ça?!

Je pige pas ce que j'ai sous les yeux et qui m'éclate à la figure.

— Vous le lavez à l'écart pour cacher ça, hein?

— Chut, je vous en supplie! Je vais me faire renvoyer si…

Je pousse la cloison mobile. La couveuse de mon fils apparaît à la vue de tous.

— VOUS LE LAVEZ À L'ÉCART POUR CACHER ÇA, HEIN?

Max se réveille et pleure, un autre bébé pleure, ça déclenche une réaction en cascade. Tournées vers moi, les autres mères me fusillent du regard.

— MAIS VENEZ VOIR, VENEZ VOIR L'ANOMALIE, VENEZ VOIR LE MONSTRE QUE J'AI ENGENDRÉ! REGARDEZ CE QU'ON VOUS CACHE!

— C'est quoi encore cet esclandre?

L'infirmière ronde, visage animé d'une colère froide, s'avance. Une gifle part, ma main brûle. Ses collègues interviennent.

— Me touchez pas!

Je me précipite vers la sortie.

L'aide-soignante ramasse le gant et s'empresse de l'enfiler sur la main du petit garçon aux doigts palmés.

3

Elle est silencieuse comme un mouton de poussière. Il n'a pas entendu la porte s'ouvrir.

— Ça va mieux, ton nez ?

La voix chaude de sa mère le fait sursauter. Tony retire sa main du tiroir de la commode, un billet de cent euros s'échappe et atterrit sous le meuble. Il se lève, rabat le maillot de l'Ohème sur son ventre gonflé par les espèces qu'il vient de prélever dans la chambre à coucher maternelle.

— Euh… ça peut aller…

— Et ta sœur ? Tu ne m'as même pas donné de ses nouvelles…

La question lui vrille le ventre, sa langue s'enroule autour du mensonge qui enfle dans sa bouche.

— Euh, ça va… Je veille sur elle, tu sais bien.

La vieille dame clôt ses paupières fripées. Pour ne pas montrer son émotion.

— Tu n'as jamais su mentir. Comme ton père.

Elle a dit ça d'une voix douce. Elle referme la porte tout aussi doucement. Tony recule jusqu'à la commode qui l'empêche de s'affaler. *Putain, la honte… Putain, la honte… Non, je n'ai jamais su mentir. Un mort ne ment pas, maman. Je te demande pardon…*

Une minute plus tard, il repasse dans sa chambre, fonce dans la cave, ouvre le garage.

Le bruit mécanique d'une moto secoue la vitre derrière laquelle une vieille femme aveugle sanglote en silence.

***

— La prochaine fois, c'est en HP que vous allez atterrir !

Dans son bureau, la toubib au regard polaire pointe sur moi son doigt bandé. Derrière elle, yeux baissés, mâchoires serrées, le docteur Terrier se tait.

— Vous m'avez blessée ! Vous avez giflé une infirmière et insulté du personnel de mon équipe. Après-demain, vous quittez l'hôpital.

— Mais je sais pas où aller !

— Ce n'est pas mon problème !

— Vous me dégagez pour faire ce que vous voulez de mes bébés quand je serai pas là, hein ? Des expériences de docteurs nazis !

La toubib claque la paume de sa main valide sur la table.

— Mais bon sang, notre rôle, c'est de soigner !

Sa colère forme de petites bulles autour de ses lèvres minces. Lourdes respirations dans la pièce. La toubib lâche dans un soupir :

— Vous pourrez revoir vos bébés durant les heures normales d'ouverture au public.

— Et mon fils ?

— Quoi encore ?

— On peut pas opérer ses mains ?

— Ça s'appelle de la syndactylie. C'est peu courant, mais ce n'est pas grave en soi…

Je décolle de ma chaise.

— Pas grave ! Ça se voit que c'est pas le vôtre ! Vous allez pas le laisser DANS CET ÉTAT !

— Je ne vous autorise pas à élever la voix !

— Et ma fille, elle a quoi ?

— Des problèmes d'arythmie cardiaque. On espère que ça va passer.

— Pourquoi vous l'opérez pas ?

— C'est moi qui décide. Et puis vous oubliez ça…

La toubib lève sa main droite. Celle que j'ai blessée.

— Et personne d'autre peut vous remplacer ?

— Non.

Je regarde Terrier qui bouge pas, figé, les yeux dans le vague.

Je regagne ma chambre. La porte est ouverte et, devant, la chaise à nouveau vide. Assis au bord de mon lit, le vieux flic regarde la télé. *Faut pas se gêner, eh, là !*

Il me calcule pas, semble même pas s'être aperçu de ma présence, absorbé par les images à l'écran. Les infos sur BFM TV. Je reconnais l'immeuble, l'appartement de Tony qui a brûlé. En incrustation, des mots qui me frappent à coups de marteau. Je m'arrête de respirer. Je recule jusqu'aux toilettes. Le flic s'est retourné.

— Eh, ça va pas ?

À genoux devant la cuvette. Mes boyaux se tordent. *Ah, tu croyais que tout allait s'arranger, ah ah !*

Dans ma tête, la Vieille s'étouffe en rigolant. *Rien n'est fini, tu vas continuer à payer, ma belle !*

Le pompier blessé par la chute d'un écran plat vendredi soir est décédé ce matin.

4

Boulevard Ramon.

Le soleil crépusculaire se dégonfle au bout de l'allée bordée de platanes. Juché sur un scooter surgonflé, un guetteur surveille les abords des Mimosas lorsqu'un engin motorisé débouche à contre-jour en pétaradant.

Le guetteur plisse les yeux. *Mais il va où ce ouf avec son casque à plumes sur la tête. Un fada, té?*

Le fada accélère. Le guetteur se met à zigzaguer sur le boulevard, signe qu'il va falloir que l'allumé en face ralentisse.

Le fada accélère encore. Le guetteur freine en haut d'un ralentisseur, se met en travers et lève la main.

Mais il me fonce dessus, peuchère!

Le chouf n'a pas le temps de remettre les gaz. Un coup de batte emporte sa tête qui s'écrase sur le bitume comme une noix de coco trop mûre. Ses pieds pédalent dans le vide, le scooter tourne sur lui-même en gommant le macadam.

Un autre guetteur. À l'entrée de la cave. *Vise un peu la meuf qui arrive là!* Une jeune femme ondule. Short moulant. Le nombril à l'air, les nénés qui percent un t-shirt noir.

— Oh, frangine, t'es nouvelle, toi!

Il bande déjà. Palpation obligatoire, il se dit. Et si elle veut voir le nouveau chef, il va falloir lui passer sur le corps. *Elle a quoi sur la figure ?*

Hijab. Un voile islamique. Plus rien n'étonne ici, mais quand même. *C'est de la provoque. Si le Libyen voyait ça, il la punirait.* Ça veut dire la cave. Tournante. L'initiation obligatoire pour perdre son pucelage. Ou pour l'exemple.

— Oh, petite sœur, attends ! Fais voir si je te connais.

Elle porte la main à son voile. Et découvre son visage. *Putain !* Le guetteur pétrifié n'a pas vu l'ombre se déplacer derrière lui. Sa tête décolle, puis plonge sur un plot de béton.

Dixième étage, fond du couloir gauche. On frappe au 101. Une pupille noire cligne dans l'œilleton. Bruit de serrure. La porte s'ouvre. Un minot de treize ans, tout frisé. Devant lui, la jeune femme voilée et en short. *Quelles courbes !*

— Tu viens prendre la relève, frangine ?

Elle tend la main, paume ouverte sur deux sachets de poudre.

— Oh, t'es doublement la bienvenue ! On est un peu en manque, justement.

Et t'es encore plus excitante avec ton voile. Putain, la bombasse ! Il fait mine de s'incliner en l'invitant à entrer. Un coup de batte éclate son crâne contre le chambranle.

Le salon blanc sent la gerbe. Sur le tapis en alpaga, des taches de sang et des morceaux d'ongles fluo. Un corps étendu sur le ventre. Marta.

Deux gosses sont penchés sur elle. Un troisième sniffe un rail de coke entre les fesses de la jeune femme, lorsqu'une ombre lui fait lever la tête qu'il a exagérément étroite.

— Oh, t'es qui toi ?

Son regard de bigleux cligne. Derrière la jeune femme, la batte de Tony vole. Les têtes des deux microbes rebondissent sur l'alpaga.

Le Bigleux a vu les yeux terrifiants de l'épouvantail. Il recule, en rampant sur le dos.

— Oh, chef, laisse-moi t'expliquer...

La batte roule entre les doigts de Tony.

— Alors comme ça, tu as coupé le courant au moment du penalty...

— C'était juste pour rigoler !

— J'croyais que c'était Luce qui avait provoqué l'arrêt de la télé... Alors j'l'ai tabassée. Et elle s'est vengée. Et le Libyen s'est vengé. Et les flics me l'ont fait payer. Tout ça parce que t'as voulu rigoler...

— Putain, j'te promets, Tony, j'te promets, j'vais rembourser...

— J'suis en manque, mon pote. Quatre ans que j'me tiens tranquille. Quatre ans que j'ai pas donné un seul coup, même pas une seule baffe... Tu sais ce que ça fait le manque ? Ça rend dingue. Et j'suis dingue. Et j'vais t'éclater les os, les uns après les autres, en commençant par ton crâne. Mais d'abord j'vais te remettre les yeux à l'endroit.

Tony bondit, renverse le Bigleux, l'étau de ses mains sur son larynx.

— J't'autorise à respirer une dernière fois. Parce que j'veux t'entendre hurler !

Tony ramène ses genoux contre la poitrine du chouf, puis les bras tendus, il enfonce ses pouces dans le globe oculaire droit en appuyant de tout son poids. Le Bigleux hurle, ses poings martèlent les côtes de Tony qui croise ses genoux sur sa gorge. Sentir l'œil qui va éclater, le liquide aqueux gicler... Presser pour qu'augmente la douleur sans que le globe oculaire n'explose trop vite... *Oups !*

Un hurlement traverse les murs de l'appartement et les étages. Le sang des résidents se glace, les animaux de compagnie se figent.

— Désolé, mon pote, c'était juste pour rigoler ! Suis un peu maladroit quand on m'énerve… À l'œil gauche maintenant… Faut être équitable, hein ? Sinon, t'aurais l'air de quoi ?

Au bord de la nausée, Slav se jette au cou de Tony.

— Arrête, arrête ! Il a son compte.

Trop tard. L'œil gauche éclate, le Bigleux cesse de crier. Les doigts en crochet, l'épouvantail extirpe de leurs orbites les globes oculaires crevés.

— Ouvre la baie vitrée…

Slav s'exécute. Tony soulève le corps et le balance dix étages plus bas sur un container de tri sélectif.

— Elle ne respire plus.

Slav désigne le corps bleu, couvert d'hématomes, de Marta. Tony ne semble pas comprendre.

— Mais non, c'est rien, elle est dans les vapes, ça lui arrive tout le temps. Il faut la réchauffer, c'est tout. Fais-lui couler un bain !

— … mais, Tony…

— Discute pas ! Tu lui fais couler un bain bien chaud, merde !

— Mais elle est morte, ta sœur, elle est morte !

5

Le jeune pompier n'a pas survécu.

C'est pas ma faute, bordel, c'est pas ma faute !

J'arrête pas de ressasser la scène.

Vendredi soir. La chambre de Tony en flammes. Les murs craquent, le feu vorace dévore les affiches, les posters, ses Trésors. La fumée attaque ma gorge. La toux laboure mes poumons. Mon sang se barre. Je vais crever dans cette pièce. Cramée, rôtie. J'ai plus la force de fuir, même plus envie. Cette chambre est mon bûcher.

C'est là que je remarque, dissimulée derrière un tas de bouquins de cul, la cantine en fer.

Il me vient une idée. Une sale idée. *T'es trop conne, ma Luce! Tu sais ce qu'il planque là-dedans! Ça va pas brûler si ça reste dans ce coffre.*

Passer les bras au-dessus de ma tête. Supporter la douleur entre mes jambes. Hurler de rage, tendre les mains pour ouvrir les crochets, soulever le couvercle. En sortir les paquets emballés dans de la toile de jute.

Je rampe, en traînant les paquets. Je ressens plus la douleur qui poignarde mon abdomen, mais toutes les douleurs : la fumée qui perfore ma gorge et mes poumons, le feu qui mord mon talon.

Suis à deux mètres de la porte. Le feu lèche mon pied. Le feu caresse ma main, je hurle. Le feu veut me prendre dans ses bras. Le feu rampe plus vite que moi. Il me cerne, à droite, à gauche. Une pile de magazines s'écroule, tour infernale de papiers qui brûle.

Plus fort que les craquements du brasier, un son aigu approche et enfle. *La sirène des pompiers ! Rampe !*

Un mètre.

Je suffoque. Mes yeux coulent. *Putain, je suis aveugle, saleté de fumée…* Une vague de feu frôle mes pieds, je m'entends plus hurler. Ma tête se cogne, je sais pas contre quoi. *La porte, je suis à la porte ? J'ai fermé la chambre ? Comment j'ai fait ?*

Soudain, je respire. Trop fort, trop vite, la respiration me lacère les poumons, brûle mes bronches, ma poitrine se soulève, en éruption.

La sirène approche. En bas de l'immeuble.

La fumée s'infiltre sous la porte.

J'arrive devant la couche du chat, me rends compte que je traîne les paquets, les paquets qui me ralentissent. *Mais lâche-les, bordel, lâche-les ! Ta vie vaut mieux que ça ! Ma vie, qu'est-ce qu'il en reste ?*

Une seconde, je m'arrête. Une idée absurde. Sous la couche du chat, composée de deux vieux tapis, je planque un sac de sport rouge. Avec tout le nécessaire pour la naissance des jumeaux.

J'enfourne les paquets dedans.

Allez, bouge-toi. Sur le balcon.

J'ai rampé au bout du salon. La sirène des pompiers résonne au pied de l'immeuble. *Mais qu'est-ce qu'ils branlent ? Ils attendent que tout l'immeuble s'écroule ? Ça se voit pas que l'appartement brûle ?*

Au-dessus de moi trône l'écran plat. Sur une table basse à roulettes. Ça me donne encore une idée. Une sale idée.

Je vais leur montrer que je suis là !

Un dernier effort.

Je bascule sur un coude. Retombe. Crie. Me relève en râlant. Doucement. Pas assez. De mon ventre, une main féroce essaie d'arracher mes bébés.

Ce putain de salon est mon ring. Je me bats pour pas crever. Je jure, hurle. Trois fois, je recommence. *Enfin !* À genoux, mes mains en appui sur le meuble TV que je pousse jusqu'à la porte vitrée, dans l'axe du balcon.

Se remettre sur le dos, ramper. Pivoter. Mes pieds en face du meuble. J'inspire. Lentement. La douleur sera terrible, épouvantable.

Je lève les jambes.

— ALLEEEEEZZZZZZZ !

J'expédie mes pieds contre le meuble qui roule et bute contre la balustrade. La douleur me coupe en deux, un torrent d'acide envahit mes poumons.

L'écran vacille, attiré par le vide. Je m'écroule, ma tête rebondit sur la pelouse dans une implosion d'étoiles. Tout s'éteint lentement, graduellement. Comme une lucarne qui se ferme.

J'ai tué personne. *Le pompier, c'est pas ma faute. Je pouvais pas savoir qu'il était en-dessous, je cherchais à sauver ma peau, monsieur le juge, vous comprenez ?*

J'ai ouvert en grand la vitre coulissante, une gueule béante de vertige aspirée parle souffle chaud du mistral.

Je me penche sur le rebord de la fenêtre. Ce serait si facile, si simple de tout laisser tomber. De se laisser tomber. *À quoi ça tient, la vie ?* À un penalty raté. Pourquoi la télé s'est éteinte, j'ai toujours rien compris.

Mais ça n'excuse pas Tony. Rien ne l'excusera.

C'est quoi, le pire ? Ou le pire du pire ? Qu'est-ce qui peut encore aggraver la situation ?

Je pense à ça, assise au bord du vide sur le rebord de cette fenêtre, parce que je suis au fond du trou, au fond du fond, et que le vide serait peut-être l'issue la plus heureuse, la moins douloureuse. Y aurait plus rien à craindre alors. La mort brutale de ma petite. Les mains palmées de mon fils. Les menaces de Canari. Et dans deux jours, je serai virée de l'hôpital et Tony me fera la peau. *Alors, à quoi bon ?*

Le mistral fait danser ma blouse. De mon perchoir, j'aperçois une brume de chaleur qui se confond avec l'horizon de la mer. Je vais planer jusqu'au Vieux Port, jusqu'au phare, jusqu'au Frioul…

J'ai toujours aimé le vent, même les soirs de match. J'ai toujours rêvé de me faire emporter et de voler… *Pourquoi t'es pas là, mon ange ? Pourquoi tu donnes plus signe de vie ?*

Je ferme les yeux.

Allez, penche-toi, penche-toi encore. Le vent te portera… Et mon ange va me rattraper au vol ?

La chute sera rapide et brève. Je ne percevrai qu'un choc, sans doute le craquement de mes os. Ou bien je sentirai ma tête exploser, mon crâne se disloquer comme un œuf, le jaune et le blanc mélangés, ma cervelle et mes souvenirs, mes cauchemars répandus, du mauvais engrais, comme moi, la Maudite.

Je ferme les yeux. Mon épaule gauche frôle l'angle de la fenêtre et glisse. Vers le vide.

6

Au bout du boulevard Baille, un bar avec vue sur la guérite d'entrée de la Timone. Mobilier bleu clair. Serveuse chocolat au lait. Au-dessus du comptoir, un antique téléviseur qui ne diffuse qu'une seule chaîne : Ohème TV.

Trois jeunes en maillot sirotent un pastis en regardant le résumé du match contre le PSG. Leur colère monte avec l'alcool. Ils sont à point quand l'épouvantail fait tinter le carillon de l'entrée.

— Oh, la Légende, ben, c'est toi ?

Tony enlève son casque d'Astérix et les salue.

— T'es tombé sur une bande de supporters parisiens ou quoi ?

Ils sont saisis par la couleur vert-violacé de son visage et le volume effrayant de son nez.

— Et ton doigt, bonne mère… Qui t'a fait ça ?

— Le Libyen…

L'annonce fait l'effet d'une déflagration. La télévision s'est tue et ce n'est pas une énième coupure de courant des syndicalistes d'ERDF.

— Il a craché sur l'équipe, reprend Tony.

Les jeunes décollent de leurs chaises.

— Oh, pas sur l'Ohème quand même ?

— Et mon maillot là ? Tu crois que j'me le suis déchiré tout seul ?

Une jeune femme entre dans le bar. Son short moulant interrompt la conversation. Les regards remontent sur le voile gris qui couvre son visage.

— Une autre victime de Costa…

Slav détache son voile. La vision les matraque. La serveuse tombe dans les pommes.

— J'te présente un trio de choc : le Morveux, Cul de bouteille et DRH, dit Tony à Slav.

— Oh, la Légende, tu veux que je prévienne les autres ?

— C'est déjà fait. Vous êtes les meilleurs, les mecs, ça suffira… murmure Tony, en contemplant le trio autour de lui.

— Ouais, mais Tony… Euh…

Le Morveux se reprend une lampée de pastis.

— … te mets pas en colère, mais…

— Euh, ce que le petit veut dire, c'est que… dit DRH.

— Le Libyen, c'est un peu trop gros pour nous trois…

Tony sourit.

— Qui parle de s'en prendre à lui ? J'vous demande juste d'ouvrir l'œil.

— Hein ?

— L'hôpital en face. J'veux savoir qui entre et qui sort. À quelle heure. Et combien on a de mecs à nous à la Timone ? Tu me sors les fichiers, DRH.

— C'est tout ?

— Je vous promets qu'il y aura de l'action.

En face du bar, le soleil plombe le vieux kiosque d'entrée de la Timone et son immense tour qui épingle le quartier.

— C'est quoi, ton plan ? demande Slav.

— Ils connaissent ma tronche. J'peux pas entrer, mais j'vais les cerner. On a des sympathisants partout. À la Timone, et tout autour. Dans tous les corps de métiers. Infirmiers, ambulanciers, agents de sécurité ou de nettoyage, taxis. Même chez les toubibs. J'veux tout savoir de ces faits et gestes. À l'intérieur comme à l'extérieur.

— Je peux entrer, moi.

— Je sais. Mais notre contact à l'hôpital nous a avertis qu'un flic gardait la chambre de Luce. Sûr qu'elle y planque mon paquet.

Il renifle.

— Tout ce qu'il me reste, j'l'avais caché dans les canalisations du deux-pièces qu'occupait Marta. Mais tout ça, c'est mort. Comme moi.

— Mais nous deux, c'est pas mort, Tony ! Et je te laisserai pas mourir, moi ! Si longtemps que j'attends ça… alors promets le moi…

— De quoi ?

— Quand tu auras retrouvé ton pognon et ta came, on s'en ira. Tous les deux !

— J'te le promets… mais d'abord faudra que tu paies de ta personne.

— Tout ce que tu voudras, amour.

7

L'impression de ne jamais rien maîtriser dans sa vie, Luce. Balancée dans un torrent de boue qui n'en finit plus de la charrier.

Née de parents inconnus. Arrachée à sa première famille d'adoption suite à un accident de la route, puis confiée aux Ramona. Une belle villa dans un quartier sympa, tout le confort à la maison. Une mère plus toute jeune qui désirait un enfant à tout prix, un beau-père, riche et inexistant, qui se fichait bien de la petite. Jusqu'à ce que la puberté ne lui donne des formes.

Les petits mecs de sa classe ne regardent plus la petite peste boutonneuse et arrogante. Ils regardent ses seins, ses fesses, ses cuisses. C'est trop bon de plaire. Ils en bavent. Luce aime ça, les faire baver. Elle aime ça, les provoquer. Même les plus grands. Peur de rien. Jamais froid aux yeux. Jamais froid aux fesses. Elle plaît, on la désire, elle en joue. On la frôle, elle aboie. On la pelote, elle mord. Réagir sans peur. Sans hésitation. Bravache, Luce.

Les rares fois où il est à la maison, le Vieux aussi la mate. La Vieille rouspète en la voyant sortir en jupe courte, débardeur aéré. Et le Vieux la défend, *c'est de son âge, arrête, que t'es rétrogade… comment on dit, rétrodrague… eh, merde, tu vois ce que je veux dire, la Vieille!*

Chez sa mère adoptive, tout tombe, tout dégouline, tout s'avachit. Ses seins pareils à des maniques usées, les tétons comme des bouchons de liège.

Luce se souvient des yeux du Vieux, le Vieux qui rôde le matin autour de sa chambre, de la salle de bains, des toilettes. Le Vieux doucereux qui se rend enfin compte qu'elle existe. *Si jamais t'as besoin d'un truc, n'hésite pas…* Le Vieux soudain toujours plus présent, tout sourire quand il l'a sous les yeux… Elle en profite. Pour avoir ce qu'elle veut, de l'argent de poche, des clopes, en cachette de la Vieille. Tout ce que sa mère adoptive lui refuse. Son décolleté, ses débardeurs qui louchent sur sa poitrine nue, le Vieux craque, un bisou collant par ci, un bisou mal rasé par-là, et puis des accolades pour la sentir contre lui. Elle ne se rend pas compte du danger, elle n'a pas su s'arrêter assez tôt. Jusqu'au jour où elle a oublié de fermer la porte de la salle de bains.

Elle est en train de se raser. Pas sous les aisselles. Elle aboie quand il fait irruption dans la pièce. Le Vieux est blanc comme la porte, puis rouge, puis de marbre. *Mais, dégage, salaud!*

Ça l'a calmé, le Vieux. À la maison, Luce se rhabille. Fin d'inventaire. Plus rien en vitrine. Gilet, veste de jogging, t-shirts longs qui couvrent tout.

Elle n'ose plus rien demander. Le Vieux ferme sa gueule, ou bien grogne en lui parlant. Elle le voit tourner en rond, ours en cage privé de son miel.

Et puis, Luce n'y pense plus, ou bien s'en fout. Son avenir est ailleurs, sa vie a changé de braquet. On la désire, c'est aussi une manière de s'affirmer. Mais ne pas céder à n'importe qui, c'est elle qui choisit. Du moins, c'est ce qu'elle croit.

Et elle plaît même aux hommes, aux vrais. À ceux qui, comme elle, choisissent. Et prennent ce qu'ils veulent. C'est comme ça que ça marche. Et ce jeu lui convient. Le protecteur doit être puissant et fort. Un chef de meute ou rien. Il faut bien ça pour qu'elle ouvre ses cuisses.

Et puis, c'est arrivé.

La première fois. L'ombre qui se penche au-dessus de son lit. L'ombre du Vieux.

Elle dormait, nue. Entortillée dans un drap. Qu'elle n'a pu rabattre. Ses jambes impuissantes à lui donner un coup de pied.

Elle était de pierre. Tétanisée.

L'a-t-il touchée ? Elle ne croit pas, elle n'est pas sûre. Elle ne se souvient que de son souffle dévoilant sa nudité. Et aussi d'une substance visqueuse, au creux de ses reins.

Le lendemain soir, elle a revêtu un pilou-pilou et s'est enfermée dans sa chambre.

Au milieu de la nuit, un bruit l'a fait bondir comme si elle sautait sur une mine. Le Vieux secoue la poignée. Elle claque des dents. Il cogne. Chaque coup de poing soulève son lit. Il frappe, l'impact percute son ventre, sa poitrine, son cœur danse sur un ring. La porte résiste, des coups de pied l'ébranlent. Les murs et toute la maison vacillent. Elle s'accroche au matelas, radeau dans la tempête.

C'est là que la Vieille intervient. En gueulant sur le Vieux. Et ça cesse. Enfin, le calme. Jusqu'à ce qu'elle entende des cris. Et des coups sourds. Ce n'est plus la porte qui les prend les coups…

Ses mains écrasent ses oreilles. Elle enfouit sa tête sous le drap, sous l'oreiller. Elle pourrait se crever les tympans pour ne pas les entendre, les cris de la Vieille.

Le lendemain matin, la Vieille lui dit : *Chut, le mets pas en colère.* Son œil droit était bleu.

Les jours suivants, elle avait peur de rentrer après le collège, et de trouver sa chambre béante. Sans la porte.

Un soir, mauvaise surprise. La porte était toujours en place, mais…

— Où est la clé ? elle a crié après la Vieille.

— J'en sais rien, qu'elle dit.

Tu parles ! Le visage de la Vieille a encore enflé. Elle crie plus fort, la Vieille se casse. Elle fouille la cuisine, fouille leur chambre et là, elle trouve cette putain de clé. Dans les affaires de la Vieille ! *À quoi elle joue ?*

Début juillet. La porte tenait toujours, elle avait fait des doubles de la clé, le visage de la Vieille ne dégonflait pas.

— Pourquoi tu vas pas aux flics ? elle lui demande.

— Ils feront rien contre lui, et puis c'est de ta faute s'il est comme ça.

— De ma faute ? Moi qui dors plus la nuit tellement j'en fais des cauchemars !

— Moi, mon cauchemar, c'est toi !

La Vieille lui claque la porte au nez. *Elle est folle, ou quoi ? Qu'est-ce que je lui ai fait ?*

Tous ces matins à se réveiller vidée, essorée, anéantie. À tituber tel un zombie jusqu'au bahut après la rentrée, dormir sur la table, aux toilettes, à l'arrière d'une bagnole, derrière un platane, sur un banc public, où elle peut. Et puis la crainte, la peur, chaque nuit.

Il ne rentrait jamais avant cinq heures, le Vieux. Parfois, il ne rentrait pas deux ou trois jours de suite.

Elle veillait en dévorant des mangas à la lampe de chevet. En attendant qu'il débarque.

Elle entendait tanguer son pas lourd sur le parquet. Il s'arrêtait devant sa chambre, remarquait sans doute le trait de lumière sous la porte, trépignait, puis repartait. Elle se disait qu'elle avait trouvé la parade, *il va finir par se lasser et me foutre la paix.*

C'est ce qu'elle croyait.

Jusqu'à cette nuit de septembre, où elle n'a pas fermé la porte

— Il ne rentre pas, ce soir, avait dit la Vieille.

Jusque-là, rien ne pouvait être pire que ça. Cette nuit qui l'a menée dans la cave.

8

Une main agrippe ma cheville.

— Alors, on veut jouer les filles de l'air ?

Canari claque la vitre coulissante et s'assied contre mes pieds.

— Fatiguée de la vie, mon cœur ? Pourquoi, si tu n'as rien à te reprocher ? C'est la mort du jeune pompier qui te plonge dans cet état ? Heureusement que je suis passé te rendre une petite visite alors…

J'ai reculé au bout du lit, genoux levés, derrière l'oreiller qui dissimule mes pieds.

— Je me suis assoupie, c'est tout…

Canari me considère d'un sourire narquois. Un sourire aussi puant que son odeur… *Qu'est-ce qu'il va encore me sortir ?*

— J'ai une surprise pour toi, mon petit cœur. Un SMS étrange que j'ai reçu sur ce téléphone.

De sa poche de veste, il sort un portable rose, griffé Hello Kitty.

— Tu le reconnais ?

— Jamais vu.

— Pas malin d'avoir choisi pour code 0000. Et quand on appelle le numéro collé au dos, une voix qui ressemble à la tienne dit : « Salut, c'est Luce… » Tu veux qu'on l'écoute ensemble ?

Je retiens mon souffle.

— Je te lis le message : « Un sale flic est passé nous menacer, je lui ai pas dit pour Costa, mais fais gaffe. » Pas dis quoi, hein ?

Il sourit, bouche ouverte sur ses dents jaunies.

— Le message est signé Renée, l'amie de ta mère adoptive. Donc, tu connais Sandro Costa, plus connu sous le pseudo du Libyen. Un des nouveaux caïds du milieu de la drogue. Madame Renée Blissman m'a menti, mais t'inquiètes, elle me le paiera… Et il y a un deuxième SMS, encore plus intéressant : « Je suis au courant pour tes bébés. Courage, ma puce ! Je veille sur toi ! » Le message n'est pas signé, mais le numéro est identifié sur ton portable au nom de Sandro… Quelle coïncidence !

Je cherche de l'air.

— J'en conclus que le Libyen te protège et qu'il s'est arrangé avec un de mes collègues qu'on surnomme le Tordu pour masquer le rôle que tu as sans doute joué dans l'incendie de la villa de tes parents adoptifs. On est en train de le suivre à la trace, ton petit copain. Alors je te propose un jeu…

— Je joue pas…

— Oh que si, tu vas jouer. Sinon, je t'embarque…

— Vous n'avez rien contre moi…

— Tu crois ça ?

D'une autre poche de sa veste, il extrait un petit sachet de plastique et me le jette dessus. Je sursaute comme si c'était une mygale.

— Tu m'expliques pourquoi il y a tes empreintes dessus ?

Dans le sachet, le briquet-tempête de Tony.

— C'est con pour toi, hein ? Tu prétends toujours que c'est ton ami Beretta qui a mis le feu ?

Il se lève, se pose au milieu du lit.

— Il était tout heureux de quitter l'hôtel de police, paraît-il… Je suis sûr qu'il reviendra pour te faire la peau. Et comme mon agent devant la porte est un peu fatigué, je vais l'envoyer se reposer… Et si jamais tu es encore vivante, je reviens te chercher pour qu'on cause de ton faux témoignage et de tes empreintes. Ou alors tu coopères et j'assure ta protection.

— C'est le Bigleux qui a mis le feu… L'un des choufs de Tony…

— Ben voyons, pourquoi t'as dénoncé ton mec alors ?

— Il m'avait frappée…

— C'est toi qui le dis… Il n'y a pas de témoin. En attendant, voilà ce que tu vas faire : tu envoies un SMS à Costa et tu lui donnes rencart ici ce soir, à vingt-deux heures.

— Avec plaisir…

J'ai pas hésité. Il est surpris. Une seconde d'étonnement, il me tend mon portable rose. J'avance la main et lui, dans un réflexe, retire la sienne.

— Non, tu me le dictes et je tape moi-même.

Je secoue la tête. Alors ses gros doigts enfoncent les touches qui bipent à chaque impulsion.

— « Rdv ce soir… » Je mets quoi pour finir ? « Bisous, baisers, je t'embrasse, j'te kiffe » ?

Il rigole.

— Même si ton ami Costa mord à l'hameçon, je reviendrai te chercher…

Il se lève.

— Au fait, le décès du jeune pompier, ça s'appelle un homicide involontaire.

9

Costa sait. Comment c'est possible ?

Mon ange sait tout. Y a pas d'autres questions à se poser. Il va venir me récupérer. *Avec mes bébés dans cet état ?*

C'est pas ce que j'imaginais. J'avais prévu de lui faire la surprise avant d'accoucher. Il serait venu me chercher et Tony aurait fermé sa gueule. Bien sûr qu'il l'aurait eu mauvaise, l'épouvantail. Il y croyait. Il en avait même parlé à sa mère que j'ai jamais vue.

J'avais retrouvé mon ange dans une chambre d'hôtel. Fin octobre. Un soir de match de l'Ohème en coupe d'Europe. Le matin à l'aube, Tony était parti, direction la Croatie. J'avais souligné la date sur un calendrier. Je m'étais grimée, perruquée. Un vrai jeu de piste.

Après ça, je l'avais revu qu'une seule fois. Une rencontre brève. Moi, aux abords d'un collège, une berline aux vitres teintées qui s'arrête à ma hauteur. Une portière qui s'ouvre, son visage aux yeux de loup et le geste de sa main qui m'invite à monter. Le temps de faire le tour du quartier, j'étais dans ses bras, assise sur ses cuisses. Ma tête reposait contre son torse glabre, son cœur battait lentement, mes doigts caressaient son cou, je ronronnais en silence, j'aurais voulu visser ma tête sur sa poitrine et toujours entendre son cœur, toujours éprouver cette sensation. Être protégée, pour la première fois de ma vie.

Je m'étais endormie contre mon ange. Je savais pas encore que j'étais enceinte de lui. Cette étreinte à l'hôtel, ce rendez-vous clandestin après un jeu de cache-cache qui rendait l'imminence de la rencontre plus excitante encore. L'amour avec un bel homme aux yeux de loup.

À mon réveil, il avait disparu. Un billet était posé sur mes vêtements. Avec un autre numéro de portable où le joindre en cas d'urgence. Je l'avais enregistré sous un nom bidon. « Ange », tout en conservant « Sandro » dans mon répertoire téléphonique.

Cette pensée me conduit devant le sac rouge, mon doigt blanchi de poudre pour prolonger ce souvenir magique. Je suce mon doigt.

Les sensations pétillent, je décolle. Et ça fait du bien, mes mauvaises pensées s'évaporent.

Je continue. Au point où j'en suis. Pas besoin de sauter par la fenêtre pour voler.

J'imagine que ça creuse un petit trou supplémentaire dans ma cervelle. Combien en faut-il pour secouer le tamis de ma mémoire et retenir que les bonnes choses ?

Encore. Jusqu'à ce que des idées se bousculent, acérées, tranchantes. Je pourrais avaler le sac entier pour me nettoyer le ciboulot. C'est là que je palpe un truc inattendu. Une forme dure.

Mon cœur décolle.

J'ouvre la fermeture Éclair. La tête dans le sac, j'examine toutes les coutures. Un double fond. Je finis par trouver la doublure. Ma main débusque enfin l'objet et l'enveloppe. *Un flingue !*

Qu'est-ce que ça change ?

Mais ça change tout, banane!

Costa sait. Mes bébés doivent vivre. *Et ils vont vivre!*

Une nouvelle idée me traverse l'esprit. Une bonne blague.

Le vieux flic est toujours assis devant la porte. Ça me rassure.

— Je vais aux toilettes, je peux?

Il soupire.

— Je préfère celle des mecs, c'est plus excitant… Non, je plaisante. Je vais voir le toubib. Le beau blond qui me fait mouiller.

La tronche qu'il fait. Il se dégonfle sur sa chaise.

Je croise le docteur Terrier au bout du couloir. Il vient vers moi et, comme s'il pressentait une embrouille, me raccompagne jusqu'à la chambre sans dire un mot. Le gros policier soupire en nous voyant arriver.

Je me pose sur le lit, lui sur le tabouret. Penché vers moi. Son parfum est un nectar à butiner. Je ferme la fenêtre que j'avais ouverte pour évacuer l'odeur du canari puant. Je veux respirer son odeur. Et m'approcher de lui…

Ma main patine sur le matelas, vers celle du toubib. *Après tout, si t'essaies pas… alors, vas-y… t'as jamais peur, d'habitude… tu oses toujours… pourquoi tu hésites alors?*

Terrier ne bouge pas d'un pouce.

— Elle va mieux, ma petite?

— Son état est stabilisé. Ce soir, elle devrait regagner le service de néonatologie.

— Pourquoi il a des mains de canard, mon fils? C'est à cause du coup que j'ai reçu dans le ventre?

— Bien sûr que non.

— Mais c'est pour ça qu'ils sont si petits et faibles?

— D'une certaine façon, oui. Le coup a déclenché un accouchement prématuré.

S'approcher encore, toucher sa main, la caresser. J'aime ses mains, larges, puissantes, les ongles manucurés. Je le frôle, l'air de celle qui l'a pas fait exprès. Terrier saisit la manche de ma blouse, découvre mon avant-bras jusqu'au coude. Je me débats et proteste.

— Je me pique pas !

— Je préfère vérifier… Vous n'avez jamais pris d'opiacés ou d'alcaloïdes ?

— Quoi ?

— De la drogue.

— Juste du shit…

— Et c'est tout ?

— Un peu de coke… Surtout avant de baiser.

Envie de le provoquer. Et ça marche. Frémissement sur son beau visage bronzé, une fossette se creuse au coin de sa bouche. J'adore. Envie de le goûter. Ses lèvres frémissent. Il hésite, cherche ses mots.

Je le délivre de son embarras.

— C'est à cause de la coke que mes petits…

— Sans doute, mais il peut y avoir d'autres causes. Pour les problèmes cardiaques, je veux dire. Pour les mains palmées de votre fils, il s'agit d'une malformation congénitale. Il y avait sans doute des antécédents dans votre famille.

Je secoue la tête.

— J'en sais rien. J'ai jamais connu mes vrais parents.

— Je suis désolé…

— Faut pas… Vous allez la guérir, ma fille ?

— On fait notre possible. On essaie de traiter ça chimiquement dans un premier temps pour réguler son rythme cardiaque. Elle a une anomalie systolienne. Due à un ventricule atrophique.

— Je comprends rien à votre vocabulaire de toubib… Ça s'opère pas ?

— Si on n'y arrive pas autrement, pourquoi pas… Ce n'est pas une opération facile.

— Vous pourriez le faire, vous ?

— Ce n'est pas moi qui décide…

— C'est l'autre, hein ?

Il me répond pas.

Dans ma tête, une idée éclate, petite bulle de champagne, qui me redonne le sourire et me brûle la bouche. Pas facile à exprimer. Je cherche la bonne formulation. *Ne pas aller trop loin, ne pas le braquer… ça reste un toubib…*

J'hésite encore quand il se lève en secouant la tête et quitte la chambre. *Mais, il se casse, ce con ! Sans me laisser le temps de…*

Je m'élance à sa poursuite.

10

Le collègue de permanence a alerté Canari. La BAC 3 s'est rendue rapidement sur les lieux.

Où sont les choufs ? Pas de « Arah, arah » à leur arrivée, ni de jets de boulons. Les Mimosas restent étrangement silencieux.

Ils ont fait le tour de la propriété, sont entrés par le parking derrière l'immeuble. C'est là qu'ils l'ont trouvé. Le guetteur bigleux. Au pied d'un container de tri sélectif. Cavités orbitales évidées. Visage en partie dévoré par des rats ou des chiens errants.

Plus personne pour le rencarder. Canari l'a mauvaise. Le Bigleux lui avait tout balancé : Tony, le dealer dont il voulait la place et qui fournissait les Lunatics et d'autres supporters de l'Ohème. Luce blessée qui appelle Marco le Gitan à l'aide.

Et plus de nouvelles de Beretta, auquel il avait donné trois jours pour lui donner Costa. Beretta sans doute responsable de ce carnage. Il en a tué trois autres. Massacrés à la batte. La signature des Lunatics.

Son portable sonne.

— Du nouveau ?

— On a localisé le mobile de Costa. Près de la Timone.

Eh, eh, il mord à l'hameçon, le requin. Elle est persuasive, cette petite ! On dirait qu'il y tient vraiment…

Au moins, il peut se concentrer sur la Timone. Il n'avait pas les moyens de mobiliser deux équipes pour surveiller les Mimosas et intervenir à l'hôpital, encore moins de demander des renforts au commissaire. Déjà, le vieux flic, c'est illégal. Parfaitement illégal. Le futur retraité lui doit un service. Il n'a plus que ses gars de la BAC qui ne se doutent pas de son projet de mettre les voiles.

C'est la petite qu'il veut, joli poisson lisse qui file trop facilement entre ses doigts. *Pour l'instant.*

Et Beretta ne perd rien pour attendre. Ce con s'est doublement foutu de lui en ignorant son ultimatum et en répandant des cadavres dans son sillage. À croire qu'il est devenu dingue : ce massacre, c'est une déclaration de guerre à son employeur. Et un sabordage. Le lieu de deal des Mimosas est condamné, mort. Beretta aussi est mort. *Ce cinglé a nettoyé la merde derrière lui, maintenant il va s'en prendre à la petite à la Timone. Je serai là. Et je les choperai tous les deux.*

Son cadeau d'adieu au commissaire. Avant le Brésil. Il ne peut pas partir sur un échec.

***

Je trouve Terrier. Aux toilettes, en train d'uriner dans une pissotière. Je m'approche. Me plaque contre son dos. Glisse une main devant son pantalon.

— Je peux te la tenir ?

Terrier jette un coup d'œil surpris au-dessus de son épaule.

— Vous faites quoi, là ?

— Elle serait mieux dans ma bouche, tu sais…

Il dégage ma main, se rebraguette et se retourne. Je déboutonne le haut de ma blouse.

— Tu peux toucher…

Il me repousse. La colère crispe les traits de son visage.

— Sortez !

Un dernier bouton dégage ma poitrine. J'avance. Il recule, incrédule. *Il est à moi.* C'est fou comme une belle paire de loches peut tenir les mecs en respect.

La porte s'ouvre. Sur le vieux flic. Je réfléchis pas, me précipite sur lui.

— Il a voulu me forcer à lui faire une pipe ! Regardez, il a même déchiré ma blouse !

— Elle est folle ! C'est elle qui… s'énerve Terrier.

— … sortez, tous les deux ! crie le flic. La gamine, tu te rhabilles et je te ramène dans ta chambre !

La doctoresse aux yeux polaires nous surprend à la sortie des toilettes, d'où Terrier a jailli en trombe. Derrière lui, je fais semblant de me tromper en reboutonnant ma blouse. Lentement, le geste. Pour que l'autre ait le temps de voir mes seins.

La colère de la toubib résonne dans le couloir.

— Mademoiselle, vous faisiez quoi dans les toilettes pour hommes ?

— Demandez à votre adjoint !

Terrier s'agace.

— On discutait. C'est pas interdit, non ?

— Je suppose que mademoiselle qui se rhabille avait besoin d'enlever le haut pour vous aider à faire pipi…

Terrier s'empourpre.

— Il faut que je vous dise deux mots dans mon bureau, grince la toubib.

11

Yasmina est revenue dans la chambre.

— Faut que je te raconte…

J'écoute le récit carabiné de l'engueulade entre Terrier et sa supérieure. Une idée me vient.

— La toubib, elle quitte son service à quelle heure ?

— Vingt heures, pas avant.

— Elle bouffe où ?

— Dans son bureau. Un plateau-repas.

— C'est toi qui le lui amènes ?

— Non, une aide-soignante. Ou parfois, elle descend le chercher au réfectoire.

— Et si tu le lui apportais, toi ?

— C'est pas mon boulot. Et elle trouverait ça suspect. T'as quoi derrière la tête ?

— La toubib, on va la mettre hors d'état de nuire.

— T'es folle !

— Non ! Puisqu'elle refuse d'opérer ma fille, il faut qu'elle puisse pas décider. Et tu vas m'aider…

— Pourquoi je t'aiderais ? Tu veux que je perde mon job ?

— J'ai un truc dont t'as besoin…

— Hein ?

— Ferme les yeux !

Trois pas. La porte de l'armoire coulisse. Je retiens ma respiration.

Le sac rouge.

Dans la poche avant, le paquet de poudre blanche. J'humecte mon index, le plonge dedans.

Trois pas, plus légers. La porte de l'armoire qui grince, *eh merde.* Suis lente, maladroite, stressée. Je balise et m'en veux, mais j'ai trop besoin d'une alliée.

— Ferme les yeux et ouvre la bouche.

Mon bras s'enroule autour de la nuque bronzée de Yasmina. *Pourquoi ce geste ?* J'y ai pas songé, c'est venu tout seul. Pour mettre à l'aise la beurette un peu crispée. Je force ses jolies lèvres qui se referment et sucent mon doigt.

— Whouuaa…

Yasmina, bouche grande ouverte, les yeux fermés, sa nuque contre mon front.

— Je savais que ça te plairait. Si t'es sage, t'en auras d'autres…

— Encore !

Sa voix devient rauque, le feulement d'un fauve.

Trois pas. Le grincement de la porte qui coulisse, pas moyen de faire autrement, je vole comme un papillon et dépose un doigt de coke entre les lèvres de Yasmina qui exagère son suçotement, puis un doigt pour moi.

***

Yasmina plane.

Sa fatigue est un lointain souvenir, elle ne pense plus à son épuisement, à la dose qu'il faut payer pour tenir le coup le lendemain et qui lui coûte cher, à son CDD qui se termine dans trois jours. Ce n'est pas la première fois qu'un patient la fournit en échange d'une faveur, un peu de compassion le plus souvent, et même une fois, pour qu'elle ouvre sa blouse. Besoin de sa dose pour tenir le coup, faire face au stress, aux journées à rallonge, aux heures sup qu'on fait faire aux intérimaires qui bouchent les trous. Et c'est encore pire en période de grève.

Heureusement, Yasmina sait comment se procurer de la came à la Timone. Il y a des infirmiers qui dealent, certains se font payer en nature, ou contre des médocs qu'ils revendent ensuite à des toxicos. Il y a même deux ou trois toubibs. Et quand la boutique hospitalière est vide, elle se fournit auprès d'un flic. Enfin se fournissait. Deux mois qu'elle n'a plus de nouvelles de son amoureux, un flic qui travaille à la BAC et qui lui donnait ses doses en échange d'une partie de jambes en l'air. Un profiteur sans doute, mais elle l'avait dans la peau.

En attendant, elle n'a jamais rencontré pareille patiente, qui la fait passer par tous les états. Vraiment tous les états.

***

Yasmina s'agrippe à mon bras. Un sourire malicieux traverse son regard.

— Il me vient une idée un peu dingue… elle dit.

— Toi aussi ? Moi, ça m'arrive tout le temps !

— Hier matin, on a trouvé une stagiaire shootée dans les toilettes. Imagine la toubib dans le même état… Ou bien, si on découvrait de la came dans son bureau, ou dans son casier…

— Une dénonciation ?

— J'en sais rien. Ça pourrait le faire, non ?

— Il faut agir. Et vite. Encore ce soir.

— Je m'en occupe !

La malice couve sous ses yeux piquants. Sa tête frôle mon épaule. Je chuchote :

— Tu sais… Faut que je t'avoue un truc : mes bébés, j'ai pas été payée pour les mettre au monde.

Yasmina glousse.

— Salope, tu m'as bien eue ! T'aimes ça, manipuler les gens ?

— Désolée, parfois ça me traverse la tête… des idées, des mauvaises blagues…

— Va falloir que tu te fasses pardonner…

Sa voix de plus en plus rauque.

Elle s'approche.

Je sens son haleine.

Ses yeux se brouillent, sa main m'effleure la cuisse, sa peau brûlante exhale une sueur un peu acide, puis ses lèvres se posent sur ma nuque, sa main me relève le menton, je suis comme hypnotisée, ses lèvres cherchent les miennes, elle m'embrasse.

Le contact me sidère. Je la repousse.

— Mais qu'est-ce que tu fais ? je crie.

Son regard me gifle, puis se brouille. Elle déguerpit en claquant la porte.

Je l'ai pas vue venir. C'est pas que j'aimerais pas essayer, mais c'était un réflexe. Incontrôlable.

— Mince, qu'est-ce que j'ai fait !

Je me précipite dans le couloir. Trop tard. Yasmina a disparu.

Et le siège du vieux flic est vide.

12

Tout est en place. Les bars, les kebabs, les taxis, les postes de surveillance… La Timone est cernée.

Cent fois, Tony a refait le plan dans sa tête. Cette nuit. Un coup de force. Un commando. Ils vont enlever Luce.

Ils entreront par les urgences. Grâce à Slav et son visage.

En attendant, Tony se prépare dans l'arrière-cour. Sur les chats.

— Je peux ? il a demandé au bistrotier.

— Ouais, ils sont abandonnés.

Au bout d'une palplanche qui gîte à trente degrés tel un tremplin, un chat noir a planté ses griffes dans le bois raboté. Position de défense, miaulement d'alerte. C'est le dernier félidé. Il a expédié tous les autres dans la benne. Avec le mistral qui s'est levé et la canicule qui s'installe, ça pue la charogne.

Tony, jambes fléchies, fait pivoter sa batte de sa main valide à l'autre, blessée. Il attend le moment. Le coup part, rebondit sur la planche, frappe l'arrière-train du chat qui parvient à sauter sur le sol, en se ramassant sur une patte. Un deuxième coup le frôle. Le chat s'enfuit.

Le Morveux s'imprime dans son champ de vision.

— Il est l'heure ? demande Tony.

— Ouais, mais y a un 'blême… Le flic de faction devant sa chambre s'est barré mais d'autres planquent à l'extérieur dans une voiture banalisée. Des mecs de la BAC.

Canari ! Un guet-apens !

— On nous a donnés ! Ils ont été avertis !

De retour dans le bar, il se rince la bouche au pastis, le nez collé à la fenêtre. Devant lui, le crépuscule embrase la Timone.

— Tiens, tiens…

Sur le trottoir d'en face, il remarque une silhouette qui chemine.

— Tu la connais ? demande Slav.

Tony glousse en trottinant jusqu'à la porte.

Sandrine l'a aperçu. Elle galope, son bébé dans les bras. À l'entrée du bar, elle se fige.

— Mince, l'étalon, qu'est-ce qui t'es arrivé ? Tu t'es battu contre King Kong ou quoi ?

Tony l'invite à prendre un verre à une table. Slav rabat son voile et s'installe au comptoir en grognant.

Sandrine désigne son bébé qui dort.

— T'aurais pas un coussin, pour que j'm'en débarrasse ?

Le coussin arrive, elle y dépose le bébé et saute sur un verre de Coca. Tony se ressert un pastis. Boudeuse, Slav se tourne vers la télé, un Monaco à la main.

— Tu allais aux urgences ?

— Tu veux revenir avec moi ?

— Non, mais tu pourrais peut-être me rendre un p'tit service…

— Pour toi, je suis prête à tout, l'étalon.

Slav sursaute. Regard assassin à la petite blonde. Laiteuse et vulgaire dans son débardeur très aéré. Ses seins lorgnent par des ouvertures pareilles à des hublots.

— … surtout si tu as un petit remontant…

Tony choque son verre contre le sien.

— Tope-là. Un petit avant, un gros après.

Elle lui envoie un baiser. Ses lèvres forment un cœur saignant. *C'est qui c'te grognasse avec son rouge à lèvres de Marylin ?* grommelle Slav.

— Gros comment ?

— De quoi planer jusqu'à l'automne…

— Je tuerais père et mère pour toi…

Mais moi, je te tuerai avant si tu continues, jure Slav entre ses dents.

— Tu retournes à la Timone. Chambre 63. Sixième étage. Il y a un sac à l'intérieur. Tu me le ramènes…

Elle se marre, l'air de penser *facile.*

— Je peux avoir le petit remontant avant ?

Voix de fillette qui minaude. Tony lui tend une dose. Sandrine l'attrape, se penche sur l'épouvantail, écrase sa bouche contre la sienne et sa main contre son sexe. Elle chuchote à son oreille.

— OK. Après tu m'y referas goûter, hein ?

Tu peux toujours rêver, salope. Fracas. Bruit de verre cassé. Slav s'excuse. Elle a renversé son Monaco. Le bébé se réveille et se met à pleurer.

— Il a quoi ton gamin pour que t'aille aux urgences ? demande la jeune serbe.

Sandrine hausse les épaules.

— Ben, j'en sais trop rien. C'est juste un prétexte. Je lui donne un truc qui fait monter la température ou va le faire vomir. De préférence, le soir. Après je me pointe à l'hosto et ça me permet de dormir dans un lit. Et chaparder. Bon, là, je pense que ce sera la dernière fois à la Timone.

13

Mardi

Dans l'inconfort de leur véhicule, les hommes de la BAC 3 ont passé une mauvaise nuit. Une nuit de planque pour rien, mis à part deux junkies qu'ils ont peu secoués parce qu'ils avaient les nerfs. Pas l'ombre du Libyen, malgré le signal de son portable qui s'est stabilisé autour de la Timone, ou de l'un de ses sbires.

À cinq heures trente, la tension est à son comble. Ils n'échangent plus un mot, plus un regard. Chaque soupir, chaque raclement de gorge, pèse. Ils ont baissé toutes les vitres. Pas seulement pour évacuer la fumée. Leur histoire commune se termine. Huit ans qu'ils se supportent. Encore quelques jours avant qu'ils ne se tapent dessus. Dans une semaine, ils seront aux prises avec la police des polices. Et ce sera chacun pour soi, chacun tentera de sauver sa peau. À n'importe quel prix. Quitte à négocier, à débiner, à balancer.

— On remballe, dit Canari.

Deux portières claquent. Le Beau gosse et le Frisé quittent le véhicule sans un mot et se dirigent vers la station de métro La Timone.

Canari les regarde s'éloigner. Il imagine qu'ils vont se défouler à leur manière, le Beau gosse dans un rade de nuit avec une belle de l'aube, le Frisé avec une pute africaine à la croupe rebondie. *Et toi, tu vas faire quoi ? Rentrer, la queue entre les jambes, dans ton deux-pièces pourri où tu latteras à coups de pied le chat qui couche sur ton lit avant de siffler une demi-bouteille de Lagavulin ?*

Interpeller le Libyen aussi facilement, il n'y croyait pas lui-même. Les caïds ne se bougent les fesses que pour leurs propres mères, *et encore*... Trop facile. Toute cette histoire s'embrouille dans sa tête : un incendie l'été dernier, une affaire étouffée par un enquêteur qui n'était pas censé se trouver là mais qui protège Luce, un beau-père dont le passé est louche. *Probablement, un indic.* Il a bien lancé des sondes, auprès de collègues et de tontons à lui. *Pour l'instant, pas de réponse, pas d'info, rien.*

Donc, le Libyen protège Luce. Le Tordu a tronqué l'enquête, sans doute sous les ordres de Bouddha, lequel veut à tout prix la tête du jeune caïd. *Quel rapport ? Quelle explication ? Et qu'est-ce que Luce vient faire dans ce bordel ? Ou alors, elle est... l'enjeu ?!*

Il frappe le volant, cogne le tableau de bord. Il voudrait taper dans ce merdier pour que ça éclabousse. Parce que tout le monde se moque de lui. *T'es trop gentil, Richard, trop gentil... T'as perdu la main, tu ramollis... Il est temps de te secouer !*

Il gobe une pilule d'ecsta, sort le gyro. Les pneus de la Megane RS chauffent le bitume. Direction l'Estaque.

Six plombes, l'heure légale. Il force la porte, Renée Blissman s'étale contre la cloison du couloir. *Cette fois, elle va parler, la mère Ramona.* Sauf qu'elle n'est pas là. *Elle a été internée dans l'après-midi*, dit Renée.

Canari sort le portable de Luce et le jette au visage de l'ancienne infirmière.

— Alors, un sale flic est passé ?

Il l'entraîne dans la chambre à coucher et la pousse sur le lit.

— Qu'est-ce que tu n'as pas dit au sujet de Costa, hein ? Qu'est-ce que tu m'as caché ?

Elle relève la tête. Il la gifle, bondit sur elle, la renverse sur le ventre, écarte sa robe de chambre, soulève sa chemise de nuit, découvre son fessier flasque. De l'autre main, il détache les boutons de son jean et sa ceinture de cuir.

— Qu'est-ce que tu préfères ? Le cuir ou ma queue ?

Elle baragouine quelques mots, entre deux sanglots.

— T'as dis quoi ?

— Costa était là, le soir de l'incendie. Sa mère l'a vu emmener Luce.

— Qu'est-ce qu'il foutait là ?

— J'en sais rien…

Il se redresse d'un bond. La ceinture claque sur le corps de Renée.

— Je crois que c'est un ami de son père…

Canari renifle.

— Tu crois qu'il a joué un rôle dans l'incendie ?

Elle hésite.

Bingo !

C'est peut-être lui qui a mis le feu alors… On l'appelle aussi le Rôtisseur, non ?

14

Une nuit d'angoisse.

J'ai lutté pour pas m'endormir. Si jamais mon ange venait me chercher. *Ou si c'était le Canari puant qui débarquait?*

Alors je le buterai…

Sous l'oreiller, j'avais planqué le flingue.

À mon réveil, un mauvais pressentiment. *La porte!*

J'ai essayé de la bloquer avec une chaise mais qui était pas assez haute pour caler la poignée. Mais au moins, si quelqu'un essayait d'entrer, la chaise, en appui, tomberait, le bruit me ferait bondir et je choperais mon arme. *Si je suis assez rapide…*

Je fixe la porte. Je peux pas croire ce que je vois. La chaise au sol, renversée. *On a essayé d'entrer! Et j'ai rien entendu, bordel!*

Je me saisis du flingue et bondis vers l'armoire. *Mon sac rouge, bordel, mon sac rouge… pourquoi je l'ai pas planqué sous le lit?*

J'écarte les battants de l'armoire, si violemment qu'ils rebondissent sur leurs faibles gonds et qu'un instant je crains qu'ils cèdent. Mais la porte tient bon. Et mon sac rouge est toujours là. Le mauvais pressentiment aussi, au creux de mon ventre.

Je reprends mon souffle, referme l'armoire. En douceur. Repose le flingue sous l'oreiller. *Calme-toi, respire, respire…*

Si le sac rouge est là, pourquoi la chaise est tombée ? Quelqu'un a tenté de pénétrer dans la chambre mais est resté sur le seuil ?

Du bruit dans le couloir. Je sors. Le personnel s'affaire à la distribution du petit déjeuner. Devant ma chambre, le siège du vieux flic est toujours vide.

Je fonce au service de néonatologie.

La porte qui chuinte. La pénombre et l'humidité qui m'assaillent. Les visages tendus, les regards aiguisés qui me fouettent, puis se détournent aussi vite. Les murmures s'arrêtent. Je scrute le coin opposé de la salle. Le paravent n'y est plus. *C'est déjà ça…*

Deuxième rangée, la couveuse de mon fils. Max. Je me répète son nom, le fais rouler dans ma tête, comme s'il pouvait l'entendre et qu'on pouvait lui et moi entrer en communion. Mais il dort.

À côté, la couveuse de Sylvaine est vide.

— Elle est où, ma fille ?

Quatre infirmières s'affairent dans la salle. J'apostrophe la plus proche.

— Ben, j'en sais rien, moi… elle coasse avant de me tourner le dos.

J'attrape la manche de sa blouse.

— Demandez à la chef, là-bas. Et lâchez-moi !

Du menton, elle désigne une grande maigre qui berce un bébé dont la tête émerge d'une gigoteuse rose.

— Où est ma fille ?

— Vous ne voyez pas que je suis occupée ?

— ELLE EST OU, MA FILLE ?

Deux femmes jaillissent derrière moi, la plus âgée me bouscule. Je me rattrape à un chariot. Un nouveau-né hurle. Une alarme se déclenche sur un moniteur.

Tête en avant, je charge celle qui m'a bousculée.

— Arrête !

Une voix cingle mon dos. Yasmina.

— Viens avec moi !

La porte se referme, étouffe le bruit de l'alarme et les pleurs en cascade.

Yasmina me bloque entre deux portes. Je me prends comme une baffe la détresse dans ses yeux.

— Ta petite a fait un arrêt cardiaque, cette nuit. Je ne sais rien de plus.

— Je veux voir la toubib !

— Ce n'est pas possible…

Poings tendus, je me dégage de son étreinte.

— Tu vas voir que c'est possible !

— ARRÊTE !

Son cri me cloue sur place.

— La toubib a chopé une intoxication alimentaire dans la soirée.

— C'est toi qui…

Elle fronce les sourcils, ses yeux piquent à mort. Elle répond d'une voix qui grince entre ses dents :

— C'est bien ce que tu voulais, non ?

— Mais t'es conne ou quoi ?

— C'est ce que tu m'as demandé hier soir et si j'ai été conne, c'est d'avoir accepté !

Je sens mes jambes mollir.

— Et Terrier ? Il va pouvoir l'opérer alors ?

Elle baisse la tête.

— Regarde-moi ! Il va le faire ?

— J'espère…

Il a intérêt, sinon…

— Je suis désolé pour hier soir, Yaz.

— Ça va. Je commence à avoir l'habitude avec toi.

J'aime la moue que forme sa bouche avec ses belles lèvres. Je laisse tomber ma tête sur son épaule et me presse contre elle.

Et je les embrasse, ses lèvres.

15

Yasmina m'abandonne devant ma chambre, comme une orpheline. Le vieux flic me fait la gueule et m'ouvre la porte.

Une nouvelle fois, je me maudis. Mais quelle conne ! Quelle idée, j'ai eue ! Mais quelle idée d'avoir voulu empoisonner la toubib en chef ! Pourquoi il me vient toujours des idées qui se retournent contre moi ?

La tête décapée, vide, je titube à travers ma chambre. Mes jambes se dérobent. Je m'effondre sur le lit, mon front cogne la fenêtre, mon regard se déverse six étages plus bas, sur le parc. Le parc qu'est en train de traverser… Terrier !

Il file à pas rapides en direction du parking. J'ouvre la fenêtre, songe d'abord à crier, mais à cette distance… Il s'arrête et sort son portable. Je réfléchis plus, me précipite vers l'oreiller, puis quitte la pièce au trot, le flingue dissimulé sous ma blouse.

Le parc arboré.

Il est où, Terrier ? Une rangée de haies coupe mon champ de vision. Je fonce droit devant, les larmes aux yeux, la sueur sur le visage, un goût de sang dans la bouche.

Le parking. Des dizaines de rangées de voitures. *Il est où, merde ?* Un gros 4x4 Porsche Cayman qui manœuvre. Stop.

Marche arrière. Stop. Le conducteur me voit pas et manque de me renverser.

—Ooooooooooh!

Stop. L'instinct. La chance. La voiture s'immobilise. Je reconnais Terrier, attrape la portière côté passager et m'engouffre à l'intérieur.

— Qu'est-ce que vous faites dans ma voiture? Descendez!

— Pourquoi vous avez pas eu le cran de me dire que ma fille avait fait un malaise cardiaque?

— Descendez ou sinon c'est moi qui vous fais descendre!

Il me regarde pas, s'attarde sur le rétro. Derrière, un véhicule klaxonne. Il range sa voiture sur le côté, warning allumé.

— Pourquoi vous l'opérez pas?

Un éclair dans les yeux de Terrier. Un instant, je pense qu'il va me sauter dessus.

— Tu crois donc que tout est si simple? Qu'il suffit de crier *faites ci, faites ça*? Tu veux vraiment que je te dise la vérité?

Je lui fais oui de la tête.

— La chef pense qu'il est risqué de l'opérer, voire inutile, et qu'à terme elle n'a que très peu de chance de survie. Voilà!

J'encaisse le coup. Des mots brûlants se forment dans ma bouche. Mais c'est pas ce que je dis.

— Il faut prendre le risque...

Les mots brûlants remontent à la surface.

— T'es qu'un lâche, une couille molle!

Les phalanges du toubib se crispent sur le volant, sa figure devient blanche. Je sors le flingue de ma poche.

— Tu l'opères ou je te bute!

Il écrase son poing sur le tableau de bord.

— Vas-y, espèce de folle, tire-moi dessus! Allez, qu'est-ce que tu attends, merde!

— Ma fille va mourir si tu ne fais rien!

Je le trouve encore plus beau quand il est en rogne. Yeux bleus d'orage. Visage tendu qui creuse ses fossettes. Sa bouche aux lèvres claires qui forment un ourlet parfait.

— Tu crois que c'est facile de prendre la décision ?

Il se fige. Ses lèvres balbutient des mots qu'il peine à prononcer.

— Ma dernière opération. Je l'ai foirée…

— C'était un petit garçon. Il aurait eu un an le lendemain. Les parents ont porté plainte. Le procès s'ouvre le mois prochain.

— T'as peur, c'est ça ? Moi, je porterai pas plainte contre toi.

— Ma chef de service est plus compétente pour ce genre d'opération.

— Paraît qu'elle est malade ?

Ses mâchoires se crispent.

— En effet, elle est souffrante. J'ai requis l'assistance d'un confrère.

— Tu veux quoi alors ? Du fric, j'en ai plein ! De quoi t'acheter une nouvelle bagnole, une nouvelle baraque…

— ARRÊTE !

— Chaque homme a son prix. C'est quoi le tien pour sauver ma fille ?

— J'ai peur de lui ôter la vie, tu es capable de comprendre ça ?

— J'ai plus rien à perdre. Demain, je dois quitter l'hôpital. Je sais même pas où aller. Je te paie et tu l'opères aujourd'hui. Combien ?

Terrier soupire, puis balance un chiffre.

— D'accord.

— Dégage de ma voiture !

***

— Je la vois, ta petite pute. Dans une voiture. Avec un toubib, je pense. J'ai relevé la plaque, ça t'intéresse ?

Le Morveux vient d'appeler Tony.

— Et comment !

— Je fais quoi ?

— Tu le suis

Tony éteint le portable et dit à Slav :

— J'vais avoir besoin de toi. Un toubib…

La Serbe joue au sudoku sur une page de *La Provence.*

— Je hais les toubibs…

— Justement !

D'une pichenette, elle détache son voile. Tony ne peut réprimer un frisson.

— L'horreur est à ton service.

16

Tiens, le flic est revenu.

Assis sur la chaise devant ma chambre, il semble plongé dans l'observation de ses baskets bariolées. Heureusement, j'ai laissé le flingue dans la Porsche. Je me doutais que Canari allait me rendre une nouvelle visite. Et il pouvait tomber sur l'arme que Terrier a rangée dans la boîte à gants. Je la récupérerai après l'opération.

Le flic lève la tête. Il est jeune, baraqué. Et blond aux cheveux frisés. Il me sourit. Je ralentis. *Barre-toi, barre-toi,* dit une petite voix dans ma tête. Trop tard. Le Frisé vient vers moi.

— Je crois que tu es attendue…

Dans la chambre, l'odeur envahit mes narines. Aux côtés de Canari, un troisième flic, beau gosse, me reluque comme son prochain quatre-heures.

— Tiens, qui voilà…

— Vous faites quoi ?

— Petite perquisition de routine.

Lit défait, matelas retourné. Mes affaires renversées par terre. Et l'armoire grande ouverte.

Décharge d'adrénaline. Pire qu'un coup de matraque électrique. Ou un orgasme à l'envers. Je respire plus.

L'armoire est vide. Un vide béant. *Mon sac rouge, IL EST OÙ?*

Le Beau gosse sort. L'odeur reste.

— J'aime pas qu'on se foute de ma gueule, fulmine Canari. Et toi et ton petit ami, Beretta, vous commencez sérieusement à m'énerver. Le Libyen n'est pas venu hier soir. Je t'aurais foutu la paix si on l'avait chopé. Ou si j'avais trouvé quelque chose dans ton armoire…

Il s'approche, son haleine me saute à la gorge.

— Alors, on va changer de terrain. Tout à l'heure, on revient te chercher pour interrogatoire. On va causer de la chute de l'écran plat. De la mort du jeune pompier. De l'incendie de ta maison l'été dernier.

Un quart d'heure plus tard.

Pâle comme un linge, je sors des toilettes lorsque la grosse infirmière m'annonce :

— Votre petite sera opérée en fin d'après-midi.

Je soupire.

— Alors il s'est décidé, le docteur Terrier…

L'infirmière fronce les sourcils.

— Pourquoi vous dîtes ça ? L'intervention est prévue depuis huit heures ce matin.

Je retombe sur le lit.

Il m'a bien eue, Terrier. Il doit bien se marrer. *Quelle conne ! Je lui ai offert du fric pour une opération déjà programmée. Et ce fric, je l'ai plus !*

Comment j'ai pu croire que le sac était à l'abri ici, à l'hôpital ? Et puis, faire confiance à qui ? À Yasmina bien sûr, mais elle est tellement épuisée qu'elle a besoin de se shooter pour tenir le coup… À qui d'autre ?

Si seulement, je pouvais contacter mon ange.

L'infirmière est sortie.

On frappe à la porte. C'est la première fois qu'on frappe à la porte depuis que je suis dans cette chambre.

C'est Renée. Sa visite me réjouit mais un détail douche mon enthousiasme. Son œil droit est auréolé d'un coquard. Un instant, l'image de ma mère adoptive se superpose. Une idée folle me fait frémir. *Le Vieux, il est quand même pas revenu d'entre les moribonds?*

— Comment tu m'as trouvée?

Renée a lu le journal. L'incendie, l'écran tombé sur la tête d'un pompier. Elle a vu la façade des Mimosas en photo.

— On m'a dit qu'on t'avait emmenée aux urgences. J'ai téléphoné à la Timone et à l'hôpital Saint-Joseph. Pas de Ramona sur la liste des admis. Alors j'ai repensé à ce que tu m'avais raconté un jour. Au sujet de ta sœur imaginaire. Mélodie Nelson. Et me voilà.

Je la serre fort dans mes bras.

— Et tes bébés alors? Ils sont...?

— En couveuse...

Renée lit sur mon visage, je peux pas lui cacher grand-chose.

— Il y a encore vingt ans, on ne se préoccupait pas des grands prématurés. La nature le faisait. Ou pas. Aujourd'hui, ils survivent bien mieux, avec plus de chances de grandir normalement...

Je raconte l'état de ma petite.

— Elle a quoi exactement?

— Un problème cardiaque. On l'opère cet après-midi. Et son frère a les mains palmées. Ça s'opère aussi, tu crois?

— Je pense, oui...

Sa voix trébuche sur la dernière syllabe. *Il y a autre chose...*

— On t'a frappée? Ton œil...?

— C'est ta mère. Il a fallu l'interner. Une crise de démence. Elle a voulu...

Elle se met à chialer.

— On était dans la cuisine. Je venais de griller une allumette pour allumer le gaz. La vision de la flamme l'a rendue hystérique. J'ai dû la cogner avec une casserole en fonte pour qu'elle lâche mon cou. Elle était en train de m'étrangler. Après m'avoir frappée au visage…

Renée, secouée de sanglots.

— En m'étranglant, ta mère m'a jeté à la figure que tu étais morte. *Elle est crevée, elle est crevée* qu'elle criait ! *Et ses petites crevures aussi !* Elle a dit que Tony t'avait donné un coup de pied dans le ventre, qu'il y avait du sang noir. Elle a dit ça avec une sorte de jouissance, de jubilation…

Elle tremble dans mes bras.

— C'est pas tout… Le flic m'a menacée. Il veut que je témoigne. Contre toi. Mais je ne sais rien. J'étais pas là quand il y a eu l'incendie, j'ai rien vu… Je comprends bien qu'à travers toi, c'est Costa qu'il veut…

— Il faut que tu le contactes, Costa. Appelle-le ! Je te donne son numéro de portable de secours. Je viens de m'en souvenir ! Putain de mémoire ! Note-le vite avant que je l'oublie encore une fois !

Je lui dicte le numéro qu'elle retranscrit sur un ticket de bus tiré de son sac à main.

— Tu lui laisses un message et lui dis que je suis en danger. Que c'est pas moi qui ai envoyé le SMS qu'il a reçu hier soir. Il faut qu'il me sorte de là, et vite !

— Donne-moi quelque chose pour ta mère…

— Non, elle a souhaité ma mort !

— Elle ne sait plus ce qu'elle dit. Pardonne-lui. Fais-le pour moi, j'en peux plus de la voir souffrir à un point que tu peux pas imaginer… Juste quelques grammes…

Je pose mes paumes sur ses épaules et la regarde dans les yeux.

— Renée, j'ai plus rien et je te jure que je mens pas pour une fois. Si tu contactes Costa, il te donnera ce qu'il te faut…

***

Déboussolée, Renée lambine à la sortie de la Timone. *Il est où, le bon arrêt de bus, déjà ?* Ligne 40, la Solitude.

Un homme moustachu l'interpelle.

— Alors ?

— Elle m'a demandé de contacter Costa d'urgence. J'ai un autre numéro de portable, dit-elle en lui désignant son ticket de bus.

Canari arrache le ticket et lui donne un petit sachet d'herbe.

— À ce soir, chérie ?

17

Et l'autre conne qui va payer pour une opération qui était déjà programmée !

Terrier s'est bien marré en rentrant, sauf qu'elle tenait un flingue et un vrai ! Heureusement qu'il l'en a débarrassé. Elle va le payer avec quoi d'ailleurs ? En monnaie de singe ? Ou en nature ? Mais qu'est-ce que ça change ?

Avant l'opération, il est rentré chez lui pour déjeuner au calme et faire une sieste.

Son café trop chaud, il se brûle les lèvres. Un Speculoos s'effrite entre ses doigts, répandant des miettes sur la nappe. Une contrariété qui ravive sa nervosité et son angoisse. *Et tu comptes opérer dans cet état ?*

Il s'est allongé sur le petit lit de la chambre d'amis, les volets ajourés. Une heure agitée, semi-somnolence, un rêve qui vire au cauchemar à tenter de calmer un bébé imaginaire.

Mais on va finir par t'attacher, toi ? Il rigole. Le bébé s'énerve. Ses cris, ses bras qui se débattent, ses petits poings crispés, son visage cramoisi qui vire au pourpre. Et ses mains à lui, immenses, terrifiantes. *Des pelles ! J'ai des pelles à la place des mains !* Qu'importe, il va opérer quand même.

Scalpel. Il a marqué l'endroit sous la dernière côte. Première incision. Le bébé se réveille et crie. Ses yeux jaillissent de ses orbites. Des fontaines de pleurs. *Comment il a pu se réveiller ?*

Terrier éberlué. Le scalpel s'échappe de ses mains. Le choc métallique contre le sol provoque une déflagration qui le secoue. Le bébé hurle. Ses poings se desserrent et ses doigts… *Ses doigts sont palmés ! On s'est trompé de bébé, ce n'est pas le garçon qu'on devait opérer, bon sang !*

Il scrute autour de lui les visages masqués des quatre membres de l'équipe. *Où est ce connard d'anesthésiste ? Mais il est où, ce con ?* Une pensée le frappe : *mais c'est moi qui l'ai faite, l'anesthésie, non ?*

Un doigt abaisse un masque. C'est la doctoresse, sa chef de service. *Qu'est-ce qu'elle fout là ?* Elle se marre, dévoilant ses belles dents carnassières.

— Vous n'êtes pas fait pour la chirurgie, Terrier… Ni pour l'anesthésie. Et la déontologie, je ne vous en parle même pas…

Il lui envoie son poing dans la gueule. Le réveil qu'il vient de boxer se déclenche.

La douche ne le calme pas. Chaud, froid. Chaud, froid. Encore une minute sous le jet glacé. Il frissonne. *Ça va aller.*

Il s'habille. Trop de hâte. Ses doigts gourds peinent à faire passer les boutons dans sa chemise en lin lavé.

Il s'énerve. Trébuche sur le chien, un griffon, en traversant le salon. Lui balance un coup de pied. Le chien grogne à réveiller toute la maisonnée. Sa femme et sa fille de cinq ans font la sieste. Sa femme est restée couchée dans leur chambre. Dans son état de nerfs, elle sait qu'il faut le laisser tranquille. Elle fait semblant de dormir.

En démarrant sa Porsche Cayman, la musique d'ACDC fuse. *Hells bells.* Il râle en matraquant le poste. *Besoin de douceur, bordel !* Il bascule sur France Musique. Du baroque, *le clavier bien tempéré* de Bach. Ça va deux minutes, il éteint le poste en quittant son quartier.

Ne pas penser à l'opération. Se concentrer sur la route qu'il connaît par cœur à force de l'emprunter depuis douze ans. Le panneau Gignac-la-Nerthe. Temps ensoleillé. Il a baissé la vitre, sa main caresse le mistral, ses doigts se détendent dans l'air.

Le calme, au milieu des vignobles des coteaux d'Aix. *Profite ! Détends-toi ! Relaxe-toi ! Ça va aller !*

Dans quelques minutes, il croisera la nationale, puis le périphérique et le flot de la circulation le déposera à la Timone.

Un bruit de vélomoteur mal réglé en approche.

Philippe Terrier a toujours eu horreur de ce matraquage mécanique. Il remonte la vitre et accélère.

Un stop en bas de la pente. Croisement avec la nationale. Circulation inexistante. Il est trop discipliné. L'habitude. Il ne grille jamais les stops.

Le tintamarre du vélomoteur revient agresser ses tympans. Puis le bruit d'un objet métallique qui raie l'aile de sa voiture. Coup d'œil dans le rétro. Un scooter s'est vautré contre le flanc de la Porsche. Le pilote à terre. *Merde et merde !* Il fallait que ça arrive maintenant, dans son état de nervosité et de stress. Et il a rendez-vous avec son collègue de promo qui rapplique de Nice pour l'assister.

Terrier sort de la voiture.

Sur le bitume, un scooter et une jeune femme. Short en jean et cuisses de rêve. Le genou gauche égratigné.

Il l'aide à se relever.

— Ça va, mademoiselle ?

Elle enlève son casque, secoue une masse de cheveux noirs et découvre son profil droit. Les yeux de Terrier s'illuminent.

— Bon sang, qu'est-ce qui vous est arrivé ?

L'œil du médecin la détaille, fasciné. Sa joue déchiquetée, sa pommette violacée, entrelacs de couleurs bistre, rafistolage de divers bouts de peau. Une toile cubiste de Picasso revue par Bacon, sur fond des lacs acides en Éthiopie.

On a bien tenté de lui redonner un semblant d'apparence humaine, mais le type qui a fait ça a salopé le travail. *Quelle boucherie !*

— Vous pouvez me déposer ? Je travaille dans un bar près de la Timone.

Surpris par sa voix rêche, Terrier reste figé un instant. *Les cordes vocales aussi… Et ce visage… Un cas clinique fascinant… Et des cuisses !* Un frisson d'excitation le traverse. Il faut qu'il s'occupe de cette patiente. Une sacrée aubaine.

Terrier relève le scooter et le dépose dans son coffre. L'inconnue au visage ravagé monte à l'avant.

18

Seize heures.

Ils sont venus m'arrêter. En force. Canari et ses hommes, un chauve avec deux autres flics.

J'ai pas protesté. Je viens de reconnaître le chauve. Il était chargé de l'enquête sur l'incendie de la maison de mes vieux! *Et c'est sûrement mon ange qui l'a payé pour me faire évader.*

J'entasse quelques affaires dans un sac plastique, un sweat large et un pantalon corsaire prêtés par Yasmina.

— Non, tu les laisses là. On les enverra chercher si on te garde à l'Évêché, dit Canari. Puis, il s'adresse au chauve:

— Je te la confie, mais fais gaffe, elle mord.

On est dans le couloir. Les deux flics du chauve marchent devant, le chauve à côté de moi, Canari et ses hommes suivent. Un cri retentit derrière nous.

— Attendez, attendez, il faut que je lui parle! C'est urgent!

Yasmina tente de se frayer un passage.

— On l'embarque, c'est pas tes affaires, claironne Canari en la repoussant.

Elle se débat, les invective. Je l'entends crier mais je la vois plus.

— Eh, c'est mon infirmière ! On n'est pas à une minute près, non ?

Le chauve ne bouge pas, je m'arrête, mais les flics m'entraînent jusqu'à l'ascenseur.

Elle voulait me dire quoi ? Un truc en rapport avec l'opération ?

J'aime pas ça, mais alors pas du tout. La colère me monte au nez. Trop tard. On me pousse dans l'ascenseur. Les portes se referment.

Parking de la Timone. Une voiture siglée Police.

— Tu montes à l'arrière !

La poigne du chauve m'écrase l'avant-bras. Rien d'amical. Normal, il joue son rôle.

— Avec plaisir…

Il bronche pas, aucune réaction sur son visage. *Bon comédien. On se connaît mais il fait semblant du contraire…* J'ai confiance. Il va se passer quelque chose. *Mon ange me ramène à lui !*

***

Le Tordu a démarré sans les attendre. Ils sont plantés au milieu du parking, guettant la sortie du Beau gosse qui a les clés du véhicule.

— Tu veux bien me dire à quoi on sert sur ce coup-là, Richard ?

Le ton du Frisé trahit son énervement.

— Je veux être sûr qu'il la ramène bien à l'Évêché… Bon, il branle quoi, le Beau gosse ?

***

La porte de la chambre qu'occupait Luce se referme. Le Beau gosse presse Yasmina contre un mur, ses mains sur ses hanches.

— La bonne surprise ! Je savais pas que tu bossais ici, ma belle. Dommage que je sois pressé… On se retrouve chez toi, ce soir ?

La tête contre l'épaule de son amant, Yasmina retient les larmes qui remplissent ses yeux. Des larmes de joie de se retrouver entre ses bras. Des larmes de n'avoir pu prévenir Luce que… *Elle a le droit de savoir… C'est sa mère après tout.*

19

Tony donne ses derniers coups de batte dans la cour qu'il a transformée en défouloir. Des bouteilles, des chats, des poubelles. L'attente le démange, sa peau le gratte, il saigne. Il aime le goût du sang qu'il porte à sa bouche.

Et s'il retentait le coup ce soir ? Tous les soirs, s'il le faut. Tant qu'il est vivant, tant qu'il est capable de frapper.

Slav traverse la cour en trottinant. Échevelée, en sueur. L'air bouleversé.

— Il s'est passé quoi ?

Elle se jette dans les bras de Tony.

— C'était un accident. Je voulais pas…

Elle se met à chialer au creux de son épaule. Tony l'enlace sans lâcher sa batte.

— Il voulait s'arrêter dans un coin… Je me suis pas laissée faire, et ce truc est tombé de la boîte à gants…

Elle raconte. Un murmure dans le creux de son oreille.

Tony l'embrasse.

— Je suis très fier de toi ! Tu t'es bien défendue !

— Emmène-moi, amour, emmène-moi très loin d'ici. Il faut qu'on se sauve tous les deux. J'ai un mauvais pressentiment.

— J'te le promets… Mais d'abord il me faut mon sac, tu piges ?

Il lui pince le menton entre ses doigts d'acier.

— Tu piges ?

Elle opine. Tony sourit.

— Au fait, la radasse blonde t'attend au bar. Elle a quelque chose pour toi.

Elle a craché ces mots, sur le mode *si jamais tu la touches…*

Il retrouve Sandrine au comptoir, en train de siroter un Coca.

— T'es venue seule ?

— Ah, tu veux parler du bébé ? Oui, je l'ai laissé là-bas. Il me fatiguait à pleurer tout le temps.

— Tu m'as ramené quelque chose ?

— J'suis allée dans la chambre, mais c'était pas simple. J'ai dû m'y reprendre à deux fois. Juste après avoir soutiré le sac, je croise, au bout du couloir, trois flics de la BAC. Dont un que je connais de vue. Un moustachu.

Canari. Je me doutais bien qu'il lâcherait pas le morceau…

Sandrine désigne la chaise. Un sac rouge y est posé. Tony le prend sur ses genoux et tire sur la fermeture éclair.

— Alors ? Vu ta tête, c'est de la bombe à l'intérieur… Bon, tu me la donnes ma récompense ?

— Viens avec moi…

Sandrine le suit dans la cour.

Slav a vu l'expression sur le visage de Tony. Au passage de la blonde, elle a laissé tomber son voile. Sandrine est prise d'un frisson, ça lui fait froid dans le dos. *Brrr, elle est pire qu'un fléau, celle-là !*

Tony l'attire dans un coin entre deux palettes, et l'enlace.

— Euh, tu veux faire ça, ici ?

Il fait sombre, Sandrine aime bien les lieux insolites mais dans cette cour tachée de sang et parfumée à l'urine de chat, elle n'est quand même pas très à l'aise.

— T'as regardé ce qu'y avait dans le sac ? Et dans l'armoire ?

— Ben non, j'te jure. Dans l'armoire, y avait que ça. Et des fringues aussi, mais rien à piquer.

Tony lui caresse la nuque.

— Bon, si… allez, j'avoue ! Un tanga assez sexy. Tu veux voir ?

La poigne de l'épouvantail devient plus ferme. Brutale. Un étau se referme sur le cou de Sandrine.

— Ils sont où, mes paquets ?

— Mais t'es dingue ?

Sans la lâcher, il renverse le sac. Un couteau à bouts ronds, des couches, un tube de Mitosyl, quelques vêtements pour bébés, des serviettes et des torchons.

— Alors, ils sont où ?

Il comprime son larynx. Terreur dans les yeux de la jeune femme, sa voix étranglée murmure *j'te jure, j'te jure…* Le premier coup démonte sa mâchoire.

Elle n'est plus qu'une loque, quand une voix interpelle Tony :

— Chef, ça bouge à la Timone !

20

Beau soleil dehors, ciel limpide d'après mistral, pas un nuage. Dans toutes ses artères, Marseille déborde de vie, Marseille grouille.

La voiture banalisée quitte la Timone. Un chauffeur de taxi souffle dans son portable :

— Ils ont emprunté la rue Jean Martin, je pense qu'ils vont enquiller par le boulevard Chave puis rejoindre la Canebière en passant par Eugène Pierre et le cours Roosevelt…

***

Le flic au volant me détaille dans son rétroviseur.

— Alors, elle est où, la tigresse de Canari ?

— Regarde devant toi, connard ! crie le chauve.

Le conducteur secoue la tête, puis appuie sur le bouton de la clim. Un ronflement remplit le silence.

Je pense à Terrier, à Yasmina. À l'opération programmée. *Si Terrier sauve ma petite, je vais faire comment pour les récupérer ? Les flics ne vont-ils pas les prendre en otage ? Costa pourra-t-il les faire libérer ?*

Rien n'est impossible pour mon ange. À condition que j'arrive pas au commissariat central. Mes empreintes sur le briquet.

Ma responsabilité dans l'incendie. C'est tout ce qu'ils ont contre moi. Pour l'écran, ils pourront rien prouver, rien. *Trafic de drogue?* Pas impossible, quoique... Au final, je prendrai du sursis. *Et pour ce qu'il s'est passé chez les Vieux?* Je frissonne. Y a que lui qui sait, je me dis, en regardant le chauve, raide comme un curé. Un vrai pro. Mon ange peut compter sur des mecs de sa trempe. Pas sur des tocards du genre de Tony.

***

Embouteillage en bas du boulevard de la Libération. La voiture de police est arrêtée dans l'ombre de l'église Saint-Vincent-de-Paul, que quitte en silence une procession de paroissiens.

Le feu est au vert, mais ça n'avance pas. Concert de klaxons. Le flic au volant ouvre la fenêtre et s'accoude à la portière. Le crachotement d'un vélomoteur arrive à sa hauteur. Une vieille Motobécane. Le regard du flic est happé par les cuisses de la passagère et son short ultracourt.

Il penche la tête pour élargir son champ de vision, s'étonne de son visage voilé puis lui adresse un clin d'œil coquin. Elle porte la main à son *hijab* qui tombe. Le flic se fige, sidéré. Un sifflement zèbre l'air. Une ombre percute son champ de vision. Sa tête s'écrase contre la portière.

Simultanément, trois hommes masqués, battes à la main, cernent le véhicule. Le pare-brise éclate. Le flic assis à la droite du conducteur n'a pas le temps de protéger son visage des éclats de verre qui le criblent.

À l'arrière, à côté du chauve, la vitre explose. Un bras passe à l'avant pour déverrouiller la porte contre laquelle s'appuie Luce et qui s'ouvre à la volée.

***

C'est normal qu'on vienne me délivrer, je panique pas, je résiste pas lorsqu'on m'empoigne. Mais quelque chose me retient dans la voiture. Le chauve, visage en sang, agrippe mon sweat. De la colère flambe dans ses yeux, son poing amorce un coup. *Il va me frapper !*

Une giclée de lacrymogène. La figure du chauve se dissipe dans un brouillard de larmes. Je me mets à tousser, ma gorge et mes yeux brûlent.

Le chauve lâche prise, je suis emportée. À cet instant, entre mes yeux larmoyants, je remarque un truc qui cloche chez le type qui me tire hors du véhicule. La frange, sous son survêtement noir, d'un maillot de foot bleu ciel… *Le maillot de l'Ohème !*

Panique.

Des pieds, des genoux, des bras, je m'accroche à la carrosserie. Un choc violent m'éjecte sur le bitume.

***

— C'est quoi ce bordel ? rugit Marco le gitan, en dégainant son flingue.

Venant en sens inverse, son Range Rover noir a défoncé l'aile gauche du véhicule de police. Trois de ses hommes ont bondi sur les assaillants en train de relever Luce, lorsqu'une moto a grimpé sur le trottoir et les a renversés comme des quilles.

Le Gitan tire sur le motard.

***

Six voitures entre eux et celle qui a embarqué Luce. Canari se demande pourquoi la circulation est bloquée si longtemps.

Il ignore qu'un scooter s'est planté devant le feu tricolore et que son pilote feint d'être blessé à la cheville.

En attendant, il trépigne. Il a hâte de se retrouver seul dans son bureau et vider sa cache du faux plafond.

Sans prévenir, ses équipiers explosent.

— Toi et tes initiatives à la con, Richard, y en a marre ! Planquer toute une nuit pour rien, surveiller une môme, on se demande encore pourquoi… T'as perdu la main. Alors, je te le dis, à partir de maintenant, c'est chacun pour soi ! À chacun sa merde ! s'emporte le Frisé.

— Ouais, à chacun sa merde. Nous, on continue, mais sans toi, renchérit le Beau gosse.

Un coup de feu les fait sursauter.

***

Les yeux brouillés de larmes, je perçois que des bribes d'images floues. Des pieds qui dégagent, des hommes qui chutent sur le trottoir, une moto qui me frôle, une ombre qui fuse au-dessus de ma tête. Je me relève. Une vive douleur déchire mon bas-ventre. J'avance en titubant.

***

Arme au poing, Canari a remonté la file de véhicules au centre de l'avenue, ses hommes à droite. Derrière un 4x4 immobilisé au milieu de la chaussée, il aperçoit le Gitan, un genou à terre. Il tire, le Gitan s'affaisse puis disparaît de sa vue. Claquement de portières, bruit d'un pare-chocs enfoncé, le Range Rover recule, puis repart de l'avant en crissant des pneus. Canari hésite à appuyer sur la gâchette. Le 4x4 fonce sur lui. Il plonge entre deux voitures.

Quand il arrive à la hauteur du véhicule de police, tous les protagonistes ont détalé, même le faux cycliste blessé qui a bloqué la circulation.

Dans l'habitacle, Canari découvre le conducteur assommé, son voisin le visage ensanglanté, et le Tordu couché sur la banquette, des morceaux de verre constellant son cuir chevelu. Canari songe à immortaliser la scène avec son portable et poster la photo sur le réseau social du syndicat. « C'était notre ami Diaz, dit le Tordu, lors de sa dernière intervention. »

Il contourne le véhicule. S'agenouille devant la portière côté Luce et remarque des taches sur le bitume. Du sang. *Touchée par des éclats de verre sans doute… La petite puce saigne.* Il suit la trace sur le trottoir. Jusqu'aux pieds des badauds qui observent le spectacle.

— Dégagez du trottoir, bordel ! On est sur une scène de crime !

Les traces s'arrêtent, piétinées. *Et merde !*

Le concert de klaxons reprend, le chant des sirènes des véhicules de police remonte la Canebière. La cavalerie arrive. Trop tard.

21

J'ai suivi des piétons en panique, traversé la rue devant la boutique bleue de *la Sardine marseillaise*, puis me suis mêlée à la sortie des visiteurs de l'église, en retraversant la place et l'avenue de la Canebière.

Je me tiens le ventre qui me fait mal, j'ai les poumons en feu, ma respiration siffle, ma bouche bave. Je nage, en sueur dans le sweat trop grand de Yasmina, un pantalon bouffant juste noué par une ceinture, pas le temps de vérifier si on voit du sang à travers. Je dois trouver de quoi me dissimuler. Au moins un foulard. *Et vite !*

Est-ce qu'ils sont encore derrière moi ? Les assaillants ont dû me lâcher quand ça a canardé. C'était qui ? Les hommes de Costa ? Les flics ? Une chose est sûre : le chauve était pas là pour me faire évader. Bien au contraire.

***

À sa gauche, le quartier de Noailles.

Marché à ciel ouvert encombré de rues étroites, charivari d'odeurs d'épices et de victuailles échauffées en vitrine, défilé d'échoppes de toutes les couleurs. Des produits de tous les pays du bord de la Méditerranée, mais aussi du shit, de la coke, proposés par des rabatteurs. Luce a bien essayé de dealer là aussi, mais on l'en avait chassée fissa.

***

Noailles.

Je connais une échoppe où j'ai déjà chapardé. Des cascades de foulards, châles, étoles, chèches tombent sur des rouleaux de tissus de toutes les couleurs. Je me faufile au milieu d'un groupe de Beurettes, dérobe un foulard gris et m'en couvre la tête et le visage.

Soudain, derrière, ça crie. On m'a surpris en train de faucher ? *Bouge-toi !*

Je cours en me tenant le ventre, m'échappe par une ruelle.

Mes yeux piquent. Si je frotte, c'est pire encore. Le gaz lacrymogène me fait tousser. Ça brûle, besoin de boire, besoin d'essuyer mon visage poisseux. Envie de pisser. Ma vessie gonflée me rappelle de cuisants souvenirs.

J'entre dans un café-salon de thé à la mode berbère, qui fait aussi PMU. Odeurs familières de menthe et de tabac à chicha. Une foule d'hommes, le regard rivé sur l'écran des paris hippiques au fond de la salle. Je patiente en me trémoussant dans un coin derrière l'entrée du bar, dans l'attente que les toilettes se libèrent. Se faire discrète, s'effacer, ne pas attirer l'attention… J'ai pas un sou pour me payer un verre.

Un type basané à la peau d'ananas me remarque et sort de derrière le comptoir.

— Qu'est-ce que tu fous là ? Dégage ! T'es pas de chez nous, on n'admet pas de femme voilée, ici !

Il me bouscule.

— Je veux juste aller aux toilettes, s'il vous plaît… Je vais pisser sur place sinon.

— Dans le caniveau, tu vas !

Les hommes au comptoir nous observent, agacés. Adossée contre la porte, je bouge pas.

— Fous le camp !

Le basané frappe mon épaule, le foulard glisse, me découvrant le visage à moitié, je recule et bute contre un homme qui me domine de son envergure.

— On maltrrraite pas femmes en public, Omarrr !

— Mais, Mehdi, elle n'a rien à foutre ici…

Le géant attrape mon bras. Je le reconnais. L'homme au turban des urgences de la Timone.

— Je voulais juste aller aux toilettes…

Crise de larmes et de toux, la douleur éclate au bas de mon ventre, je me plie en deux.

— Toi, venirrr avec moi. À côté, j'habite.

Il m'a conduite chez lui. À la limite du quartier, une rue mal éclairée, un vieil immeuble de trois étages.

Aux toilettes, je me suis mise à chialer quand j'ai vu du sang le long de mes cuisses. Sous le pansement autour de mon pubis, les coutures ont dû céder.

— Ça va ?

Le géant a cogné doucement contre la porte. Je finis par ouvrir. Il remarque le sang par terre.

— On va arrranger ça…

La chambre baigne dans une odeur d'éther et de vanille. Je suis allongée sur un lit étroit, dans une pièce sombre dont je devine seulement les contours. Une impression de vide, juste éclairée par une grosse bougie qui diffuse de la vanille de synthèse. Une femme est affairée entre mes cuisses, ses doigts me triturent.

Elle a pas dit un mot. Elle s'en va. La porte de la chambre reste entrebâillée. J'ai l'impression qu'on me regarde. Quelqu'un sur le seuil. Je lève la tête et aperçois la gamine dont j'ai tenu la main aux urgences.

Je lui adresse un sourire. Elle secoue la tête. Sur son visage, une expression de dépit, l'air de dire : *désolée que tu sois là…*

22

Dans le quartier du Prado, une moto remonte dans un bruit de casseroles l'allée cabossée d'une villa. Le propriétaire des lieux est un toubib alcoolique et déchu, fana de l'Ohème jusqu'à la mort. Un ami de la mère de Tony qui avait rafistolé son fils plus d'une fois après ses rixes.

La vieille Motobécane dérape sur le gravier. Assise derrière Tony, Slav chute lourdement.

— Elle est touchée, dit Tony à son hôte.

Ils portent Slav évanouie, t-shirt en sang au niveau de l'épaule, dans le salon et la déposent sur un divan. Bouche bée, le toubib au faciès de hibou décharné écarte le voile et contemple le visage de la blessée.

— Mon œuvre embellit avec le temps…

— Raconte pas de conneries, sale poivrot. Tu la soignes, ou je te démolis.

Une heure plus tard.

La jeune femme se réveille, reconnaît l'homme en train d'examiner sa blessure. Et se met à pousser des jappements, tel un chien partiellement amputé de ses cordes vocales.

— P… p… pas lui, Tony, pas lui !

— Calme-toi, on n'a pas le choix…

Elle se débat de longues minutes, avant que le hibou ne la chloroforme.

Le hibou a nettoyé la plaie et l'a pansé avec ce qu'il avait sous la main. Du coton hydrophile, de l'alcool à 90° et du sparadrap. Il retrouve Tony en train de fumer dans la cuisine.

— Elle dort. Je lui ai administré une dose à assommer un bourrin. La balle a éraflé son épaule. Un doigt au-dessus du tendon. Si c'est pas du bol, ça…

Tony est à cran. L'adrénaline est tombée, l'effet de la coke et du Captagon aussi. Un gouffre vertigineux s'ouvre à ses pieds, ses membres sont secoués de tics, les oursins dansent la gigue dans ses entrailles.

Et j'ai raté Luce !

Ils étaient en train de l'embarquer quand le Range Rover noir a surgi. Tony a foncé sur les hommes du Gitan. En a lourdé deux. C'est là que le Gitan a tiré. Et touché Slav. Elle s'est cramponnée à lui. Jusqu'ici, dernier recours.

— T'as de la came ?

— Regarde dans la salle de bains.

Tony trouve trois barrettes de shit dans la boîte à pharmacie. *Et c'est tout ?* Le poivrot se paie sa tête. *Il s'est barré où ?*

Tony le débusque dans le salon, la bouche trempant dans un verre de gin.

— Où tu planques le reste ? Le H ?

D'une seule main, Tony le renverse sur le tapis. Serre sa gorge.

— Arrête !

Le hibou pointe un doigt tremblant sur un piano blanc. Tony relâche la pression. Se relève, ouvre le couvercle de l'instrument.

— Y a que dalle là-dessous. Tu te fous de ma gueule, l'ancêtre ?

— Soulève la planche en bas…

Coincés sous les cordes. Une seringue, un garrot. Et un petit pain de couleur marron de la taille d'un savon. De l'héroïne colombienne.

— Ben tu vois quand tu veux… Pourquoi tu me l'as pas dit de suite alors ?

Le hibou a vu ses yeux devenir noir. Pas le temps de fuir, juste le temps de réaliser, de trembler, de hoqueter de peur. De supplier. Deux mains sur son cou. Il couine. Filet de voix, filet de souffle.

Tony serre plus fort, en fixant les yeux qui se vitrifient.

Il avait rêvé de cet instant. De faire rendre gorge à cette saloperie qui avait soigné Slav. Enfin, si on pouvait appeler ça « soigner ». Les soins étaient pires que l'acide qui avait abîmé le visage de l'une des putes les plus rentables de Topin. D'interminables heures de torture. Des jours pour réparer les dégâts. Des semaines pour rectifier les réparations. L'œuvre de sa vie pour le toubib aux mains de charcutier. *Chirurgie réparatrice, tu parles.* Et le salaud avait même pris des photos.

Mais c'était ça, ou la mort assurée dans un hôpital où les hommes de Topin l'auraient achevée.

Un ami corse l'avait appelé un soir. Tard. Une urgence. Tony avait réuni dans l'heure son équipe de choc, huit gars. La cible : un bordel tenu par des Albanais, sous couvert de Topin. Enfin, c'était la version de son ami. *Un mec à nous s'est fait tabasser à coups de matraque.* En réalité, le gars s'était entiché d'une pute et avait voulu l'embarquer.

Une maison à l'aspect délabré, près des bâtiments désaffectés de la Belle de Mai. Ils y sont allés casqués comme des ninjas, les ont défoncés à coups de batte. Trois gars, trois crânes fendus, bons pour la morgue. Ils ont fouillé toutes les pièces, récupéré ce qu'ils pouvaient, pillage en règle. À l'entrée de la cave, ils ont entendu. Et se sont figés, souffle coupé. Les hommes se sont regardés et Tony a vu l'effroi dans les yeux des gars qui venaient de risquer leurs os contre les Albanais. On entendait le geignement d'une femme à l'agonie et le bruit d'un choc sourd, *boum, boum, boum…*

Tony y est allé. La chair de poule parcourais sa peau. Couchée sur une paillasse humide, Slav se roulait de douleur en frappant sa tête contre une cloison, heureusement en placo, qu'elle avait enfoncée. S'assommer pour ne plus sentir les brûlures de l'acide qui lui rongeait le visage…

Et quand ce salaud de toubib a voulu la soigner, les hurlements ont repris. En y repensant, Tony, son poil se dresse. Il revoit les yeux de Slav, et son regard qui l'accuse de l'abandonner entre les mains du docteur Mengele. Il avait claqué la porte sinon il aurait éclaté la tête du toubib pour ne plus entendre la jeune femme qui hurlait à la mort. Il avait tremblé longtemps dans la pièce voisine, cataplasme de calme et de silence.

Sans doute pour ça, pour avoir tellement hurlé, qu'elle ne parle plus qu'en murmurant, Slav. *Parle plus fort, je t'entends pas,* disait sa mère les premiers jours après que Tony l'ait recueillie chez lui. Sa mère qui ne pouvait voir son visage et n'a jamais su la vérité. Ensuite elle n'avait plus posé de questions. Même quand les murmures se brisaient dans une plainte de douleur, arrêt net au milieu d'une phrase, comme au bord d'un précipice, les mots évanouis, tombés dans l'abîme de la mémoire. Il faudrait pouvoir mettre les mauvais souvenirs dans la poubelle d'un ordinateur. Et appuyer sur « vider la corbeille ».

Il serre, serre la gorge plus fort, en repensant à l'acharnement du toubib. *Encore un essai pour réparer son visage*, qu'il disait.

La jeune femme l'avait supplié :

— Je veux qu'il s'arrête. Ou je me tue !

Tony avait empoigné le col du toubib :

— Tu la touches plus, ça suffit maintenant !

Tel un poison, le souvenir infuse dans ses membres et irrigue sa rage. Le larynx du vieux hibou craque. Ses pieds qui martèlent le piano cessent de bouger.

23

Les flics ont cerné le quartier. Bloqué les transports en commun. Mis en place des barrages.

Avis de recherche contre Luce Ramona et Tony Beretta. Trois flics blessés dans l'histoire. Coupures, éclats de verre, trauma crânien pour le gars au volant. Le Tordu est allé aux urgences se faire raccommoder le cuir avant de rappeler au commissaire l'arrangement que lui avait proposé Canari.

Luce et ses assaillants ont disparu. Du sang autour de la voiture de police. L'un de ceux qui ont tiré Luce du véhicule a été touché. Le Gitan, aussi. C'est Canari qui l'a visé. ADN confirmé par la scientifique. Et c'est tout. Trop de monde autour pour ne pas risquer un carnage. « J'ai riposté », s'est défendu Canari.

À l'Évêché, Bouddha et ses bajoues de gélatine aboient.

— Bravo, Richard ! Avec ce fait d'armes remarquable, je n'aurai même pas besoin d'appuyer votre demande de mutation. À partir de maintenant, vous êtes suspendu… Vous me remettez votre arme et votre insigne. En attendant votre audition, lundi prochain. Double motif, il va sans dire…

— Je lui avais dit, à Diaz, de m'attendre à la Timone. Pour l'escorter, grommelle Canari.

— La gamine, vous vous l'êtes gardée au chaud à l'hosto, semble-t-il… Pourquoi elle est entendue seulement maintenant ? Pourquoi ? À quoi vous jouiez, Richard ?

Canari a rangé son bureau, pris ses affaires. Y compris son butin, la came et le fric dans le faux plafond.

Sa dernière fois à l'Évêché. Ce soir, direction le Vieux Port, d'où il larguera les amarres *et ciao Marseille…*

Mais sa fierté en a pris un coup. *Mis au ban… T'as tout foiré, Richard. Pourquoi tu ne t'es pas barré avant, hein ? Pourquoi ?* Il a échoué sur toute la ligne. Il a libéré Beretta qui s'est payé sa tronche. Il n'a pas été foutu de trouver la came qui a sans doute brûlé dans l'appart'. *Un truc de ouf, jamais vu un dealer qui garde ses réserves chez lui…* Beretta est vraiment capable de tout, mais si con que ça, il ne l'aurait jamais imaginé.

Il a cru que les bébés de la gamine allaient attirer Costa dans un piège. Il lui reste le portable du Libyen.

Et puis, merde, pourquoi il pense encore à tout ça, alors qu'il est sur le départ ? *Le bateau t'attend. Barre-toi, bordel ! Barre-toi !*

Mais il lui reste une dernière chose à faire. Pas la plus agréable. Des crampes mastiquent ses intestins. Il avale une pilule pour calmer ses nerfs.

Il a vu la place devant l'établissement. De l'autre côté de l'avenue, entre un platane et une baraque à canisses. Il braque le volant, le véhicule franchit la ligne continue et manque d'écraser un type qui se plante devant son pare-chocs. Par la vitre ouverte, Canari gueule :

— Pouvez pas faire attention, merde ?!

— Va donc, eh, chauffard !

La bave aux lèvres, le type martèle le capot. Canari sort de la voiture pour lui en coller une.

— Oh, jeune homme, on se calme !

Cette voix, cette dégaine… Dressé tel un coq sur ses ergots, un vieillard en maillot de corps blanc, bermuda beige, chaussettes grises et sandales. Canari blêmit, sa colère retombe comme un couperet.

— Papa, qu'est-ce que tu fais là ?

Ça klaxonne derrière eux. Canari actionne le gyrophare, puis se gare à cheval sur le trottoir.

— Viens avec moi.

Canari l'entraîne en lui prenant la main.

— Où on va ? À la maison ?

— Oui, à la maison.

— C'est pas le chemin de d'habitude…

— Mais si, mais si… maman nous attend.

— Ah, alors…

Sa mère est morte depuis longtemps. Trop longtemps. C'est après sa disparition que la tête de son mari s'est égarée.

Entrée de l'établissement. Personne à l'accueil. Canari cogne au bureau d'à côté. « Secrétariat ».

— C'est pourquoi ?

En train de touiller son café à la petite cuillère, une pimbêche grimace derrière son ordinateur.

— Elle est où, la directrice ?

— Occupée…

Canari a surpris son coup d'œil vers une porte à droite. Il s'y dirige.

— Eh, je viens de vous dire…

— Police ! Tu t'assieds et tu la fermes.

Il ouvre la porte à la volée. Au téléphone, une quinquagénaire permanentée reste bouche bée devant son intrusion puis raccroche brutalement.

— Il y a cinq minutes, j'ai surpris mon père en train de traverser la rue à deux cents mètres d'ici. Si jamais ça se reproduit, j'ai des potes à la DDASS, des inspecteurs bien vicieux, qui se feront un plaisir de contrôler votre merveilleux établissement.

La directrice rehausse ses lunettes sur son regard globuleux et se confond en excuses.

Il raccompagne son père dans sa chambre. Numéro 36. Comme un fait exprès. La chambre réservée aux grands flics. L'employée de service se prend une soufflante. Canari n'a pas envie de retrouver son père fugueur la tête dans le caniveau.

L'employée non plus, sans doute. Mignonne greluche d'une vingtaine d'années, brune, coiffée au carré. Impressionnable. S'il avait le temps, il s'attarderait.

Dans la chambre, son père s'est assis sur le lit, les mains bien à plat sur les genoux. Il regarde fixement le mur. Des photos de son histoire, de son glorieux passé de flic. Trente ans à la PJ de Marseille. Des diplômes, des médailles, des citations. Des coupures de journaux, *La Marseillaise, La Provence, Le Méridional, Marseille Infos, Détective, France Soir…*

D'un coup, il semble remarquer une présence dans la pièce. Sa tête pivote. Il considère son fils en haussant les sourcils.

— Monsieur ?

Canari retient un soupir de soulagement. Il préfère ça. Au moins, il n'aura pas de regrets. Son père ne le réclamera pas. Il l'a enfin oublié. *Pardonne-moi, papa, mais je ne peux plus rien pour toi.*

— Excusez-moi, je me suis trompé de chambre.

Il a la main sur la serrure quand son père l'interpelle :

— Richard ! Mais comment que t'es coiffé ce matin ! Si ta mère te voyait…

Merde. Canari reste encore un moment à l'écouter. Toujours le même disque. Son paternel raconte sa énième version de l'enquête sur l'assassinat du juge Michel. Dans le grand souk de sa mémoire, il mélange tout, les Zamponi, Zampa, Guérini, Jean-Jé Colonna, Francis le Belge, Jacky le Mat et même René Frégni, son pote écrivain de Manosque.

— Oh, ma tête, Sébastien, ça canarde là-dedans… Je vais me reposer.

Canari l'aide à s'allonger, l'embrasse sur le front et traverse la pièce à pas feutrés.

— Tu diras à ton frère, le flic, qu'il oublie pas de me ramener mon vieux poste de radio, hein ?

— Oui, papa, bien sûr…

La larme à l'œil, une boule dans la gorge, il referme la porte. Il n'a jamais eu de frère. *C'est génétique, Alzheimer ?* En sortant de l'EHPAD, il se fait une promesse. Il ne finira pas dans ce genre d'établissement.

Dans sa voiture, il reste un moment à méditer, les mains crispées sur le volant. Il a du mal à respirer, du mal à avaler la boule qui a grossi dans sa gorge.

Eh, merde ! Une idée absurde germe dans sa tête. Il retourne dans l'établissement.

***

Le bruit d'une perceuse qui enfle et s'approche de sa boîte crânienne. Le bruit s'arrête, puis reprend. Le portable qu'il a « emprunté » à sa mère sonne et le réveille. Tony bondit.

Le kapo des Lunatics braille :

— Oh, Tony, t'es fada ou quoi ? Dans quel merdier, tu nous as entraînés ? Les flics ont fait une descente au bar ce soir.

Heureusement j'y étais pas, mais un paquet de potes sont en garde en vue à cause de tes conneries.

Il reprend son souffle.

— Mais c'est pas le pire… Ils sont passés chez ta mère… et là…

24

Le grésillement d'une cigarette éclaire les deux flics qui surveillent à bord d'une Peugeot banalisée la maison familiale des Beretta.

Par la baie vitrée du jardin, Tony pénètre dans le pavillon en face. Un couple de retraités dort au rez-de-chaussée. Il monte à l'étage.

Malgré son nez cassé et l'épais pansement qui le couvre, ses narines frémissent quand il ouvre le vasistas de la chambre du fils, un pote de l'équipe de foot de l'ASPTT, que sa mère appelait Nino.

Et il voit. Le pin parasol au tronc calciné, le jardin ravagé, aplati par une vague de feu, les ouvertures de la maison béantes et noircies.

En quatre jours, depuis le penalty manqué, c'est toute sa vie qui est partie en fumée.

Et il n'a pas encore vu l'innommable. Devant la maison. Sur le portail qui était vert. La grille en fer forgé avec les pointes en forme de flèche.

Il grimpe sur une chaise, puis sur le bureau, pousse le vasistas et se hisse sur le toit. Il rampe jusqu'à se retrouver dans la position où il peut se faire une idée plus précise de la scène. Et de ce qui est empalé sur deux pointes du portail.

Il met un moment à réaliser. Son cerveau refuse de décoder, d'admettre le message que ses synapses lui transmettent. Il pourrait hurler. Ou bien se laisser glisser jusqu'en bas du toit, rebondir sur le capot du véhicule des flics et leur arracher la tête, même s'ils n'y sont pour rien. Juste pour se soulager. Parce qu'il est un volcan de haine.

Empalé sur le grillage, un gros rôti noir.

Avec quelques poils collés à son museau.

Pelé, son chien.

La punition de Costa, le Rôtisseur.

Et ma mère, elle est où ?

Elle a sans doute péri dans la maison. Brûlée. Une fin de vie atroce. Ou alors, ils l'ont secourue à temps et c'est encore pire. Si elle s'en est tirée, elle entendra parler de son fils, le fugitif recherché par toutes les polices. Sa mère aveugle ne mérite pas ça. Elle ne méritait pas d'avoir un fils comme lui.

La douleur de ses pensées le rend fou.

Il rampe jusqu'au vasistas, descend au rez-de-chaussée. Ses pas écrasent les marches de l'escalier, il imagine marcher sur des cercueils. Son chemin est jonché de cercueils. *Et ce n'est pas fini…*

Calmer cette douleur.

L'évacuer.

À tout prix.

Le couple de retraités ronfle de concert.

D'abord, il étrangle le mari, puis sa femme quelques secondes après. Il les connaissait depuis qu'il était môme. La mère de Nino le régalait de tarte à la fraise, sa « spéciale », sur un lit de pistaches.

Dans le frigo, sur une assiette couverte de papier cellophane, il en trouve une part. Un goût d'enfance dans la bouche, la fraîcheur des petites fraises de garrigue, l'amertume de la pistache. Une dernière bouchée de vie avant l'échafaud.

Puis il ouvre une bouteille de lait, dégote un fond de sirop de menthe, attrape un grand verre et se compose un lait-menthe, sa boisson préférée quand il était môme, qu'il avale à petites gorgées saupoudrées d'un peu de coke.

Il réalise qu'il laisse des empreintes partout. Ça lui est égal.

Le Libyen n'a pas hésité à mettre le feu chez lui. Et si ce n'était qu'un coup monté pour le remplacer ? *Peut-être que Luce n'y est pour rien, alors ? C'est le Gitan qui aurait tout tramé ? Un complot pour me virer, pour prendre ma place ? Et me faire passer pour coupable aux yeux de Costa…*

Et Costa qui l'a cru, qui s'est laissé prendre, qui l'a puni. Et qui vient de faire cramer son chien, empalé sur la grille verte. Et peut-être sa mère aussi. Un avertissement. *On t'aura, Beretta…*

Costa ou les flics trouveront Luce avant lui. Finis les Lunatics, le kapo l'a prévenu.

Tony est grillé, au bord du précipice… La chute est la seule issue, mais il n'ira pas seul, *oh non, pas tout seul.*

Il reste une possibilité. Risquée. Une caisse de dynamite. De quoi faire sauter Marseille.

Il se met en route.

Vers le précipice.

25

Quai Marcel-Pagnol.

La pleine lune blanchit les eaux du Vieux Port, les coques des bateaux semblent flotter au-dessus d'une mer de lait.

Une main sur l'amarre, les deux pieds dans son voilier, Canari s'active. Il est presque minuit quand son portable sonne :

— Eh, Richard, la gendarmerie a découvert un macchabée dans le coffre d'une Porsche à la sortie de Gignac. Et c'est pas n'importe qui ! Le mec était toubib de la Timone, où on l'attendait pour opérer la petite fille prématurée de la gamine qu'on recherche. Et un truc de dingue : on a retrouvé l'arme du crime dans la boîte à gants. Incroyable, non ? En plus, hier matin, un témoin a vu la même gamine dans la voiture du toubib. C'est pas beau, ça ?

Un silence.

— T'es encore là, Richard, ou t'es tombé dans le Vieux Port ?

— Rien ne colle dans cette affaire. Pourquoi elle buterait un médecin qui doit opérer sa fille ? Et elle l'aurait fait quand ?

— C'est toi, l'enquêteur, il paraît…

— Y a un sous-entendu, là ?

— Non, mais j'ai encore un truc pour toi…

— Accouche !

— La victime de l'incendie à l'Estaque, l'été dernier, le dossier suivi par notre ami Diaz…

— Alors ?

— Ben, on peut dire que t'as le pif pour fourrer ton nez là où il faut pas…

— Bon, t'as fini avec tes mystères ?

— J'y viens. Ta petite Luce est la fille d'un type protégé en haut lieu… et tu devines par qui ?

Un raclement de gorge.

— Notre chef bien-aimé ! Bouddha en personne… Un intouchable, ton gars.

Le collègue a raccroché.

Canari compose un numéro.

— Le portable que je t'ai donné, tu as pu le tracer ?

— J'croyais que t'étais sur la touche, Richard ?

— Tu me dois bien ça, non ? Écoute, j'ai plus rien à perdre, alors ne me force pas à laisser fuiter des histoires qui sont pas en ta faveur…

L'interlocuteur soupire.

— Il ne bouge pas de chez lui, le proprio du portable… Je peux même te donner une localisation assez précise.

Les crampes d'estomac reviennent. Canari fouille dans sa poche de pantalon. *Plus de pilules, merde…*

— Alors, tu te décides ou pas ? Tu la veux, l'adresse ?

— Balance !

Il relâche l'amarre, descend dans le cockpit récupérer son *Smith & Wesson* calibre 38 spécial. Un ronflement emplit la petite pièce, il s'arrête un instant, contemple la forme enveloppée dans un drap, puis enfile une veste en jean et grimpe sur le ponton. *Puisqu'ils veulent Costa…*

Une heure plus tard.

La nuit.

Chaude, câline.

Une nuit à partager en galante compagnie. À peine une petite brise, le mistral est une caresse.

Canari aurait dû larguer les amarres. À cette heure-ci, il aurait longé le Prado, passé la pointe du Morgiou et le Frioul en contemplant une dernière fois Marseille, fardée de lumières, étincelante comme une maîtresse en déshabillé de satin.

Avant la nuit, et le passage devant le château d'If qui lui fait penser à une évasion.

Il met les voiles, toutes les voiles.

S'évader.

Fuir.

Enfin, le large.

L'avenir.

Au lieu de quoi, il planque. Comme s'il ne pouvait se passer de la ville. Comme une tique, comme une gale, Marseille lui colle à la peau. *Mais tu n'auras pas ma peau, petite mère !*

Un immeuble banal de cinq étages, 1er arrondissement. Rien de cossu, rien qui devrait normalement correspondre au statut d'un caïd. La deuxième fois qu'il planque en espérant coincer Costa.

Trop risqué de tenter d'aller se jeter dans la gueule du loup, il doit le choper à l'extérieur. Mais le Libyen ne bouge pas.

Canari s'endort, abruti de sommeil, dans sa voiture. Quand il se réveille vers cinq heures trente, il veut démarrer. Le moteur bouge, mais pas les roues. Il sort et constate que son véhicule est monté sur des parpaings.

26

Mercredi

À l'aube.

— Réveille-toi…

— Pourquoi ? Quelle heure il est ?

— L'heure de s'bouger…

Slav gémit. Elle est brûlante de fièvre.

— On prend pas la moto ?

— Dans ton état, vaut mieux pas…

Du garage, Tony sort une Peugeot 306 couleur rouille.

— Tu t'planques sur la banquette arrière.

— Mon foulard, je l'ai oublié…

— Pas grave.

Il démarre sur les chapeaux de roues.

Slav n'a pas capté grand-chose du trajet quand elle aperçoit les tours de la cité des Lauriers, dans les quartiers nord. Il ralentit, puis sort du véhicule.

Elle l'a entendu parler avec des types, sans comprendre ce qu'ils disaient. Pas longtemps. Il est remonté dans la voiture sans dire un mot.

— On vient faire quoi là ?

Il n'a pas répondu.

Un instant, elle a vu son visage dans le rétro. Il était pâle, tendu. Elle y a même lu de la crainte.

Une entrée de parking. Troisième sous-sol, obscur. Des phares puissants s'allument.

Slav relève la tête.

— Planque-toi, j't'ai dit !

Elle replonge sur le tapis de sol qui sent le chien.

La 306 est à l'arrêt dans une allée de cinq mètres de large. De part et d'autre des places de parking occupées par des véhicules sous bâches. Sans doute volés. Peut-être déjà maquillés et prêts pour la revente. Ou pour servir de *go-fast*. Ou pour un casse.

Tony a déjà vu pareille réserve dans l'une des planques de Costa. L'emplacement change régulièrement.

Pleins phares sur la 306. Un petit homme rond s'avance dans le halo lumineux. Tony reconnaît le Calabrais, l'un des complices historiques de Topin. Il est rapidement entouré de quatre hommes, armés de pistolets mitrailleurs Uzi, qui se déploient et les encerclent.

— Tony Beretta, fidèle à sa réputation… Le gars qui n'a peur de rien, même pas de venir se faire défoncer la gueule chez l'ennemi… Qu'est-ce qui nous vaut cette surprise ? T'en avais marre de la vie ?

— J'ai des infos pour le grand chef.

— Tu crois quand même pas qu'on va le déranger pour une merde comme toi…

— Dans ce cas, j'me casse.

— Et nous, on te massacre d'abord…

Un long moment de silence. Tony ne bouge pas.

—Alors, ces infos ? lance le Calabrais.

— Je veux retrouver la petite que les flics recherchent dans le quartier de Noailles.

— En quoi ça nous regarde ?

— C'est mon ex. Et la protégée de quelqu'un qui peut vous intéresser. Le Libyen. Il lui a fait deux bébés dans mon dos. Deux marmots prématurés qui sont en couveuse à la Timone.

— C'est pour ça que tu lui en veux ?

— L'attaque d'une bagnole de flics près de la Canebière cet après-midi, c'était moi et mes potes. On voulait l'enlever et récupérer la came et le fric qu'elle m'a volés. Mais les hommes du Libyen sont intervenus en prenant tous les risques pour la délivrer.

— C'est qu'elle le vaut bien, c'te gamine !

Le Calabrais s'esclaffe. Son rire ressemble à un chevrotement.

— Et elle a un nom, la petite de Costa ?

— Luce… Luce Ramona.

Le visage du Calabrais se décompose. On n'entend plus que sa respiration qui siffle. Tony attend. Les hommes qui l'encerclent attendent. Le Calabrais ne remue plus un cil et tous se demandent si son cœur ne s'est pas arrêté dans son corps pétrifié. Dix secondes. Puis il se racle la gorge et crache :

— Bon, et maintenant qu'on sait ça, on peut te dérouiller alors…

— Si tu savais ce que mon supermarché rapporte, t'y réfléchirais à deux fois… J'ai le monopole sur les ventes aux supporters de la tribune Nord qui, tous, me connaissent. Et en gage de ma bonne foi, j'ai un p'tit cadeau qui devrait plaire à ton chef.

Tony se tourne sa voiture.

— À l'arrière.

Un coup de menton du Calabrais. Deux hommes s'engouffrent dans la 306 et en extirpent Slav par les pieds.

Le Calabrais s'écrie :

— C'est pas un cadeau, ça, c'est une malédiction ! Mais les gars ont besoin de se défouler un peu…

Au centre du halo des phares, Slav se débat. Une furie. Qui essaie de hurler. Aucun son ne sort plus de sa bouche. Juste un son qu'elle crache : « To… ! To… ! To… ! »

Les hommes l'écartèlent. Ses vêtements craquent. On la dépèce. Elle distribue des coups, elle mord, elle griffe. Une femelle animale encerclée de fauves. Les hommes se marrent, leurs rires résonnent comme s'ils étaient cent.

27

Le soleil brûle derrière les volets clos. Peut-être qu'il est midi.

À mon réveil, un bruit désagréable me remonte l'échine. Je me lève, et m'écroule aussitôt, le ventre douloureux.

Le bruit d'une clé dans la serrure.

La clé tourne lentement. Le mouvement sur la poignée de la même lenteur. *C'est peut-être la petite ?* Le martèlement de mon cœur ralentit.

La porte grince. À contre-jour, une ombre avance à pas légers sur le parquet. La silhouette gracile d'une femme. Celle qui m'a soignée hier soir.

Elle tient quelque chose à la main, le pose au pied du lit.

Un plateau. Un bol, un verre, une assiette, deux tartines beurrées.

— Merci.

La femme glisse dans la lumière. Le visage grave, elle ne desserre pas les lèvres.

— C'est votre fille, la petite que j'ai aperçue hier ?

Elle se détourne et quitte la chambre.

— Vous savez qu'on s'est rencontrées à l'hôpital ? Qu'elle m'a même donné la main ?

La femme referme la porte à clé. *Pourquoi vous m'enfermez ?*

Une heure plus tard.

Mon ventre s'est calmé. J'ai mangé, puis me suis lavée dans la salle de bains vieillotte. Un lavabo et un bidet. Une serviette, un gant de toilette rose. Me suis frotté le corps délicatement, comme on effleure une porcelaine fragile dont on aurait recollé les morceaux. Je suis encore vivante, c'est déjà ça. Je suis pas en train de me faire tabasser par Tony, ni interroger par ces salauds de flics. Et mon ange me recherche, mon ange me retrouvera… Y a plus qu'à attendre.

Mais je suis où ? Et pourquoi on m'enferme ? Savent-ils que je suis recherchée ? Ou bien, c'est parce que je suis recherchée qu'on m'enferme ? Ils sont bizarres. Et pourquoi ce regard de la petite, hier ? Je suis tombée où ?

On m'a laissé un t-shirt noir, une culotte blanche, un jean rapiécé. Je m'habille dans la chambre, puis je me décide à l'inspecter.

C'est vieux, propre, un peu désordonné. Sur les murs, des posters aux noms de groupes, dont j'ai jamais entendu parler, Morphine, Evanescence, Dead can dance.

Les visages sur les posters sont lacérés. Et on leur a crevé les yeux. Je les examine de plus près. Le papier est déchiré, éraflé ou griffé à coups d'ongles.

J'imagine une adolescente de mon âge, mal dans sa peau. Sans doute la sœur aînée de la gamine aperçue hier. J'inspecte un petit bureau, en planches de mélaminé, recouvert de poussière. Quelques livres, un cahier de 4e. Des colonnes de CD, surtout des copies, encadrent le bureau. Elle aimait la musique, mais elle a rien pour en écouter… Et puis, pas la moindre photo, ni sur le bureau, ni autour. Ni sur les étagères ou sur la commode.

J'ouvre les tiroirs du bureau, en sors des affaires de classe, trousse, cahiers, livres… Et un dessin. C'est un portrait sommaire, réalisé au crayon de bois. Le visage d'une adolescente aux cheveux courts. *On dirait... on dirait qu'elle me ressemble! Ils ont quoi en tête, là?*

Je fouille ensuite un placard mural, puis le tiroir de la table de chevet que je retire entièrement de son logement. J'y plonge la main. Mes doigts rencontrent, au fond, la surface cartonnée d'un objet familier. Un paquet de cigarettes.

Il doit bien y avoir un briquet quelque part. Peut-être un peu de shit. Je redoute le manque. Tôt ou tard je vais avoir besoin d'une prise.

Je fouille la commode. Des fringues d'ado. Vêtements pas très à la mode. Du moins, au-dessus de la pile. Planquées dans le rangement tout en bas, je découvre des fringues qui me plaisent. Tanga, string, débardeur, body... Une ado qui voulait se la jouer branchouille. *Ouais, ils ont pas dû trop apprécier, ses parents...*

Je suis intriguée par une longue chaussette rouge, en laine grossière. Où est sa jumelle? Je fouille, mais je la trouve pas. J'ouvre la chaussette «solo» et la renverse. Un briquet tombe dans ma main. Et une barrette de shit!

De quoi fumer quelques taffes. Ouvrir les fenêtres, ouvrir les volets. Je m'active. *La vache, qu'elle est dure à ouvrir, cette fenêtre...* J'examine la poignée. *Ils ont soudé la fenêtre!*

J'ai envie de hurler. De cogner contre la porte. De la fracasser à coups de poing, de tête s'il le faut.

Mais mon corps ne suit pas, ne suit plus. Rien que l'intention m'épuise. *Calme-toi!*

Attendre.

Je grimpe sur le lit. Sans le faire exprès, j'ai poussé du pied le plateau. J'aperçois soudain, en dessous, un papier qui dépasse. Un journal. Plié en quatre.

C'est *La Provence.*

Ouvert à la page des faits divers.

L'article évoque l'attaque d'un véhicule de police qui emmenait une suspecte à l'Évêché.

Le journal fait état de policiers blessés, de coups de batte et de coups de feu, on parle de deux groupes rivaux. *L'ange veille encore sur moi ! Il a voulu me reprendre aux hommes de Tony. J'ai bien fait d'avoir donné à Renée son numéro de portable.*

La police est intervenue, raconte l'article, et a mis les bandes rivales en fuite. « Une adolescente, Mélodie N., demeure introuvable. Il semblerait qu'elle ait un rapport avec le meurtre d'un médecin de la Timone qu'on a retrouvé dans le coffre de sa Porsche. Avec l'arme qui lui a emporté la moitié du crâne. »

Le flingue de Tony ! On va pas encore me mettre ça sur le dos, c'est pas possible !

Et ma fille ? Terrier devait l'opérer !

28

La suite de la journée est une angoisse. Enfermée. Prise au piège. Aucune nouvelle. De mon ange, de mes bébés, de l'opération. Terrier, mort. Terrier buté par Tony. Ma fille qui a sans doute pu être sauvée. Sylvaine, née prématurément pour un penalty manqué… Et le sac rouge qui a disparu, avec la came et le fric. Je maîtrise encore moins que rien. Ici, à la merci du géant. Et si je sors, de Tony, de Canari, du chauve.

Mais je peux pas rester sans rien faire, sans rien tenter. Je dois me tirer de là, et retrouver Costa.

Je décide d'attendre midi et de sauter sur la femme qui m'a soignée quand elle viendra me porter le déjeuner. *Tant pis pour elle.*

Midi. Personne ne vient.

Quatorze heures. Personne n'est venu.

J'essaie de dormir pour plus penser, pour pas réfléchir. J'y arrive pas.

Je retourne dans la salle de bains. Il y a une lucarne au-dessus des toilettes, mais juste de quoi laisser passer un chat.

Je m'assois sur le bidet et me mets à fumer.

C'est là que j'entends tousser. *J'ai rêvé ou quoi ?* Encore une taffe. Je tends l'oreille. Quelqu'un a toussé, j'en suis sûre et c'était tout proche, mais il y a personne dans ce petit réduit carrelé.

Silence. Rien. Encore une taffe. J'expire la fumée vers le mur. Et entends une petite toux d'enfant.

— Y a quelqu'un ?

J'ai voulu dire « de l'autre côté du mur », mais j'ai pas osé l'exprimer tellement ça me semble ridicule.

Silence. Je deviens folle. Ou je le suis déjà. Je perds la tête. L'effet du manque sans doute. Encore une taffe, je remplis mes poumons, expire longuement et remarque que la fumée est aspirée entre la cuvette des toilettes et le bidet. *Y a quoi là ?*

Un rai de lumière semble filtrer à la jonction de deux carreaux. Je me baisse et constate qu'un rectangle de fausse faïence a été enlevé en bas du mur. Encore une taffe. Je souffle. La fumée se volatilise dans cet espace qui doit communiquer avec la pièce voisine. Où la toux reprend.

— Qui est là ? C'est toi, la petite de l'hôpital ?

Pas de réponse.

Trois doigts aux ongles clairs émergent du mur, puis une frêle main que je touche. Une voix d'enfant :

— Mon pèrrre ne te ferrra pas de mal…

— Pourquoi il me retient prisonnière alors ?

— Parrrce que tout le monde te rrrecherrrche…

— Comment tu le sais ?

— J'ai entendu mon pèrrre le dirrre à ma mèrrre. La police est venue dans le quarrtier en montrrant ta photo.

— Tu as un portable ?

La main disparaît. Quelques secondes.

— T'es là ?

— Je n'ai pas de porrrtable.

— Tu peux en avoir un ? Tu peux téléphoner à quelqu'un pour moi ?

— Ça ne plairrrait pas à mon pèrrre…

— Écoute, tu te souviens quand tu m'as vue à l'hôpital ? J'étais enceinte. De jumeaux. On devait opérer ma petite fille hier et j'ai besoin d'avoir des nouvelles. Il faut que tu appelles l'hôpital de la Timone et tu demandes à parler à Yasmina, aide-soignante au service de néonatologie. Tu lui dis que c'est pour Sylvaine, d'accord ?

Silence. La petite main ne réapparaît pas.

— D'accord ?

— Donne-moi ta cigarrrette !

Je la lui donne, mais garde le briquet, on sait jamais. Le mégot roule sur le sol, puis j'entends le bruit du carreau de faïence que l'on remet à sa place. *J'avais encore plein de questions à lui poser… Et pourquoi je lui ai pas demandé d'appeler mon ange ?*

L'idée me vient de cogner contre la cloison, mais je retiens mon poing. *Le numéro de secours de Costa… c'est quoi déjà ?*

Je me rassois sur le bidet. *Salope de mémoire !*

29

Le dernier jour. Son CDD se termine ce soir. Yasmina est convoquée au service du personnel en début d'après-midi mais elle connaît déjà la sentence prononcée par l'infirmière en chef à son encontre. Surtout depuis deux jours que sa supérieure a vu ses yeux changer. Dilatés à un point qu'on ne peut pas se tromper. *Impossible de conserver dans mon service quelqu'un qui se came*, elle lui a dit.

Yasmina s'affaire dans une chambre, des manipulations qu'elle effectue mécaniquement. Elle n'en a plus rien à foutre. Elle plane, elle est bien. Elle pense à la quille. À dix-sept heures, son départ de la Timone. Par la grande porte. Elle leur fera un doigt d'honneur en suçant son index, avec un peu de poudre sous les ongles. Et ce soir, ce sera la fête, une putain de fête, un feu d'artifice, avec tout ce qu'il faut pour s'éclater et s'envoyer en l'air. Elle aura tout le temps pour elle. Tout le temps pour envisager son avenir. Elle est superstitieuse, *ne pas trop y songer*, ou alors juste à petite dose, pour mieux savourer sa chance inattendue.

— Yasmina, on t'appelle. Au bureau.

Sûrement l'infirmière en chef. Ou la directrice du personnel, déjà. Elle signera avec plaisir.

— Un appel de l'extérieur, dit la fille au standard.

Yasmina pense d'abord à son amant, le flic de la BAC, sa voix grave qui l'excite. Elle est trop heureuse de l'avoir retrouvé. La standardiste raccroche. Une seconde de silence.

— Bonjourrr…

Une voix de petite fille qui roule des « r ».

— Je voudrrrais des nouvelles de Sylvaine…

Une hésitation. Elle attend que Yasmina comprenne.

— … de la part de sa maman, Louce…

Lui dire quoi ? La vérité ?

— T'es qui, toi ?

Silence.

— C'est elle qui m'a demandé de vous contacter. La maman de Sylvaine.

— Pourquoi elle ne m'appelle pas elle-même ?

Yasmina suppose que si une enfant téléphone c'est que Luce n'est pas en mesure de le faire. *Elle se cache sans doute. Peut-être qu'elle est blessée.* Elle a entendu ses collègues dire que son amie est soupçonnée du meurtre de Terrier. La mort du beau docteur a jeté la consternation dans le service. Et la toubib en chef qui est revenue ce matin après son malaise est encore plus sinistre que d'habitude.

— Elle peut pas.

Silence. Yasmina se demande si elle ne devrait pas raccrocher.

— Alorrrs ?

— Elle est où, Luce ?

— Je peux pas le dirrre…

— Pourquoi ?

Silence.

— Tu t'appelles comment ?

Silence.

— Tu me réponds d'abord, puis je te raconte pour Sylvaine.

La gamine raccroche.

Yasmina garde un instant le combiné dans sa main, puis contacte le standard.

— Tu peux retrouver le numéro qui vient d'appeler ?

— Bien sûr, un instant.

Yasmina note le numéro. Elle peut retrouver Luce. Une info qui intéresse forcément la police. Et elle connaît un flic qu'elle veut revoir à tout prix.

D'un doigt fébrile, elle compose le numéro de portable du Beau gosse.

— Salut, c'est Yaz ! Je sais où se planque Luce Ramona, la gamine que toute la police recherche. J'ai un numéro de téléphone pour la localiser. Si tu viens chez moi, ce soir… Mais, avant, tu me promets de la sortir de là ! Elle n'est coupable de rien, je te jure que c'est vrai…

30

Depuis le début de la journée, c'est l'effervescence dans le quartier de Noailles, le dernier endroit où Luce Ramona a été repérée. Et chacun secoue ses cousins, ses tontons, ses indics. Même le Tordu, sous amphétamines, plus mauvais que jamais.

Costa et Topin ont envoyé des hommes remuer la fange, secouer leurs revendeurs, faire parler les boutiquiers et les bistrotiers.

Au milieu de l'après-midi, ils ont fait chou blanc. Puisque les menaces ne fonctionnent pas, Topin décide de changer de tactique : tout renseignement sur Luce Ramona sera payé. Cher. Très cher. Et gare à ceux qui donneront une fausse piste.

L'information arrive peu après seize heures aux oreilles de Mehdi.

***

Seize heures quarante-cinq.

Yasmina attend. Encore un quart d'heure. Sur un tabouret dans le vestiaire, avec un œil sur son casier.

En pleine déprime, tout remonte. Elle a même peur. Peur que l'infirmière en chef ne se mette à fouiller son vestiaire. Peur qu'on l'attende à la sortie. *L'ex de Luce Ramona, pourquoi pas ?*

La directrice du personnel l'a démolie. Professionnellement, humainement. Yasmina a joué l'indifférente, mais, à présent, le contrecoup la submerge. Toutes les heures sup' accumulées depuis des semaines.

Dix minutes.

Des remords. Est-ce qu'elle a bien fait de n'avoir rien dit à la gamine ? De donner l'adresse de Luce au Beau gosse de la BAC ? De… *Eh, cesse de gamberger, Yaz !*

Cinq minutes.

Yasmina finit de se déshabiller et range sa blouse dans le casier. Deux collègues entrent dans le vestiaire. L'une d'elles s'approche :

— Courage, Yaz, tu trouveras sans doute du taf ailleurs.

L'autre a remarqué son visage éploré :

— Pleure pas, ma fille, t'es jeune, c'est pas comme si t'avais notre âge.

Yasmina est prête à s'en aller, mais ses collègues l'entourent. *Faites chier les meufs, cassez-vous, foutez-moi la paix !* Elle arrache ses affaires du casier, la lanière du sac se coince dans la porte du vestiaire, un nuage de poudre blanche se déverse.

— C'est quoi ça ?

La plus âgée s'approche. Yasmina la repousse.

— C'est pas tes affaires !

Elle dégage le sac et, du bout de sa basket, disperse les traces de coke qui ont blanchi le sol. Puis bouscule ses collègues et détale.

Sortie de secours. Yasmina traverse les locaux techniques. Les gars de l'entretien débauchent. Elle en reconnaît deux et patiente dans un coin jusqu'à ce que les premiers sortent.

—Tu peux me déposer? Mon scooter est en panne.

Elle s'adresse au dernier à sortir. Il a ralenti le rythme quand il a vu la jolie beurette.

— Ça n'a pas l'air d'aller?

— Je viens de me faire virer…

— Si je peux faire quelque chose…

Elle balise quand la voiture arrive à la barrière de sortie du parking. Qu'ils franchissent sans encombre. Elle respire, la tension libère une avalanche de larmes. Son chauffeur se gare sur le trottoir. Se dit en matant ses cuisses découvertes par sa jupe courte que c'est son jour de chance. D'abord la réconforter, la mettre à l'aise et après…

Yasmina se laisse faire. Attendre que ça passe, envie de s'enfermer chez elle et plonger le nez dans la coke qu'elle a empruntée à Luce lorsqu'elle a appris que le flic puant et ses sbires allaient l'emmener à l'hôtel de police. Elle a mis les paquets dans un sac-poubelle, sans se poser de questions, sans regarder ce qu'il y avait d'autre.

C'est au vestiaire qu'elle a découvert le fric. *Oh, bonne mère,* elle n'avait jamais vu autant de billets de sa vie. De quoi sortir de la panade pendant un sacré bout de temps.

Le mec l'enlace, un bras autour de son épaule, une main qui cherche la naissance de sa poitrine.

Elle fait mine de caresser sa cuisse, le mec a un jean bien moulant, elle remonte vers son entrejambe et masse sans délicatesse son érection naissante. Le mec grogne en embrassant sa nuque, elle ouvre les boutons du jean, plonge dans son pantalon.

—Laisse-toi faire…

Yasmina voulait être masseuse, avait suivi un début de formation avant qu'un enseignant indélicat tente de lui inculquer les subtilités d'une autre forme de massage, mais elle en a conservé quelques gestes et une poigne de fer.

Le mec pousse un cri quand elle écrase ses testicules. Elle s'enfuit avec le sac.

31

Dans la chambre voisine, la gamine ne donne plus signe de vie. *Elle a pu téléphoner au moins ? Et si son père l'avait surprise ?*

Je suis assise sur le bidet, prostrée. Aucun bruit dans l'immeuble. Y a que cette famille qui y demeure ? J'ai pas bien fait attention hier ; il m'a semblé que l'appartement se trouvait au deuxième. *Ça change quoi ? Bouge-toi !* Il me faut une idée. Même une sale idée ou une mauvaise blague, même si, pour l'instant, elles m'ont pas trop réussies.

Je fume un autre joint. Il me reste pas beaucoup de shit, je dois me rationner si je veux encore tenir le coup, sinon je m'éclaterai la tête contre la vitre.

La vitre !

Je la tiens, mon idée…

***

L'info vaut de l'or. Le numéro de téléphone que lui a transmis Yasmina correspond à celui d'un logement situé à trois rues du dernier endroit où on a signalé la fugitive Luce Ramona.

La délivrer parce qu'elle est innocente ? Et puis quoi encore ? Marseille grouille d'innocents qui sont là pour se faire baiser à la place des autres…

Il a le choix. Donner l'adresse au Tordu, ou à Canari. Ou à Costa, ou à Topin. Le Beau gosse veut que ça rapporte. Il va faire monter les enchères…

Mais d'abord se payer un peu de bon temps… Il planque dans l'escalier de l'immeuble où se trouve la chambre de bonne de Yasmina.

Il l'attrape par derrière à la sortie de l'ascenseur, elle fait semblant de se débattre, il la plaque contre la cloison, relève sa jupe, son sac toujours en bandoulière sur son épaule. Son sac qu'elle refuse de lâcher quand il agrippe la bride.

—Allez, débarrasse-toi de ça !

Elle résiste.

—Y a quoi là-dedans ?

Une bourrade l'envoie valdinguer à travers le couloir. Son sac glisse de son épaule. Il le rattrape au vol et l'ouvre.

— Mazette, c'est pas la came de Tony Beretta qu'on cherchait hier ?

— Je voulais t'en parler.

— Ben voyons…

Il s'est cassé en lui laissant une petite dose. Avec ce qu'il a trouvé dans le sac, il peut se payer bien mieux que Yasmina Safra. *Et merci pour l'adresse !*

Il ne l'a même pas touchée, et Yasmina se sent humiliée…

Ça t'apprendra ! T'as trahi Luce ! Luce qui avait partagé sa came avec toi. Tout est donnant-donnant dans ce monde pourri, sauf quand t'as plus rien à donner. Plus de taf, plus de fric, plus de coke… Et ses parents qui l'ont foutue dehors car elle aime la nuit, l'alcool, la fête et le sexe. Alors, elle s'est assumée, a trouvé de petits jobs, a fait des trucs limite pour payer son loyer. Comment elle va le régler le mois prochain ?

Mais surtout elle a honte. C'est un sentiment nouveau. En volant Luce, elle a franchi la ligne rouge. Quand elle a vu les flics l'embarquer, elle s'est dit qu'elle lui restituerait le sac à son retour. Puis la rumeur a gonflé dans les couloirs de la Timone. Luce est en fuite, recherchée. Et Terrier tué dans sa belle bagnole, c'est Luce qu'on soupçonne. *Mais c'est pas elle, pas possible !*

Comment réparer les dégâts ? *Je ne sais pas où elle se trouve, mais j'ai son numéro de téléphone.*

Elle compose le numéro sur son portable.

— Tu m'entends, la petite ? Je suis l'infirmière que t'as appelée tout à l'heure à la Timone, tu m'écoutes ?

Quelqu'un a décroché mais elle ne perçoit qu'un souffle dans le haut-parleur.

— Écoutez, qui que vous soyez, ils vont venir chercher Luce Ramona et vous allez avoir des ennuis. De graves ennuis…

Mehdi raccroche.

Yasmina se douche, s'habille et sort. Direction Noailles.

32

— J'ai appelé, dit la petite.

Mon cœur s'emballe.

— Tu as eu Yasmina ?

— Elle m'a demandé où tu étais, qui j'étais…

— Et ?

— Elle n'a plus rrrien dit aprrrès…

Silence, lourd, pesant.

— Tu pouvais rien lui dire, c'est normal, tu as bien fait.

Quelques secondes.

— Je suis dans la chambre de qui ?

— Ma… sœurrr.

Le mot a eu du mal à sortir de sa bouche.

— Elle est où ?

La petite se tait. Son silence m'affecte soudain plus que la soif, que mon ventre affamé, que l'absence de drogue dans mon organisme. Je cherche sa main dans l'ouverture. Attends. Le contact enfin, son doigt qui joue avec les miens, puis nos mains qui s'emboîtent.

— Morrrrte, elle dit dans un sanglot.

— Je suis désolée.

— On a la même maladie…

— C'est pour ça que je t'ai vue à l'hôpital?

— Hummm…

Je suppose que ça veut dire oui.

— Elle est morte de cette maladie?

— Une maladie orrrpheline… rrraare. On n'a pas pu la soigner à temps.

— Et pour toi?

— C'est cherrr de soigner ça… Aux États-Unis, c'est possible mais…

Sa main se crispe.

— … on n'est pas rrriches…

J'en avais moi. *Si je retrouve le sac, je te promets qu'on va te soigner.*

— Mon père cherrrche de l'arrrgent.

La petite main se détache.

***

— Elle vaut un gros paquet de pognon… Tôt ou tard, quelqu'un va parler… dit le patron du bar.

— C'est pas bien de fairrre ça…

— Écoute, Mehdi, tu préfères qu'ils viennent gentiment sonner chez toi?

Le géant soupire.

— Dis-toi que tu fais ça pour ta fille… De toute façon, t'es coincé, fallait pas t'en mêler. Maintenant, c'est trop tard. Tu ne peux plus rien pour elle. Si tu appelles les flics, ils t'embarqueront parce que tu l'as hébergée…

— C'est quoi, ton idée?

— Je les appelle, moi. Je leur dis que j'ai un tuyau, que je sais où elle se trouve.

— Je l'emmène dans ton barrr?

— T'es malade? Non, on trouvera un endroit où la déposer. T'as pas le choix, c'est la meilleure solution, crois-moi. Pense à ta famille, à ta fille que ça peut sauver... Tu vas avoir l'argent qu'il te faut. Juste pour un renseignement.

— Mais...

— Écoute, si tu ne t'en débarrasses pas, ils vont s'en prendre à toi et ta famille. Décide-toi!

La respiration de Mehdi s'accélère.

— Je rrréfléchis et je te rrrappelle!

Il raccroche.

***

Vexé, le barman fulmine. Il entendait bien négocier sa part. Besoin de fric pour rembourser une dette de jeu. Et voilà que l'occasion se présente, une occasion sans risque... *et l'autre hésite!* Il tape du poing sur le comptoir et se décide.

Il tape un numéro à partir d'un téléphone fixe longue distance qu'il utilise habituellement pour appeler à l'étranger. Un homme de Topin décroche. Le barman ne donne pas l'adresse de la cave, mais celle de l'immeuble de Mehdi. *Tu l'as bien cherché, sale con! Le pognon, il sera pour moi. Rien que pour moi!*

***

À une minute près, un contact de Costa reçoit le renseignement du Beau gosse. Et une partie de l'adresse où Luce est détenue.

— La moitié de la somme sur mon compte dans trente minutes... et je vous donne le nom de la rue.

***

Vingt minutes après, Mehdi consulte sa femme et se décide enfin. Il rappelle le bar.

— Vas-y alorrrs. Dans une demi-heurrre. Devant le hammam.

Le patron du bar ne lui dit pas qu'il est sans doute trop tard. *Fallait te décider avant...*

Mehdi raccroche et regarde sa femme, au visage toujours fermé.

— Ce n'est pas bien ce que j'ai fait...

— Est-ce que tu avais le choix ? Tu ne pouvais pas savoirrr...

33

— J'aime pas l'idée de te laisser y aller seul, grogne le Gitan.

Costa sourit en constatant la démarche de son fidèle garde du corps blessé par une balle qui lui a éraflé l'arrière-train.

— On dira plus jamais que t'as un beau cul, Marco !

— Une seule fesse, ça me suffit…

Costa a décidé de prendre les choses en main. Il va récupérer Luce, et, cette fois, la sortir de Marseille.

Il se souvient de la première fois. Il fumait dans le jardin de la villa en partie incendiée, où on l'avait appelé d'urgence.

C'est en s'abritant du mistral pour rallumer sa cigarette qu'il l'avait aperçue par la lucarne du local à poubelles.

Il revoit ses grands yeux hallucinés, son corps froid qui tremblait, sa main et son bras qu'elle n'a pas quittés pendant des heures, incapable de s'en détacher.

Elle s'était endormie contre lui. Et dans son sommeil, elle parlait de son ange.

Elle ne savait pas à qui elle avait affaire.

***

Une heure plus tard.

—Va voirrr s'il y a quelqu'un sur le palier…

Le géant envoie sa fille en éclaireur.

— Perrrsonne, pap'…

Elle agrippe son père par la manche.

—Tu l'emmènes où ?

Il regarde sa fille décomposée, le regard lourd de reproches et des larmes dans les yeux.

— J'ai pas le choix, Diva… Pas le choix…

— Pap', il ne faut pas lui fairrre du mal.

Un coup de menton en direction de sa femme ramène la petite dans sa chambre.

***

Le bruit de la clé dans la serrure. Je bondis derrière la chaise.

—Tu vas prrrendre l'airrr.

À l'instant où la silhouette du géant s'encadre dans la porte, je balance la chaise contre la fenêtre. La vitre vole en éclats. Des débris rebondissent contre les volets clos. Au sol, je récupère un triangle de verre que je brandis des deux mains, tel un éperon, à hauteur de mon ventre.

L'ombre du géant envahit la pièce.

—Moi, pas te fairrre de mal. Venu te mettrrre en sécurrrité. Tu peux pas rrrester là.

— En sécurité ? Où ça ?

Il avance.

—Bouge plus ! M'oblige pas à me défendre !

Il tend la main, paume ouverte.

—J'ai de l'argent, beaucoup d'argent. Ça pourrait aider votre fille. Pour qu'elle soit soignée aux États-Unis.

Il s'arrête, se fige, semble réfléchir.

—Elle m'a tout raconté, la petite…

Tout à coup, son long corps raide tangue, d'un pied à l'autre. Il plie les genoux et s'effondre.

Derrière lui, Tony pose la batte sur son épaule et sourit.

—Comme on se retrouve, ma Luce, comme on se retrouve…

TROISIÈME PARTIE

Marseille, your sea and all its splendor and regret
Your sun is unrelenting till it sets
Marseille, your voice keeps calling you
Marseille, Marseille lives on eternally.
(Ahmad Jamal, « Marseille »)

Marseille, de ta mer de splendeur et de regrets
De ton soleil implacable jusqu'au soir tard
Marseille, ta voix ne cesse de m'appeler
Marseille, Marseille, ville d'éternité.
(Ahmad Jamal, « Marseille »)

1

Rue Rouvière.

Deux 4x4 aux vitres teintées barrent les accès et déclenchent leur warning. Une BMW série 7 fonce en sens contraire, contourne l'un des 4x4 en montant sur le trottoir et s'arrête devant l'immeuble de Mehdi. Deux hommes, calibres au poing, descendent et vérifient que la voie est libre. Un troisième se faufile derrière eux. Le Libyen.

La BMW redémarre.

À motos et scooters surgonflés, des tueurs de Topin cernent le quartier. Six hommes, en plus de Tony Beretta que l'un des scooters a déposé quelques minutes avant à l'adresse renseignée. Il est convenu que Beretta entre le premier, en fer de lance, et qu'il lui ramène Luce vivante. Ils s'occuperont eux-mêmes de Costa qu'ils viennent de repérer.

— Il est entré dans l'immeuble.

À quelques centaines de mètres à vol d'oiseau, place Gambetta, installé dans un Voyager, Topin en personne organise la disposition de ses troupes sur une tablette tactile. D'un moment à l'autre, il va donner l'ordre de foncer dans le tas.

Canari ignore leur manège. Il a suivi la triangulation du portable de Costa et a tenté de les suivre de loin. Il ne sait pas que son véhicule aux pneus tout neufs est suivi lui aussi. Des mouchards fixés sous le plancher. Bouddha l'avait placé sous surveillance depuis qu'une enquête avait été diligentée par l'IGPN sur certaines pratiques de la BAC Nord. Et il avait été averti la veille que Canari avait repris du service en réutilisant son véhicule de fonction.

Il se gare devant l'entrée d'un parking privé. *Rien à foutre.* Toutes les places pour handicapés sont occupées. *C'est fou, la quantité de handicapés dans cette ville…*

Le signal du portable de Costa s'est stabilisé tout près de là. Canari longe les murs, feint la démarche d'un mec bourré. Il repère le premier 4x4, à l'angle de la rue Rouvière. Trois hommes à bord.

Canari marche droit devant sans les regarder. Un homme sort du véhicule.

***

Yasmina n'aime pas les ombres. Celles qui se planquent dans l'encadrement des portes, dans la gueule des caves ou qui jaillissent d'une voiture. Ce soir, elle a peur de tout et elle se balade le débardeur collé à la poitrine, la minijupe moulée autour des hanches. Dès sa sortie du métro Noailles, des scooters ralentissent à sa hauteur, les conducteurs la sifflent et lui adressent des gestes équivoques.

Encore du monde dans le quartier de Noailles, des rabatteurs, des dealers, quelques putes. Elle a trop de prestance pour qu'on se méprenne, en tout cas c'est ce qu'elle pense. On la mate, on la détaille, les mecs ont des yeux de chacal et la dévorent du regard. Elle se concentre sur son portable, un petit modèle qu'elle peut envelopper de sa main, et qui la guide, via la fonction GPS, jusqu'à l'adresse qu'elle a communiquée à son amant, le flic de la BAC.

La première à droite. Son cœur martèle ses tempes. *Pourvu qu'il ne soit pas trop tard.*

Au coin de la rue, elle le remarque, sur le trottoir d'en face. Le flic puant. Au second plan, un 4x4 à l'arrêt. Deux hommes la reluquent par les vitres ouvertes, un troisième fume, accoudé au toit du véhicule. Elle trébuche sur le bateau du trottoir, l'homme à la cigarette se marre.

Elle se relève, réajuste sous les sifflets admiratifs sa jupe remontée sur ses fesses. Une main agrippe son bras.

— Reste calme, ou je t'offre à ces messieurs. Tu vas faire semblant d'être ma petite amie… murmure Canari.

Mais l'homme qui vient de balancer sa cigarette a flairé l'embrouille.

— Eh, toi !

Canari attire Yasmina devant lui.

— Tu veux, quoi, l'abruti ? C'est entre elle et moi. Une affaire de famille…

Des portières claquent, les hommes du Libyen alignent le couple dans la ligne de mire de leurs mitraillettes Uzi. *Rien que ça*, marmonne Canari, entre ses dents. De quoi les couper en deux d'une simple pression de l'index.

— Oh, oh, on se calme… Je ramène ma gonzesse à la maison, et y aura pas de grabuge, OK ?

Du menton, Canari désigne un passage entre les immeubles. Leur attelage recule, Yasmina entraînée par le flic. Les hommes du Libyen les maintiennent en joue jusqu'à ce qu'ils disparaissent de leur vue.

Moins d'un mètre de large, c'est un étroit couloir, urinoir à ciel ouvert, encombré de vieux scooters et de cadres de vélos enchaînés.

— Jusqu'au bout… dit Canari.

Pas le choix. Les trois hommes ont avancé pour vérifier que le couple ne se planquait pas au coin de l'immeuble.

Le bout de l'impasse se dissipe dans l'obscurité. Canari espère une ouverture, une porte qui donnerait dans une cave ou une sortie de secours, pour ensuite contourner l'immeuble et se repositionner en face de la maison où, d'après le signal sur son portable, est entré Costa.

Plus aucune lumière. Ils marchent sur des débris informes. Une clôture, *eh merde*. Juste assez d'espace pour la longer. Du gravier, des canisses, la surface rugueuse d'un mur. *Mais ça mène où ?*

Yasmina transpire à grosses gouttes, Canari ne voit que son ombre, mais sent la sueur sur son bras et sa respiration lourde.

Il s'arrête. *C'est n'importe quoi, ça ne va nulle part… Une impasse. Comme une métaphore de ma vie. Mais j'en sors toujours. Et je retourne la situation, même la pire, en ma faveur.*

L'idée lui vient un instant qu'il pourrait peloter la jeune femme contre le mur. Toujours la tentation. Toute sa vie, Canari s'est servi au banquet des détenteurs d'une autorité, aussi petite soit-elle. *Ne pas s'empêcher de profiter… Comme ce bon vieil Oscar Wilde.*

2

Les bras tendus vers la cible, Luce pointe son morceau de verre en donnant des à-coups secs, comme si ce mouvement pouvait faire dégager l'épouvantail qu'elle s'attend à voir bondir. Mais Tony recule lentement, jusqu'à la porte qu'il claque d'un coup de talon.

— Ce sera plus intime. Rien que nous deux…

Il fait un pas de côté, se retrouve à la lumière. Luce remarque son visage démoli, l'énorme pansement sur le nez qui lui donne l'air d'un clown fou, et ses yeux de dément.

— T'as vu ma tronche ? Les flics m'ont refait le portrait.

Il lève sa main meurtrie.

— Ton petit ami Costa m'a mutilé, mes choufs ont violé et buté ma sœur, tout ça à cause de toi…

— Et mes bébés, t'as vu leur état… à cause de toi ?

Il sourit, comme un chacal peut sourire.

— Oui, tout à l'heure, quand j'ai éclaté leur petit crâne entre mes mains. J'croyais que c'était plus résistant une boîte crânienne de nouveau-né. À vrai dire, pas plus dur qu'un œuf. Ils ont pas eu le temps de souffrir, ces bébés qui sont pas les miens… Dommage.

Luce hurle. Et attaque.

La batte se lève.

***

Rez-de-chaussée, rien. Premier étage, rien.

Un hurlement leur parvient du second. Deux hommes accourent à la suite de Costa, un troisième reste en position pour sécuriser l'entrée.

La porte sur le palier est verrouillée, mais vermoulue et branlante. Les hommes de Costa la défoncent à coups de pied.

Sur le seuil gît une femme, visiblement assommée.

***

Son épée de verre en avant, Luce a bondi.

Tony a levé son bras droit. La batte va emporter la tête de Luce, il ne manque jamais son coup. Un mètre. Elle arrive sur lui. Son bras se détend, mais une douleur soudaine irradie son dos qui se contracte, tirant son bras en arrière. Sa batte heurte le plafond. Dans le mouvement, son abdomen se découvre et le tatouage « Ohème – Droit au but » offre une cible de choix au triangle de verre que Luce enfonce dans sa chair.

Tony se cabre et pirouette sur lui-même. Sa batte frappe la tête de la gamine qui vient de planter un canif dans son dos. La gamine se ramasse contre la porte, laquelle s'ouvre à la volée. La porte renvoie la gamine contre Luce qui se retrouve dans les bras de… Tony.

— Tu bouges pas, sinon t'es mort ! crie Costa en pointant son arme sur lui.

Sa batte est à terre, le canif aussi. L'épouvantail sourit et crache du sang. D'un bras, il tient la tête de Luce. De l'autre, il presse contre sa gorge le triangle de verre ensanglanté qu'il a retiré de son abdomen.

— Je suis déjà mort, connard !

Tony rigole. Le morceau de verre entame le cou de Luce. Il rigole encore lorsqu'une balle de 11.43 pulvérise son épaule et le catapulte au sol.

***

Les trois hommes ont entendu les coups de feu et rappliquent vers la maison. Canari a vu les silhouettes faire mouvement.

Il entraîne Yasmina jusqu'à l'entrée du passage. Il songe d'abord à lui flanquer un coup de crosse sur la tempe, puis se ravise et chuchote à son oreille : *Tu fais ce que je dis, sinon…*

Il s'accroupit, tire sa jupe le long de ses jambes et la dégage de ses chevilles.

— À mon signal, tu fonces vers eux et tu cries à l'aide…

Il dégaine son arme.

— … ou je t'abats.

Yasmina, pétrifiée. Canari lui donne une claque sur les fesses et la pousse sur la chaussée. Elle s'élance vers les trois hommes en criant : *À l'aide !*

Profitant de la diversion, Canari sprinte vers la maison. L'homme le plus proche de l'entrée fait volte-face, les deux autres, au milieu de la rue, tentent d'intercepter la jeune femme en string qui vient sur eux. Canari fait feu, le premier homme s'écroule. Le deuxième repousse Yasmina qui chute sur le bitume. Dans l'encadrement de la porte, Canari l'aligne et le blesse au bras. Le troisième riposte, puis recule en relevant Yasmina au passage et l'emmène derrière le 4x4.

Les tueurs de Topin ont entendu et se mettent en mouvement.

Les flics ont entendu et resserrent le dispositif.

Les hommes de Costa ont entendu.

— Ça chauffe à l'extérieur, chef !

— On descend !

Ils quittent l'appartement, emmenant le géant, sa femme et la petite Diva. Sans se soucier de l'épouvantail qui se met à ramper, un canif à la main.

3

Pas de sortie par-devant. Pas d'échappatoire par les toits. Dans le hall de l'immeuble, Costa pointe son flingue sur la nuque de la petite Diva.

—Comment tu nous sors de là, le géant? Y a une sortie de secours?

Mehdi ne répond pas, les yeux dans le vague.

—Qui occupe le rez-de-chaussée et l'étage?

— Ici, apparrrtement vide depuis l'année dernièrrre. Au prrremier, y a juste une dame malade qui ne rrreçoit pas de visite le soirrr.

— Les caves sont communes?

— Juste l'entrrrée. Aprrrès, chacun a son box.

— Pas d'ouverture ou de sortie?

— Au fond de mon box, il y a trrrappe. Pour charrrbon, y a longtemps. Mais passage trrrop petit pourrr un homme.

— Et pour une gamine?

Le géant hoche la tête.

— Ce passage donne de quel côté de la rue?

— Dans rrrue parrrallèle…

— Alors, ta fille va partir par là… avec Luce.

***

Mon ange a noué une écharpe autour de mon cou qui saigne. Mes doigts sont poissés de sang.

— Le verre a égratigné la peau. Ta blessure n'est pas profonde, il me dit de sa voix rauque et douce.

Dans la pénombre brille ses yeux de loup. Costa semble calme, nulle inquiétude sur son visage.

La musique de sa voix, ses yeux qui vibrent, j'ai plus peur, il peut plus rien m'arriver.

— Je veux rester avec toi !

— Trop risqué…

Des larmes se pressent dans mes yeux. Je me tourne vers le géant.

— Pourquoi vous m'avez enfermée ?

— Pour ta sécurrrité… Quand j'ai vu toi au café, j'ignorrrais que tu étais rrrecherrrchée. Ma femme t'a soignée, mais on a comprrris quand on a vu la télé…

— Tu voulais en faire quoi ? demande Costa.

— La rrrelâcher. Trrrop dangerrreux la garrrder. Je me mêle pas affairrres des autrres…

— Fallait y penser avant… Quelqu'un du bar t'a dénoncé et a renseigné Topin qui veut ma peau…

Mon ange me regarde.

— Et la tienne aussi, ma puce… Heureusement qu'un flic nous a vendu la même info.

Costa me serre dans ses bras. Puis on descend à la cave.

***

Des box vides, un couloir étroit, une quinzaine de mètres éclairés de faibles ampoules. Diva ouvre le dernier box.

Du vieux mobilier s'y amoncelle. Il suffirait de grimper sur deux fauteuils pour atteindre un rectangle de fer rouillé, maintenu par un crochet. La trappe.

Diva monte la première, détache le crochet puis, de toute la force de ses bras frêles, pousse. La trappe résiste. Diva se contorsionne pour se mettre en position assise, puis tente de lever la trappe de la tête et des bras. Une lueur tranche la pénombre une seconde, puis s'efface. La trappe retombe dans un souffle de poussière de rouille.

— C'est trop lourd !

Je me hisse à sa place et me mets sur le dos, les jambes à l'équerre, mes pieds à plat contre le rectangle de fer. J'appuie sur mes cuisses, la lueur réapparaît, je maintiens l'ouverture de la trappe d'un pied et parviens à y glisser le bout de ma basket.

— À toi !

Elle grimpe sur moi et soulève la trappe entrouverte. Le bruit de la ferraille racle le mur et nous fait tressaillir lorsqu'elle heurte le trottoir.

Diva émerge à l'air libre.

— Tu viens ?

Je regarde pas Diva qui me tend sa petite main. *La situation est absurde. Pourquoi sortir ? Pourquoi fuir encore ? Aller à la Timone pour qu'on me confirme l'horrible réalité ?*

J'ai envie de remonter à l'étage, reprendre le morceau de verre que j'ai planté dans le ventre de Tony et le lui enfoncer dans la gorge, lui découper le visage, lui arracher chaque centimètre carré de peau, lui bouffer le cœur…

Et mon ange qui est venu une nouvelle fois me secourir et qui se retrouve pris au piège à cause de moi… *Qu'est-ce que tu fiches là, à fuir alors que ton avenir est à quelques pas ? Ton avenir, c'est lui. C'est ton homme, quoi qu'il en coûte ! Qu'est-ce qu'il te reste, sinon lui ? Et qui c'est, ce Topin ? Pourquoi il t'en veut ? Qu'est-ce que t'as à voir là-dedans ?*

Je suis secouée de mauvais pressentiments. Sortir par cette trappe, fuir alors que je viens enfin de retrouver Costa… qui m'a encore tirée d'affaire, je sais pas trop comment, j'ai pas tout compris.

Sortir de là… pour que ce soit encore pire ? La malédiction de la Vieille semble accompagner chacun de mes actes, m'enfoncer toujours un peu plus. *Jusqu'où on peut encore s'enfoncer ? Peut-on survivre à tout, même aux meurtres de ses bébés ?* Je ne sais même pas si Sylvaine a survécu à son malaise. *Peut-être que si Terrier avait pu l'opérer…*

— Tu viens ? s'agace Diva.

Je me sens lestée d'un poids terrible, mon corps devenu trop lourd, trop raide, trop volumineux pour passer à travers la trappe. *Qu'est-ce qu'il y a là-haut ? M'enfuir, et après ? Rien de bon, non, décidément, il n'y a rien de bon là-haut…*

La main de Diva presse mon épaule. Je réagis plus, clouée sur ce fauteuil à l'envers, enterrée dans cette cave. *Je suis vraiment maudite…*

Je voudrais dire à Diva de fuir. Je voudrais lever mon bras, saisir la trappe et la refermer. Mais je bouge plus.

Je bouge toujours pas quand une vague de lumière inonde l'ouverture.

Diva pousse un cri.

Des mains m'agrippent et me hissent dans la rue.

4

Canari s'est précipité vers la porte de la maison qu'une rafale perfore.

Il a eu le temps de se jeter au sol.

La fusillade cesse. Allongé sur les carreaux sales du hall d'entrée, Canari sent le canon d'une arme rafraîchir sa nuque.

— Bienvenue en enfer, camarade. Tu vas nous aider à sortir de là… dit Costa.

***

À l'affût derrière le 4x4, l'homme blessé au bras est happé par le tir croisé de deux motards. Une balle frôle Yasmina, plaquée au sol par le troisième homme. La fusillade cesse, une poigne ferme la relève.

Le second 4x4 de Costa, en bas de la rue, a rappliqué en marche arrière devant l'entrée de l'immeuble.

La BRI et des équipages de la BAC cernent le quartier, prennent la rue en tenaille. Les tueurs de Topin tentent d'entrer dans l'immeuble, où se sont engouffrés deux hommes de Costa, passagers du second 4x4.

Des véhicules de la BRI avancent, les motards de Topin forcent le passage, ou se rendent. Topin donne l'ordre de dispersion, puis nomme un nouveau point de ralliement : « Rendez-vous à la Timone ».

Le Tordu contacte Bouddha :

— Canari est sur zone. On intervient quand même ?

— Bien sûr ! Il est suspendu. Il n'a rien à foutre là… ou alors il est complice.

***

Le troisième homme a tiré Yasmina vers la maison. Elle ne tient presque plus sur ses jambes, suante de trouille. Un miracle qu'elle ne se soit pas pris une balle. Le bitume lui a égratigné le genou et la hanche.

— Tiens, encore de la visite… dit Costa en matant la jeune femme en string. Puis se tournant vers Canari :

— Tu la connais ?

— Y sont arrivés ensemble, grogne le troisième homme.

Yasmina secoue la tête.

— Il a voulu m'utiliser pour entrer dans la maison. J'ai rien à voir avec lui. Je suis une amie de Luce. Je me suis occupée de ses bébés à la Timone. De vos bébés…

Un éclair passe dans le regard du jeune caïd. Canari siffle, *eh bien, elle m'avait caché ça, la petite Luce… Je comprends mieux pourquoi il disait « je veille sur toi », dans son SMS.*

— Elle n'est pas là, Luce ? Elle m'a fait téléphoner à l'hôpital.

— On l'a évacuée. En attendant tu viens avec nous… Dans cette tenue, tu vas nous aider à détourner l'attention.

***

Les tireurs d'élite de la BRI ont pris position derrière les véhicules qui bloquent tout accès. Les ambulances du SAMU 13 sont tenues à l'écart ; les blessés seront évacués une fois la zone sécurisée. Un groupe d'intervention longe les façades, à l'abri de boucliers, pour se porter au plus près du numéro 23.

— Yous, tu enfermes le géant dans la cave et tu vas me chercher sa femme et le flic aussi. On sort par-devant. Le 4x4 a l'air en état.

Canari arrive. Costa lui dit :

— Toi, tu appelles tes potes. Dis-leur qu'on va sortir avec des otages, l'infirmière, sa femme et toi.

La porte s'ouvre, lumière sur la rue obscure.

Canari avance, les mains en l'air, jusqu'à la limite du trottoir. Et crie :

— Je suis de la maison, lieutenant Canari, BAC 3. N'intervenez pas, ils ont des otages.

À six mètres de lui, les hommes de la BRI sont plaqués contre le mur de l'immeuble mitoyen. En trois foulées, ils pourraient récupérer leur collègue.

Canari fait semblant de ne pas les avoir aperçus. Il est certain que Costa n'hésiterait pas à lui tirer dans le dos s'ils approchaient encore plus. *Reculez, bande de cons, reculez…* Observant la scène à la jumelle derrière l'un des 4x4 du clan Costa, le Tordu interpelle Bouddha :

— On fait quoi ?

Canari sait que les gars de la BRI n'ont qu'une vue latérale sur l'entrée. Il suffirait qu'il s'écarte de deux mètres pour échapper à l'angle de tir de Costa ou de ses hommes. *Allez un bond… C'est quoi, un bond ?*

La voix de velours du jeune caïd le rappelle à l'ordre.

— Tu reviens vers moi, doucement… Garde les mains en l'air…

Canari recule. Jusqu'à ce que le canon d'un pistolet ne se visse dans sa nuque.

— Tu vas faire signe à tes potes à gauche, le long du mur, de faire marche arrière…

Le Libyen et deux de ses hommes ont pris chacun un otage. Yasmina. La femme du géant. Canari que braque Costa. Ils avancent dans un étrange accouplement, les points rouges des lasers de guidage forment un ballet de mouches incandescentes sur leurs corps enchevêtrés. Le groupe de la BRI contre le mur a reculé de quelques mètres, malgré les injonctions de Bouddha.

— On a une occasion unique. Descendez Costa !

Le Tordu préférerait ne pas avoir entendu dans son oreillette les ordres de son chef. Il hésite. De l'endroit où il se trouve, il ne distingue pas la tête du caïd, collée à celle de son collègue de la BAC. *Même à ce connard de Canari, je ne souhaite pas de finir de cette façon…*

Bouddha répète :

— J'ai dit : ouvrez le feu !

Quel enfoiré ! Le Tordu s'énerve :

— Attendez, il a un otage…

— Dommage…

Le Tordu serre les dents, vert de rage. Il ne répercute pas l'ordre. Bouddha change alors de fréquence et passe sur la « générale » :

— Abattez Costa !

5

Je me suis pas débattue. On m'a soulevée et emportée, déposée à l'arrière d'un Range Rover.

En appui contre mon épaule gauche, Diva claque des dents.

— À la Timone, ordonne l'homme assis à ma droite.

Marco, le Gitan.

Devant le bâtiment réservé aux enfants, à côté d'une sortie de secours, un gamin noiraud nous ouvre la porte. On emprunte un ascenseur, Diva a pris ma main, le Gitan nous suit avec deux hommes.

Un couloir interminable. J'ai plus de souffle, plus de jambes. Juste la trouille qui comprime ma poitrine.

Service de néonatologie. Personne. Le vide sidéral dans cette atmosphère de science-fiction. Humidité, pénombre. *Pourquoi y a pas de personnel ? Où est Yasmina ?*

Mon cœur tonne comme une batterie de canons quand le sas s'ouvre en chuintant. *Qu'est-ce que je fais là puisque Tony dit qu'il a tué mes bébés ? Pourquoi j'ai un doute ? Pourquoi cette sensation dans mon ventre qu'ils sont encore vivants ?*

Diva s'agrippe à mon bras, me serre la main. Le Gitan et ses hommes sont restés à l'extérieur de la salle.

À l'intérieur, impression de désordre, peut-être de lutte, les couveuses ne sont plus alignées.

— Rrrregarrrde !

Mon cœur cogne à désintégrer ma poitrine, la nausée gargouille dans mon estomac. Diva me montre deux couveuses accolées, et le carton sur celle de gauche portant ce prénom : Max.

Les couveuses sont vides.

— Regarde si tu vois ailleurs un bébé aux gants blancs…

Ma voix trébuche sur les mots. La gorge sèche, j'ai plus de salive. Je me tiens à la couveuse, m'agrippe au plexi qui me fait l'effet d'une falaise glacée.

Diva traverse la salle et revient en secouant la tête.

— Pas de bébé aux gants blancs… Il y a une autrrre couveuse vide au fond. Et c'est tout.

6

— Mais tirez, merde ! Canari est avec eux ! C'est un faux otage !

Vautré à l'arrière de sa Laguna en bas de la rue, Bouddha hurle dans son talkie-walkie. Excédé, le Tordu pourrait vider son chargeur dans son gros bide pour qu'il la ferme.

Dans sa ligne de mire, l'un des tireurs d'élite vise l'occiput du caïd. Risqué, mais jouable. Son index caresse la gâchette lorsqu'une fusée éclairante éclate. Suivie d'un fumigène qui brouille son champ de vision.

Joli coup de diversion de l'homme du Libyen qui ferme la marche.

Le Tordu soupire, en regardant le duo Canari-Costa à la porte du 4x4, se noyer dans un nuage de fumée artificiel.

Un coup de feu claque. *Quel est l'abruti qui… ?* Le Tordu crie :

— Fumigène ! Cessez le feu, bordel de merde !

Le bruit d'un moteur. Le 4x4 sort du brouillard, fonce sur deux véhicules de police, disposés en V, se fraie un passage en démolissant leurs pare-chocs.

Cinq minutes plus tard, Costa et ses otages descendent le boulevard de la Canebière à tombeau ouvert. Vers le Vieux Port.

Bouddha ordonne un redéploiement. Et vocifère à l'attention du Tordu :

— Les motards ! Où ils sont, bordel ? Je veux aussi un hélico pour les suivre !

Yasmina est assise à l'arrière, à côté de la femme du géant, accrochée à son épaule, qui tremble en psalmodiant des prières sans reprendre son souffle. Elle a envie de lui gueuler de la fermer, mais elle tremble autant qu'elle. *Qu'est-ce que je fous là ? Pourquoi je me trouve mêlée à ça ? T'es trop conne, Yaz ! Vraiment très conne !*

À l'avant du 4x4, Canari se demande ce que son paternel ferait à sa place. Il est désarmé et le flingue du caïd braqué sur lui.

C'est sa dernière chance de briller, la dernière de recouvrer son honneur, sa fierté. L'instinct plus fort que la raison, l'adrénaline plus puissante que la peur. *Comment évaluer la situation ?* Costa ne peut pas le buter, mais il doit tenter quelque chose. *L'amadouer ?* Canari n'a jamais été très fort à ce petit jeu, mais il va essayer.

— Tu penses t'en sortir comment, le caïd ?

Sa voix s'écorche sur le dernier mot, une douleur aiguë embrase son flanc droit. Une balle l'a touché au-dessus de la hanche.

Dans le nuage déclenché par le fumigène, Costa n'avait pas remarqué qu'il grimaçait. *Plombé par la police, quelle ironie !*

— Il est blessé, chef, dit le conducteur en désignant Canari.

— On le largue !

Coup de frein. Canari est poussé sur la chaussée. Le 4x4 redémarre.

7

Tony est grièvement blessé. À l'épaule, au ventre, au dos. Il a perdu du sang, son pouls est faible. Mais il est encore vivant.

Le SAMU l'a embarqué. Une présence policière a été jugée inutile.

— Dans son état, pas la peine de vous déranger, dit l'interne qui fait ses classes aux urgences de la Timone.

En pleine confusion, le policier n'insiste pas.

***

Canari a reconnu le boulevard. La grande roue du Prado qui domine le Vieux Port. Il avance à quatre pattes jusqu'au trottoir. Il respire, ahane.

Il entend les sirènes. S'en fout. Il se planque derrière un camping-car. Attend le passage du véhicule de police et son gyrophare. Ses collègues de la BAC.

Il n'est pas loin. Pas loin de son voilier. Est-ce qu'il a de quoi se soigner à bord ? Oui, même de quoi se recoudre. Si la balle est ressortie, il pourra s'en tirer. Au besoin, il fera une escale en Corse.

Il titube jusqu'au quai Marcel-Pagnol. Il est en nage, brûlant.

J'arrive, papa. Tu vois, je t'ai pas abandonné. Je suis là pour toi, on ne se quittera plus cette fois.

—*Et ta blessure, mon fils ?*

— *Oh, trois fois rien, juste une égratignure...*

Il imagine son père exhiber encore une fois ses cicatrices. Des trophées imprimés sur sa peau.

— *Tu sais, papa, j'ai failli choper Costa. Le caïd qu'on surnomme le Libyen. Tu peux être fier de moi, papa ! J'suis un putain de flic, comme toi !*

Il s'écroule au bord du quai, devant le ponton qui le mène à son bateau. Couché sur le dos, il contemple la lune.

— *T'en avais rêvé toute ta vie, papa, du Brésil ! Eh bien, on va le réaliser ton rêve ! Tu vas voir la vie que t'auras là-bas, des tas d'infirmières girondes rien que pour toi !*

Il reprend son souffle, avant de se retourner en grimaçant de douleur. Il peine à se relever. Tant pis, il montera sur le ponton, puis sur la passerelle, à quatre pattes. *Allez, personne n'y fera attention.* Ou alors on pensera à un marin bourré qui ne tient plus debout. *Ça arrive à tous les marins, non ?*

Il y est. Devant son bateau.

Il relève la tête. La mer de lait ondoie et clapote contre le ponton.

Il hallucine.

Un grand vide en face de son poste d'amarrage. La passerelle n'est plus là, son voilier a disparu.

—Il est parti, il a largué les amarres... Papa, putain de con !

Il se penche au-dessus du quai lorsqu'une pointe de douleur perfore son côté droit. Canari bascule en avant et plonge dans le Vieux Port.

***

La nausée m'a dévastée comme un ouragan.

Je me suis précipitée aux toilettes.

Le Gitan nous presse.

— Faut se barrer d'ici !

À cet instant, l'une des portes des toilettes s'ouvre. Une infirmière ronde s'en détache en se frottant le crâne. Elle me reconnaît.

— Qu'est-ce que vous faites encore là, vous ?

Puis elle apostrophe le Gitan :

— C'est vous qui m'avez assommée ? Qu'avez-vous fait du petit aux gants blancs ?

Sans attendre de réponse, les traits de l'infirmière se figent en un masque de frayeur, les yeux exorbités, la bouche béante et muette. Son regard est happé vers un point précis sous la rangée de lavabos. Une poubelle en plastique. Noir, le plastique. Comme le sac poubelle qui enrobe ses contours. Et qui tranche avec ce qui émerge du sac.

Le Gitan étouffe le hurlement de l'infirmière, fracasse son crâne contre la cloison de séparation entre deux WC et l'expédie sur la cuvette.

Diva a vu.

J'ai vu.

Dans le sac-poubelle.

La petite main qui émerge.

Une petite main couverte d'un gant blanc.

Mon cœur s'est coincé dans ma gorge.

Je respire plus.

8

Une main sous son épaule, le Gitan évacue Luce en boitillant vers le 4x4, prêt à démarrer. Diva se trouve déjà à bord, sous bonne escorte.

Dans un rugissement de freins, un véhicule du SAMU ralentit devant l'entrée des urgences, redémarre en trombe et braque sur sa droite en longeant le bâtiment.

Encombré par Luce, le Gitan n'a pas le temps de dégainer son arme, coincée dans sa ceinture, sous sa chemise. La voiture folle fonce sur eux.

Le Gitan balance Luce sur un container, avant que le pare-chocs de l'ambulance ne lui découpe les cuisses, ne le propulse sur le capot, ses cent dix kilos gondolant le pare-brise. Tony braque le volant sur l'aile du Range Rover. Le choc expédie le Gitan contre le toit de son véhicule, brisant net sa colonne vertébrale.

Dans son rétroviseur, Tony voit Luce à genoux qui avance vers la sortie de secours. *En arrière, toute!*

Il va lui rouler sur le corps.

Il embraie, le moteur crachote, hoquette et finit par caler dans un soupir de fumée. Tony veut sortir du véhicule. La portière résiste. Il la cogne de son épaule valide. Au troisième coup, la portière cède.

Il n'a plus d'armes que ses mains. Des tenailles.

Il traîne son corps qui saigne de mille plaies, son visage coupé par des éclats de verre, son épaule droite pulvérisée, son dos et son ventre perforés. Le jeune toubib lui a donné de quoi tenir quelques minutes. Et il a avalé une pilule de Captagon. Suffisant pour égorger l'interne avec le canif qu'il dissimulait dans sa poche, puis saigner le chauffeur de l'ambulance au feu rouge suivant. Mais il n'avait plus la force de retirer le canif du crâne de l'ambulancier.

Luce ne tient plus sur ses jambes, même pas sur ses genoux.

Tony titube, la pompe de son cœur pulse et aspire à grande vitesse le peu de sang qu'il lui reste.

Quatre mètres les séparent.

Luce rampe. Dans sa prochaine vie, elle a trouvé sa réincarnation : ver de terre.

Trois mètres.

Les yeux de Tony s'étrécissent. *Pourquoi les contours du bâtiment se mettent à bouger ?*

Deux mètres.

Luce n'a plus d'idées, plus de blagues à faire. Sa vie n'est qu'une mauvaise blague. Ou bien une très mauvaise plaisanterie du Créateur. Pourquoi elle continue à ramper alors ? Ce n'est plus de la peur, plus de la terreur. L'instinct de survie. Elle est un ver écorché, et un ver, ça rampe.

Un mètre.

Tony vacille, trébuche, sa jambe droite flanche, il avance à trois pattes, sa pression artérielle en chute libre.

Quarante centimètres.

Il lui suffit de tendre le bras, d'attraper la cheville de Luce. La retourner. L'étrangler. Sentir son larynx craquer.

Les lumières virevoltent autour d'eux. Dans un carrousel funeste.

C'est le tourbillon de la vie qui ralentit.

La spirale de la mort qui s'accélère.

Luce n'avance plus. Sa cheville prise dans un étau.

Tony la retourne.

Prend sa gorge en tenaille.

—J'vais éclater ta jolie petite tête ! Comme j'le ferai avec tes bébés, juste après... Parce que j'l'ai pas encore fait... Tu m'avais cru, hein ?

9

— Ils ont éjecté un otage !

Bouddha souffle. Un éléphant de mer au bord de l'apoplexie.

— Identifiez-le et surtout ne les perdez pas !

Il se retient d'ajouter ce qu'il pense… *bande de connards !*

L'envie lui prend de fracasser le talkie-walkie contre le tableau de bord. *On le tenait, bordel !* Le Libyen encerclé, cerné, pris au piège. Et il s'est échappé. Avec des otages, en plus. Les médias vont faire leur job : répercuter, amplifier, déformer. Costa va devenir une légende et sa réputation à lui, commissaire divisionnaire, sera réduite à néant.

Tout ça à cause des réticences de ce crétin de Tordu… Il s'en souviendra. *Au placard, mon con !* À Sarcelles ou à Vaulx-en-Velin, au mieux.

Il fallait tirer. Sans hésiter. Qu'importe ce vaurien de Canari qui n'avait rien à faire là, sinon à se prendre une balle perdue. *Bon débarras, fallait pas revenir, fallait pas s'en mêler.*

Costa a pris trois otages, dont deux femmes. *Où est passée la gamine que l'on recherche, la fameuse Luce Ramona ?*

Va falloir jouer serré. S'il risque la vie d'innocents, il se retrouvera à la retraite d'office. *Canari, ça pouvait se justifier. Ouais, ça pouvait.*

L'hélico les suit. Les motards en uniforme et en civil les filent, ou les attendent à des points de passage estimés. En espérant qu'ils les empruntent.

— L'otage reste introuvable, l'informe le Tordu.

***

À sa gauche, la femme du géant a cessé de geindre, ses mains nouées à se briser les phalanges. À sa droite, le Libyen. Yasmina sent par intermittence sa jambe, son bras, et le contact l'électrise. Il n'a même pas essayé de profiter de la situation, sa belle otage en string. Il n'a fait montre d'aucune agressivité, d'aucun énervement. Froid, méthodique, rationnel. Il donne ses ordres, à peine quelques mots, d'une voix égale, dans un dialecte que Yasmina ne comprend pas.

Elle a croisé son regard. Ses yeux de loup. Luce le lui avait dit : *Tu devrais voir ses yeux… Fascinants.* Elle n'avait pas tort. Il est beau. *Et ça le rend encore plus dangereux.*

— On est suivi. Moto et hélico, dit le chauffeur dans son dialecte.

— À Bassens, répond Costa.

Puis il transmet quelques consignes par téléphone, organise son arrivée dans la cité interdite à la police. Sans savoir que son portable est identifié et suivi, depuis que le contact de Canari, au courant de sa possible collusion avec le Libyen, a alerté le Tordu.

— Ils ont emprunté l'A7 et se dirigent vers les quartiers nord.

— Je veux des barrages, ils ne doivent pas y arriver ! hurle Bouddha.

— Sur l'autoroute ? Vous n'imaginez pas la bloquer à cette heure-ci ?

— Et comment que je l'imagine ! Je veux des blocages à la sortie des Arnavaux, et aux suivantes. Et fissa !

Des commissariats voisins, tous les véhicules disponibles affluent.

C'est une course contre la montre.

***

Le Libyen tente de joindre Marco qui a emmené Luce à la Timone. La sonnerie vibre trois fois.

Enfin quelqu'un décroche. Ce n'est pas le Gitan.

Costa répond « OK » puis raccroche. Il est livide.

10

Jeudi

Pourquoi ?

J'ouvre les yeux.

Je sais pas où je me trouve. J'ai même pas envie de le savoir.

Je suis allongée sur un lit et je bouge plus rien. Mes jambes, mes bras, mes mains. Sans doute que je respire, mais j'en suis pas certaine.

Je vois.

Je suis consciente de voir, même si je peux plus battre des cils et remuer les paupières.

Le plafond est bleu au paradis ?

Je vois que ça.

Le plafond de la même couleur que le bleu de l'Ohème.

Je suis chez… Tony !

Si c'est ça le paradis, je préfère aller en enfer.

C'est la malédiction de la Vieille qui me poursuit. Même si je suis morte, ça continue.

Ma mémoire se reconnecte.

Je me souviens. Tony qui me tire par la cheville. Tony en sang, les yeux vitreux d'un mort-vivant, Tony à cheval sur moi, l'étau de ses mains sur mon cou, Tony qui avoue qu'il a pas encore éclaté le crâne de mes bébés… *Qui, alors ?*

Je me souviens de la petite Diva qui m'a tenu la main.

Je me souviens du Gitan qui m'a tenu la main.

La main.

Les mains.

Palmées.

Max.

Dans une poubelle.

Dans un sac-poubelle.

Qui a fait ça ?

Mes yeux se brouillent.

Des larmes.

Pourquoi je suis pas morte ?

J'ouvre à nouveau les yeux. Cette fois, je vois plus le plafond bleu. Je suis couchée sur le côté, la tête tournée sur la gauche. Je vois un visage et des yeux qui m'absorbent. Ces yeux sont gris, bleus, verts.

Des yeux de loup.

Je suis au paradis.

11

Yasmina a veillé sur elle, l'a fait boire, l'a soignée, lui a appliqué des compresses froides sur le front.

Deux jours durant, Luce a divagué entre sommeil agité et courtes phases de réveil. Puis, tel un ordinateur en phase « reset », tout s'est remis en place. Son passé, son présent, ses souvenirs.

***

Les murs de la chambre sont blancs, cloqués et défraîchis. Le plafond est bleu couleur Ohème. Le mobilier sent la récup et la poussière. Costa a entrouvert des volets branlants sur une fenêtre aux vitres zébrées de crasse que le soleil fait briller.

Je me redresse, un coude après l'autre. Vidée, essorée. Anéantie. Je mets dix minutes à me bouger jusqu'à la fenêtre. J'ai pris soixante balais en six jours.

Dehors, le spectacle me déprime. Des blocs de béton brut noyés de tags, des paraboles comme des boutons d'eczéma sur la peau grise du ciment, des gouttières arrachées, des trous dans les murs d'où sortent, agiles comme des singes, des gamins plus jeunes que moi. Les couleurs des façades sont parties avec la peinture écaillée ou défraîchie. Même la cave chez mes vieux était plus accueillante.

— On est où ?

Costa, mon ange, très élégant en chemise et pantalon de lin blanc, me prend dans ses bras.

— À Bassens, la cité où j'ai grandi.

— Comment j'ai fait à la Timone pour échapper à Tony ?

— Tu peux remercier Djibril. Un petit noiraud de treize ans qui a dégommé notre ami. Trois balles dans la tête pour qu'il relâche ton cou. Tu étais déjà dans les vapes.

— Et Marco ?

— Cassé en deux… On n'a même pas pu le récupérer.

— Diva ?

— La fille du géant ? On l'a laissée à la Timone. Et j'ai relâché ses parents. On a réussi à semer les flics sous un pont, où mes gars en scooter sont venus nous récupérer.

— Et notre petite fille ?

Il hésite, sa bouche se crispe.

— Pourquoi tu ne m'as pas prévenu que tu étais enceinte ? Je t'aurais protégée.

— Je voulais te faire la surprise. Ça devait pas arriver si tôt…

— Tu l'as appelée comment ?

— Sylvaine…

Je tremble.

— Elle est… ?

— Je ne sais pas.

— Il faut que tu demandes à Yasmina à l'hôpital pour enfants. Elle sait.

Dans la cour, j'observe le ballet des gamins à capuche. Les uns qui chouffent, les autres qui dealent un peu plus loin. Entre les deux groupes, il y a celui qui est allongé dans un transat et qui renseigne les criquets, les acheteurs de came.

— Et notre fils ?

— Max.

Il me serre plus fort, l'impression que je vais m'étioler entre ses bras puissants. Je suis une fleur fanée, détériorée. Pourrie. Bonne à jeter. Comme s'il sentait mon état, il me soulève et me porte dans le salon, deux fauteuils rapiécés et un divan bancal au velours râpé sur lequel il s'assoit. Il me dépose à côté de lui, ma tête sur ses cuisses.

— Pourquoi ? Quel monstre peut faire ça à un bébé ?

Il répond pas.

—Tony m'a dit que c'était pas lui qui avait tué notre petit… parce qu'il en avait pas encore eu le temps. Qui a fait ça alors ?

— Topin, sans aucun doute… Enfin l'un de ses hommes.

— Ton ennemi.

— Ce n'est pas seulement ça…

— Explique-moi…

— Tu comprendras quand tu le verras. Je sais comment le trouver… Ce soir, je dois rencontrer un de ses proches au Donjon.

Au Donjon ? Plus rien ne m'étonne.

— Je veux venir avec toi.

Il acquiesce.

— En attendant, j'ai une surprise… il dit en quittant la chambre.

***

Au même moment, Bouddha trépigne. Son interlocuteur au portable est lent à s'exprimer.

— Ce n'est qu'une question de prix…

— Votre fidélité, vous l'évaluez à combien ?

Le haut-parleur grince.

— C'est l'infidélité qui coûte cher. Et le risque qui va avec.

— Combien ?

— J'attends une livraison. Une grosse livraison. Dans un petit port de plaisance à l'est de Marseille.

— Parfait, on enverra les stups sur une fausse piste. En attendant la présentation du trophée, bien sûr…

12

Yaz ! J'y crois pas !

Mon infirmière vient d'entrer dans ma chambre et se précipite dans mes bras. Je me mets à chialer, c'est si bon de retrouver sa chaleur, son parfum épicé.

Des vagues me chahutent, des hoquets de larmes. Je m'accroche à elle comme à une bouée. Mon visage, ma tête contre sa poitrine. Ça me fait du bien, me tient hors de l'eau. Pour pas couler, pour pas me noyer.

Elle chiale aussi, nos joues se touchent, on partage nos larmes, nos lèvres se frôlent. Je lui dis que des salauds ont tué mon fils.

— Et je sais pas pour ma fille…

— Mercredi matin, elle était vivante ! La toubib était revenue juste à temps pour l'opérer. L'opération a été compliquée, mais elle s'en est tirée.

— Pourquoi ils ne l'ont pas trouvée, elle aussi ?

— Elle était en réa ! Mais, y a un truc bizarre…

Elle se détache, ses yeux mouillés me dévisagent comme derrière une vitre trempée.

— … pour qu'il soit près de ta fille, on avait déplacé ton fils en réa. À la demande de la toubib. Les collègues ont dû le ramener alors…

Je comprends rien à ce qu'elle me raconte. Je secoue la tête. *Pourquoi elle essaie de me donner de faux espoirs ?* Ma voix dérape.

— Et toi, t'étais où quand c'est arrivé ?

— T'énerve pas ! J'étais plus en service.

— Je trouverai le monstre qui a fait ça, tu entends, je le trouverai…

— La police te recherche, Luce… Et ceux qui ont tué ton petit aussi. Ils ont attaqué les hommes de Costa devant la maison et j'ai bien cru que j'allais y rester moi-même.

— J'y suis pour rien, j'ai pas tué Terrier. Pourquoi je l'aurais fait ?

— Tu peux pas rester, là, Luce. Ils vont finir par te trouver. Les circonstances et les apparences sont contre toi. Parfois, on peut pas lutter.

— Je veux pas me barrer, Yasmina. Je veux rester avec Costa.

— Mais c'est un dealer, Luce ! Les flics et des tueurs le recherchent. Leurs balles m'ont frôlée. Cela pourrait être toi, la prochaine.

— Tu comprends pas, Yaz. Costa, c'est mon homme. Le père de mes enfants. Mon avenir. Mon ange gardien. Il m'a sorti de ce piège chez le géant, et bien avant, il m'a sorti d'un truc bien pire… Un jour, je te raconterai. Un jour… si j'y arrive.

— J'en ai connu des copines qui ont vu leur avenir dans les yeux d'un beau caïd, jusqu'à ce qu'il se prenne une balle, ou finisse griller dans une bagnole… et parfois les balles sont pour elles, parfois elles sont violées en représailles et camées, obligées de faire la pute… ou bien, elles se raccrochent à un nouveau caïd, et ça recommence… Ouvre les yeux, Luce, faut qu'on s'en sorte autrement !

— C'est gentil de t'occuper de moi, Yaz, j'apprécie, mais je peux pas, je peux pas. Je l'ai retrouvé et je vais pas l'abandonner. Et surtout je veux trouver ce Topin et lui faire payer…

— Arrête, Luce, te venger fera pas revenir ton petit…

Elle m'attrape par les épaules et me braque de ses yeux piquants.

— Lâche-moi, Yasmina, tu sais pas de quoi je peux être capable, t'as même pas idée…

— Tu me fais peur quand t'as ce regard-là… Comme le soir où t'as voulu supprimer tes bébés. Y a de la violence, en toi. Trop de violence. Tu me fais peur, Luce. Moi, je veux pas de ça. Moi, j'en veux plus. J'ai vu ce qu'ils ont fait à une copine à moi… J'ai vu. Et tu as constaté toi-même qu'ils ne reculaient devant rien.

Elle se détache.

— Me demande pas de choisir entre Costa et toi…

— Dans ce cas, je n'ai plus rien à faire ici.

Elle me tourne le dos. Je regarde sa nuque, agitée de soubresauts. Peut-être qu'elle pleure.

— Tu pourras t'occuper de ma fille ? Au moins, passer la voir, le temps que tout revienne en ordre ?

Elle ne répond pas, quitte la pièce. Son ombre reste un moment dans l'air. Un instant, j'hésite à me lever pour la rattraper. Mais je bouge pas. Je me tourne vers la lumière du dehors.

On dirait qu'ici il fait plus gris qu'ailleurs.

13

Vendredi

Mon ange m'a réveillé à trois heures du matin. Un plat de pâtes à la carbonara, un Pepsi et une ligne de coke qu'il étale sur une assiette plate. Je dois reprendre des forces, il me dit.

À ma grande surprise, Yasmina nous rejoint. Son visage est grave. Elle ouvre pas la bouche, mais je sais qu'elle pense que je vais faire une connerie.

On descend. Il fait encore chaud dehors. Nuit noire, pas d'éclairage public, toutes les ampoules éclatées dans les lampadaires quand ils n'ont pas été décapités.

Au pied des immeubles, ombres aussi apaisantes que les murs d'une prison, nous attendent trois scooters et une dizaine de jeunes qui fument des joints. Des éclaireurs démarrent, empruntent deux directions opposées. Yasmina monte sur un gros scooter, derrière un gars maigre comme une allumette. Costa enfourche un V-Max et file tout droit. Enveloppée d'un Perfecto, je me cramponne à lui.

On s'éloigne de ce territoire d'ombres. Une prison que ce quartier. J'aimerais jamais y revenir. *C'est pas ce que j'espérais, c'est pas ça que j'attendais. Mon ange n'a-t-il donc pas mieux à m'offrir ?*

Je chasse cette pensée.

Les lumières de la ville défilent à une vitesse stroboscopique. Plaquée contre le dos de Costa, je chantonne les paroles d'une chanson de Gainsbourg. *Bonnie and Clyde*, voilà ce qu'on est.

Sous son léger blouson, son dos musclé, rassurant. J'y presse ma poitrine, je le serre de toute la force de mes petites mains qui m'arriment à lui. On fait plus qu'un seul corps, mon ange et moi, chahuté par le mistral, les ondulations de la route, les mouvements du vélomoteur.

Cette sensation, ce sentiment…

Dans la même vibration…

Quelques minutes de bonheur.

On refera des enfants…

Ce matin, il avait dit ces mots dans mon cou. J'ai aimé sa voix, la douceur de son visage quand il a prononcé ces paroles. Des mots maladroits, des mots qui n'ont plus de sens. *Comme si j'avais la tête à ça…* Comme si ma petite était déjà morte et son sort, scellé. C'était avant de retrouver Yasmina et qu'elle m'annonce la bonne nouvelle. *Au moins, ma petite est vivante, elle.* Et je le sentais, moi, je le sentais dans mon ventre qu'elle était vivante.

Après le meurtre de Max, la police a dû renforcer la sécurité à la Timone, a dit Yasmina. Sylvaine est protégée, mais jusqu'à quand ? Et qui la protégera d'elle-même, de sa propre fragilité ? Est-ce qu'elle va survivre ? Et comment je vais la récupérer ? Comment ? J'espère que je pourrais compter sur Yasmina. Elle ferait sans doute une meilleure mère que moi.

Des scooters nous ont rejoints, ouvrant la route. On ralentit le long d'un cimetière, Chemin de l'Armée d'Afrique. Un panneau rouge clignote. Un petit parking désert, une baraque en contrebas, un escalier, quatre marches et l'entrée d'un club, où se présente une grande blonde aux seins siliconés perçant un caraco blanc.

— On l'a installé là-haut. Il est encore endormi, dit l'hôtesse à Costa.

— Topin ? je demande.

— L'un de ses lieutenants, répond mon ange. Il sait où se trouve son chef. On l'a drogué et je vais le faire parler.

— Non, c'est à moi de m'en charger. Toute seule.

J'ai remarqué le truc que porte l'un des jeunes qui nous ont escortés. Il m'est venu une idée. Une très sale idée.

— Tu me le laisses…

Yasmina saisit mon épaule et me pique du regard.

— Tu comptes faire quoi avec ce que tu as dans les mains ? Bordel, Luce, fais pas de conneries !

Mon ange s'interpose.

— Toi, tu restes avec moi. En retrait. Ou tu dégages ! il dit à Yasmina.

14

Qu'est-ce que je fous là ?

Le jeune homme vient de se réveiller. Bouche pâteuse, gorge sèche, yeux vitreux qu'il écarquille sans arrêt, élancements dans le dos. Il veut s'étirer mais son corps résiste. Des bracelets de cuir enserrent ses poignets et ses chevilles. Ses bras écartés se débattent dans un cliquetis de chaînes. Il se rend compte qu'il est debout, torse nu, attaché à une croix en X. Un tremblement balaie ses reins.

Il se trouve dans une petite pièce ronde, capitonnée de velours rouge, ornée de faux lambris et d'une peinture au plafond exhibant des femmes dodues à la Rubens qui se confondent dans une mêlée furieuse. Il renifle. Odeurs de sueur, de parfums capiteux, de liquides séminaux. Sur la moquette rouge, des cadavres de Sopalin froissés, quelques préservatifs usagés.

Il se détend, sourit, laisse échapper un petit rire aussi nerveux que libérateur. Il connaît l'endroit. Le Donjon. Un club échangiste prisé de la bourgeoisie marseillaise.

Il y a passé la soirée. Au bar d'abord, histoire de repérer. Sur la piste ensuite, pour allumer. Dans le labyrinthe ou les cellules munies de barreaux pour conclure. Les visages, les corps, les sexes… ses souvenirs sont flous, mais il se remémore cette pièce où il a rejoint un couple de quinquas bedonnants. Elle, attachée à la croix, son mari l'encourageant à la baiser. Ensuite il est retourné au bar, brancher la serveuse et boire un whisky-Coca à l'œil. Puis après, plus rien.

Il est quelle heure ? Il tend l'oreille. Pas un bruit, aucun écho du beat lourd des basses au rez-de-chaussée, ni des gémissements des clientes ou des ahanements des étalons dans les alcôves de l'étage. Mais il sait que le Donjon est parfaitement insonorisé.

Il scrute tour à tour les quatre miroirs disposés à intervalles réguliers dans la pièce ronde. Derrière ces glaces sans tain, des voyeurs l'observent. Il est au centre du spectacle, un jeu érotique dont il est l'attraction. Du moins, c'est ce qu'il croit.

En face de lui, un grand méchant loup à la langue pendante décore une porte verte. Une femme va apparaître en roulant des hanches et lui faire sa fête. Ou peut-être qu'elles seront deux. Ou bien un couple. Il est ouvert à tout. Il aime tout. L'idée provoque une réaction dans son bas-ventre. C'est là qu'il s'aperçoit qu'il porte un short. Son short bleu ciel et blanc de supporter de l'Ohème. Il l'avait pourtant laissé au vestiaire, enfermé dans un casier. *On m'a rhabillé ! Pourquoi ?*

Il n'a pas le temps de s'interroger sur cette bizarrerie.

La porte s'ouvre, une silhouette se dirige vers lui.

Il sourit. Son short se tend.

Une jeune femme, vêtue d'une chemise de mec.

L'éclairage rouge diffusé par le plafonnier lui donne des allures de diablesse. Cheveux courts, pas très grande, mais bien roulée, sacrément bien roulée.

Le regard du jeune homme attrape ses seins qui balancent, mord ses tétons qui pointent, s'accroche à la fermeté de ses cuisses, au roulis de ses hanches qui gîtent à tribord.

Luce s'arrête à un mètre de lui, fléchit les genoux en déposant sur la moquette l'objet lourd qu'elle trimballait manifestement au bout de sa main droite. Et qu'il vient seulement de remarquer.

Une caisse à outils.

Des pensées folles le traversent. Coulée de sueur froide dans la nuque. Il débande aussi sec.

Luce avance d'un pas, sa silhouette se dilue dans le cône de lumière jaune qui éclaire la croix. Sa main frôle son torse. Il tressaille. Elle est glacée, sa main.

— Tu sais que t'es beau, toi ?

À son tour de le détailler : le visage d'une finesse d'éphèbe, les joues creusées, le menton doux comme un calice. Des yeux d'un noir profond, une belle gueule. Il sait qu'il plaît aux filles. Instinctivement il bombe le torse, gonfle ses muscles et ses abdos.

Le bout des doigts de Luce dessine ses pectoraux. Sensations inégales sur sa peau. Il constate qu'elle a les ongles cassés et les phalanges écorchées.

Elle effleure son abdomen, s'arrête à la lisière de son short et, sans émotion, dit :

— Mais j'aime pas ce que tu portes… Plus qu'une faute de goût, c'est criminel d'afficher ces couleurs. Le foot, ça devrait pas exister. L'Ohème non plus. Si je pouvais, je le ferais bien raser ton stade de merde…

S'en prendre à l'Ohème ! À Marseille ! Peuchère, elle est fatiguée de la vie, c'te radasse ! La stupéfaction lui déclenche un début de ricanement qu'il remballe vite quand Luce s'agenouille devant la caisse à outils.

Un son métallique.

Luce se relève. Un éclat d'acier capte la lumière. L'adrénaline le fait bondir. Un objet froid caresse son abdomen. Un poignard de vingt centimètres, cranté sur le dessous.

Luce tire sur l'élastique de son short. Il se plaque contre la croix. La sueur inonde son dos.

Elle aime le regarder se débattre. Costa a vérifié lui-même les chaînes et revissé les attaches.

— Calme-toi, je vais juste te l'enlever, ton chiffon. Tu seras plus à l'aise…

La lame plonge, égratigne sa peau, tranche le textile qui se fend en deux et tombe sur ses chevilles. Il est nu.

Luce admire ce qu'elle voit. Soupèse, palpe, décalotte.

— Est-ce qu'on peut bander quand on a peur ?

Il hésite, retient sa réplique au bord de ses lèvres.

Derrière les miroirs sans tain, il croit entendre des gloussements et des rires. Puis un bruit étouffé : le poignard qui rebondit sur la moquette. *C'est une caméra cachée ! Elle m'a bien eu, la gamine ! Je savais bien que ce n'était qu'un jeu… Alors je vais le jouer à fond !*

Il se jette sur elle, les chaînes claquent et se tendent, les bracelets happent ses poignets.

— Pourquoi je devrais avoir peur de toi, pétasse ? Un Marseillais, ça craint dégun !

Luce a reculé. Sortie du contre-jour, les détails de sa figure lui sautent aux yeux. Sa bouche, ses lèvres mauves de fleur vénéneuse, carnivore. Mais une fleur abîmée. Des reflets bleus et jaunes sur la joue droite. Une balafre à peine cicatrisée autour de sa gorge.

Elle retire sa chemise, ses seins restent un instant en suspension, puis rebondissent, tendres coussinets, au-dessus de son ventre étrangement bombé, entouré d'un pansement de gaze blanche. Elle se colle à lui, sa poitrine contre son torse. Le contact est délicieux.

Luce s'empare de son sexe et le branle doucement.

—Je commence à te faire de l'effet, on dirait… Je sens qu'on va bien s'amuser… Mais d'abord, dis-moi…

Elle saisit son menton.

— … il se planque où, Topin ?

Le corps du jeune homme se glace, son sexe se ratatine.

— Qui… ça ?

Il croise son regard et son cœur décélère. Des yeux dilatés mais vides, inexpressifs. Deux puits sans fond. Il s'en détourne comme s'il avait posé un pied au bord d'un précipice. *Elle est shootée ou quoi ?*

Luce se détache de lui et se baisse. Il fixe le poignard, mais elle l'ignore. Il l'entend ouvrir la boîte à outils. Dix secondes. Interminables. Il force sur les chaînes à s'arracher les poignets. *Putain, c'est un donjon d'opérette, ça ne devrait pas résister, non ?*

Elle a assez duré, la plaisanterie. Il est crevé, marre de jouer. Les attaches vont céder, il va l'attraper et la culbuter à plat ventre sur la moquette rouge, elle le sentira passer. L'idée le refait bander.

Elle se relève. Sur son visage, une expression qu'il pourrait prendre pour un sourire.

—Ah, je vois qu'enfin, tu as un peu peur de moi…

Il incline la tête et voit. Ce qu'elle tient à la main. Son cœur décolle, tabasse sa poitrine.

Un chalumeau.

Modèle de poche, capacité un litre.

15

Je braque le chalumeau sur son abdomen. Une odeur d'essence fuse dans la pièce.

La flamme jaillit.

— L'adresse…

Le jeune homme crie :

— J'ai oubliéééééé !

Je réfléchis une seconde. Repose le chalumeau au sol et dis d'une voix douce :

— Ça arrive à tout le monde d'oublier, tu sais… Souvent, c'est pas grave. Souvent… Mais parfois, ça peut être mortel. C'est ce qui m'est arrivé vendredi dernier. Je devais vérifier un truc, mais quoi je savais plus… Tu peux même pas imaginer tout ce que ça a déclenché… La moitié de la ville qui me recherche, ma tête mise à prix… Pour un trou de mémoire… et un ballon.

Il s'étrangle.

— Putain, c'est toi la gamine qui… ?

Je caresse sa joue ruisselante de sueur.

— Tu sais, mon beau, la mémoire est une salope. La pire des salopes. Mais elle finit toujours par se réveiller. J'ai jusqu'à l'aube pour te rôtir la peau et toi, pour te rappeler l'endroit où se planque celui qui a tué mon petit garçon.

Je reprends le chalumeau et d'un doigt rase son pubis.
—Tu sais que t'es pas bien épilé, là?

***

Deux minutes plus tard.

Ça pue. Une odeur d'essence, mais pas seulement.

Il est pendu au bout des bracelets, son corps n'est plus qu'un sac de chair, de muscles, d'os et de viscères retenu par sa peau rougie à vif, sa peau qui craque, qui se creuse, se cloque, explose et se crevasse.

Il parvient plus à articuler, une bave de syllabes clapote entre ses mâchoires et ses dents qui claquent.

—Lentement… Articule… Sinon…

La flamme du chalumeau jaillit. Le renseignement tombe. La planque de Topin.

— Tu vois quand tu veux…

Il geint, il chiale.

Ses yeux supplient Luce. D'éteindre le chalumeau.

Elle est fascinée par la flamme.

Fascinée par ce bec qui crache du feu.

Fascinée par le feu.

Fascinée par ce pouvoir qu'elle a.

Ce n'est pas la première fois.

Ce n'est pas la première fois qu'elle torture un homme.

Derrière la glace sans tain, Yasmina crie:

—Arrête! Ça suffit!

Luce n'entend pas, taille dans la chair tel un boucher dans un quartier de viande.

Le jeune homme hurle, le feu cautérise sa bouche.

Enfin, il se tait ! On crie pas quand on a plus de langue, ni de cordes vocales !

Échappant à Costa, Yasmina jaillit dans la pièce et tente d'empoigner le bras de Luce qui ne lâche pas le chalumeau. La flamme pivote vers le visage de Yasmina.

— Mais t'es dingue !

Costa intervient, renverse Luce et immobilise sa main. Le feu troue la moquette.

***

Assise dans un fauteuil, les genoux en angle droit, aussi raide qu'une statue, Luce ne remue plus un cil.

— Elle fait une crise de tétanie. Faut appeler une voiture ! Elle ne tiendra pas sur un scooter, dit Yasmina.

Une BMW vient de s'arrêter devant l'entrée de l'établissement.

Il est cinq heures.

Dans la voiture, Yasmina a froid et mal au cœur. Le sale type au volant lui jette des coups d'œil vicieux. Qu'est-ce qu'elle fout là ? Pourquoi elle a demandé à les accompagner ? Pour empêcher Luce de déconner ? *T'as rien empêché du tout, petite mère…*

Une soudaine envie de dormir. Longtemps. Ensuite, se barrer. Loin d'ici. Elle ne veut pas être associée à la vengeance de Luce. *T'en as assez fait, Yaz… Casse-toi avant qu'il ne soit trop tard ! Casse-toi vite !*

Costa ignore sa présence et passe son temps au portable à donner des ordres. Yasmina l'entend répéter l'adresse que Luce a fait cracher au jeune homme. Son calme l'impressionne. Il semble planer au-dessus des difficultés. *Comme un ange… Hors d'atteinte.*

Elle ferme les yeux. Essaie de respirer profondément pour chasser la nausée qui clapote dans son estomac.

Puis des phares les éblouissent. Et un choc violent soulève leur véhicule.

Un camion les a percutés du côté où est assis Costa. La BMW fait un tonneau et, dans un fracas de vitres et de tôle, retombe lourdement sur ses roues.

Yasmina est groggy, du sang dans la bouche.

La lumière d'une torche jaillit dans l'habitacle. Un coup de feu pulvérise le pare-brise.

Yasmina a sursauté. La seconde d'après, elle ne respire plus, un poing vrillé dans sa bouche. Luce est tombée sur elle, comme un sac, toujours inerte.

La portière s'ouvre.

Au ralenti, Yasmina voit s'approcher la gueule noire d'un revolver. On tire Luce qui glisse sur elle.

Yasmina réagit. Un réflexe. Un geste débile. Elle tend le bras pour retenir Luce par la cheville.

Une détonation claque.

16

Samedi

— Vous vous sentez comment ?

Dans une ambulance, une main sur son front, une autre dans sa paume. L'urgentiste est blond et charmant. Yasmina grimace mais fait signe que ça a l'air d'aller.

— Vous avez eu un accident. Quelques contusions, la lèvre supérieure ouverte… Rien de grave, a priori. Dans quelques jours, vous retrouverez votre joli sourire.

L'aube s'est levée. Yasmina se souvient du coup de feu. *C'était pas pour moi… Qui est-ce qui était visé, alors ?* Une idée la fait bondir.

— Elle est où?

— Qui ça ?

— Mais, Luce !

L'urgentiste secoue la tête.

Une demi-heure plus tard, à la Timone.

— Je vous reconnais, vous travaillez aux urgences pédiatriques, non ?

L'interne de garde a fini de l'ausculter.

— Oui, mais mon contrat s'est terminé il y a trois jours.

— Bah, avec la grève qui s'est prolongée, ils sont tellement en manque de personnel qu'ils vont sûrement vous rappeler bientôt… En attendant vous pouvez rentrer chez vous et vous reposer. Vous avez une sale tête.

De retour à son domicile, Yasmina a dormi jusqu'à quinze heures. Encore mal au crâne, l'impression de s'être pris un formidable direct à la mâchoire qui est bleue. Et sa lèvre supérieure a doublé de volume. C'est ce qu'elle constate dans le miroir de sa salle de bains.

Et maintenant, je fais quoi ? Il y a trois jours, j'avais une nouvelle amie, un amant sur le retour, un gros paquet de fric et de quoi planer jusqu'à la retraite. Encore une chance si les flics ne me retrouvent pas.

À l'agent qui l'interrogeait sur le lieu du guet-apens, elle a donné une fausse identité et une adresse bidon, indiquant qu'un couple l'avait embarquée dans une boîte de nuit et qu'elle les avait suivis contre rémunération.

Et si le Beau gosse de la BAC revenait lui demander des comptes ? Est-ce qu'il a appris qu'elle était l'un des otages de Costa ? Était-il sur place ?

Elle attrape un paquet de clopes. Fume, la fenêtre grande ouverte sur une rue bruyante de la Castellane. Entend du bruit, des cris, se penche, aperçoit une clocharde âgée accroupie contre le mur, soulevant les guenilles de sa jupe crottée. Des gosses se moquent d'elle, qui pisse sur le trottoir.

Et toi, tu veux finir comme ça, Yaz ?

Elle referme la fenêtre, écrase sa clope, enfile un blouson, un jean, des baskets. *Je sais ce que je vais faire pour Luce.*

17

— Qu'est-ce que tu fiches là, Yaz ?

Dans le couloir de la Timone qui mène au service de néonatologie, elle croise ses deux collègues du vestiaire.

— Je viens voir la petite Sylvaine qui a été opérée. Si elle est toujours en réa…

— T'es plus en service, donc t'as rien à faire ici. D'autant plus qu'il y a un vigile à l'entrée maintenant.

— Écoutez, les filles, je suis désolée pour l'autre jour. Je suis pas une dealeuse, j'ai juste sniffé un peu pour tenir le coup. Mais là, j'ai vraiment besoin de votre aide. La mère de la petite est innocente, je vous le jure ! Et en attendant qu'elle revienne, sa fille n'a plus que moi…

Elles se regardent, l'une d'elles finit par hausser les épaules.

— Bon, vingt minutes, le temps de la pause de la chef. Et je t'accompagne.

— La réa, bonjour ! dit une voix dans l'interphone.

Zzzzz… la porte glisse. Yasmina a enfilé une blouse, s'est lavée les mains. Des gestes mécaniques qu'elle a effectuées des centaines de fois, et pourtant son cœur bat à tout rompre.

Première rangée.

Elle est toujours là, Sylvaine. Branchée de partout, dans sa couveuse. Des capteurs sondent en permanence l'évolution de son rythme cardiaque, et déclenchent les bips des machines.

Étendue sur le dos, la petite dort. Yasmina écoute son souffle court mais régulier. Rien de plus normal. Pourtant, il y a quelque chose d'inhabituel. De très inhabituel.

D'une main tremblante, elle ouvre la couveuse et du bout des doigts effleure la joue de Sylvaine, effleure son cou, son bras jusqu'à sa main.

Sa petite main enroulée autour d'une autre petite main.

Yasmina se retourne pour que ses collègues ne la voient pas fondre en larmes. Son cœur cogne dans tous ses membres, ses jambes flageolent.

Luce… oh, c'est pas vrai, Luce!

L'autre petite main est palmée.

Luce… il est vivant! Tu t'es trompée, merde, tu t'es trompée, espèce de folle dingue! Ton fils est vivant!

Sous ses yeux déchirés de larmes, les jumeaux se font face et se tiennent par la main.

Il n'a jamais bougé de la réa! Ton fils était avec sa sœur dans la salle de réa pendant tout ce temps! Et ça l'a sauvé, Max!

Un frisson la glace. Elle se souvient. Son dernier jour de service. L'arrivée d'un prématuré qui portait des gants blancs. *Mon Dieu!*

Yasmina soulève le petit garçon et, malgré sa lèvre douloureuse, l'embrasse. Besoin de le toucher. De sentir sa peau. De le cajoler.

Bordel, Max, comme tu nous as fichu la trouille!

Le bébé se réveille et pleure. Yasmina pleure.

—Oh, Yaz, t'es sûre que ça va?

Ses collègues la regardent un peu ahuries.

— Oh, oui ! Oh, putain, si vous saviez ! Ça pourrait pas aller mieux !

Ses collègues l'entourent. La plus âgée saisit Sylvaine qui vient de se réveiller et la berce.

— De temps en temps, on les met ensemble. Ça lui fait une présence à la petite et ça la rend plus forte. D'ailleurs, elle se remet très bien de l'opération, dit-elle en désignant Sylvaine. Ses crises de tachycardie se sont calmées. C'est inespéré, d'après la chef. Et ça fait du bien d'avoir de bonnes nouvelles auxquelles s'accrocher. Après tout ce qu'il s'est passé dans le service depuis le jour de l'opération, quand le docteur Terrier ne s'est pas présenté…

— J'ai voulu informer sa mère que Terrier n'était pas venu et que l'opération risquait d'être reportée, mais je suis arrivée au moment où la police l'embarquait…

— À propos de flics… intervient l'autre collègue en grimaçant… l'un d'eux a fait son retour chez nous.

18

Il a ouvert la fenêtre pour humer la ville. Marseille, comme un shoot dans les narines, dans les yeux, dans les oreilles. Nulle part ailleurs, ça ne sent pareil, ça ne bouge pareil. Ici même le ciel et le soleil sont différents.

Il observe ce bout de quartier, embrassant le croisement des avenues à la jonction de la Timone et de la Castellane, pourtant pas le plus excitant de la cité. Dix étages plus bas, la ville bourdonne et lui se morfond dans cette petite chambre d'hôpital qui ressemble à celle d'une prison.

Il entend la porte s'ouvrir et, sans se retourner, grommelle.

— J'ai besoin de rien, merci.

La personne qui est entrée ne bouge pas. Il sent sa présence dans son dos et il n'aime pas cette sensation. Il se détache de la vitre et découvre Yasmina, les bras croisés, devant la porte.

— Tiens, c'est gentil de me faire le plaisir d'une visite… On n'a pas eu assez le temps de faire connaissance la dernière fois.

Il ricane.

— Le Libyen t'a libérée, alors… Dis-moi, c'est quand même pas lui qui t'a cognée ?

— Ses ennemis ont enlevé Luce, ce matin.

Canari hausse les épaules et marche vers son lit. Il est en pyjama et son flanc droit traversé par la balle est encore douloureux quand il bouge. Il s'assoit.

— Qu'est-ce que tu veux que ça me fasse, hein ? J'ai été mis à pied, blessé par une balle tirée par mes collègues et, tous les matins, d'autres collègues viennent me cuisiner comme si j'étais complice de Costa. En plus, la police des polices m'attend à la sortie pour me passer à la moulinette. Avec la bénédiction de cette saloperie de divisionnaire. Avant révocation, il va sans dire. Et puis…

Canari baisse la tête.

— … il y a mon père atteint d'Alzheimer qui navigue quelque part en Méditerranée et qui est peut-être tombé à l'eau, s'il n'est pas encore mort de faim et de soif dans un bateau rempli de bouffe pour un régiment. Mon père que j'ai enlevé de l'établissement spécialisé qui l'hébergeait… Je suis aussi un mauvais fils. Elle est pas formidable, ma vie ? Alors qu'est-ce que tu veux que ça me foute, le sort de Luce Ramona ?

— Un certain Topin, ça vous parle ? C'est lui qui l'a fait enlever. C'est aussi lui qui a fait étrangler un bébé qu'il a pris pour celui de Luce, ici à la Timone. Et je sais où il crèche. Vous devez m'aider ! On ne peut pas la laisser aux mains de ce criminel !

— Et Costa, il est quoi alors ? C'est pas un criminel ? Tu sais comment on le surnomme ? Le Rôtisseur ! J'ai donné, moi, et j'ai failli y laisser ma peau. Une chance qu'un plaisancier soit arrivé au moment où je suis tombé dans le Vieux Port.

— Luce n'y est pour rien dans tout ça !

Canari se redresse et la détaille. Même en jean elle est bandante. *Dire que j'aurais pu en profiter dans l'impasse… Au lieu de ça, j'ai voulu jouer les héros !*

— Topin est un indic protégé par la police en haut lieu. Je ne peux rien faire. Il est intouchable et je ne crois pas à ton histoire. Encore une que Costa a inventée sans doute… Il n'y a que lui qui intéresse ma hiérarchie.

— Justement, si vous libérez Luce, je vous donne l'adresse où il est peut-être retenu… Et vous en ferez ce que vous voulez, je m'en fiche de lui !

— Où il est peut-être retenu, tu dis… Je vais encore passer pour un illuminé à cause de tes suppositions, ou de tes fantasmes. J'ai fait assez de dégâts comme ça. Alors, pour moi, basta, suffit… Débrouille-toi ! Avec un joli cul comme le tien, on peut arriver à convaincre le monde entier !

— Luce avait raison : vous êtes une saloperie ! Eh bien, j'irai toute seule à Bandol…

— À Bandol, à Bandol, ah ah ! Tiens, j'ai même quelques connaissances dans le coin, tu les salueras de ma part… Allez, casse-toi !

La main sur la porte, elle se retourne.

— Villa Marie, chemin de Six-Fours, ça vous parle ?

Le visage de Canari se fige.

— T'as dit quoi, là ?

Elle répète.

— Tu te fous de moi ?

— J'en ai l'air ?

— Qui t'a balancé cette adresse ?

— Un proche de Topin. C'est Luce qui l'a fait parler. Au chalumeau. Dans un club libertin. Je l'ai vue faire. C'est sur la route du retour qu'ils nous ont attaqués…

— Parce que t'étais avec eux ? Tu manques pas de cran d'être venue me voir alors.

— Costa dit que ce Topin veut lui faire la peau, à Luce…

— Elle pue, ton histoire. Elle pue même très fort. Tu sais, j'ai eu le temps de cogiter ces derniers jours et je comprends mieux certains trucs maintenant. Et si ce que je pressens se vérifie, ton amie Luce risque de passer un très sale quart d'heure…

19

Dès la sortie du Donjon, Costa a transmis l'adresse de Topin à ses hommes. Une seule fois par SMS, de trois portables différents. Dont celui identifié par la police.

À dix-huit heures, en train de boire un dernier café au bureau, le Tordu reçoit le message transmis par l'opérateur Orange suite à une réquisition. Il vérifie l'adresse. Le résultat lui brûle les lèvres. Il n'éponge même pas le breuvage qui a taché son polo. On pourrait le braquer d'un fusil à pompe qu'il ne décollerait pas les yeux de cette satanée adresse.

Il revérifie une deuxième fois. *Bingo !* L'information est doublement confirmée. *C'est juste énorme. De quoi mettre le feu à l'Évêché !* Et il n'a pas digéré l'humiliation qu'il a subie hier lorsque sa hiérarchie lui a signifié son changement de service. *À la circulation !*

Les mains maculées de café, il saisit son portable et compose le numéro d'une vieille copine. La secrétaire du nouveau préfet de police.

***

— Je connais l'endroit, dit Canari. J'y suis déjà allé. Et c'était pas pour une enquête, mais une réception officielle. Plutôt sympa.

Je me souviens que je m'étais égaré en essayant de trouver le chemin d'accès. Un sentier qui serpente dans la garrigue. Très peu d'arbres jusqu'à la villa, cernée de palmiers. Sauf autour de la terrasse, d'où on peut voir n'importe quel véhicule monter la colline.

— Vous allez prévenir vos collègues, j'espère…

— Oublie ça… Je suis suspendu et je ne peux plus compter sur personne. J'ai même pas une bagnole, même plus un flingue, plus un radis. Tout est parti avec mon bateau.

— Votre blessure va comment ? Vous pouvez marcher ?

— Ouais, ça me tire un peu, mais ça va.

— Alors, on fait quoi ?

— Je suis pas un tendre, je suis pas le bon samaritain, mais j'aime pas me faire blouser. Et là, on a voulu me la mettre profond en salissant mon honneur.

— Bon, vous comptez faire quelque chose ou pas ?

Il s'approche de la fenêtre.

— Tiens, le mistral s'est levé. Est-ce que tu fumes ?

***

— Hélène ? C'est Diaz à l'Évêché. Il faut que tu trouves le moyen de me mettre en contact avec ton patron. C'est urgent. Je suis sur un truc énorme.

La secrétaire du nouveau préfet de police raccroche en lui promettant de le tenir au courant. Il est dix-neuf heures trente.

— Viens te coucher, chéri.

Allongé le lit, son compagnon exhibe un début d'érection prometteur.

— Insatiable, hein ? Ça va, j'ai eu mon compte mais il y en a un qui n'a pas encore eu le sien. Alors, me fais pas chier, tu t'habilles et tu dégages !

***

Canari s'est habillé.

—Attendez !

Yasmina se précipite vers la table de chevet et attrape un flacon.

— Tournez-vous !

Elle positionne la tête du flacon vers le cou de Canari et pulvérise deux jets d'Eau de Cologne.

— Mais qu'est-ce que vous avez toutes à jouer avec ça ! Dites-moi que je pue ! Et j'ai horreur de ce parfum de tapette !

***

Une demi-heure plus tard, toujours rien. Le Tordu sort de sa douche. Le jeune Ukrainien a déguerpi mais son parfum musqué embaume encore la chambre à coucher.

—Qu'est-ce qu'il branle, le préfet ?

Il rappelle la secrétaire. Répondeur. Il laisse un message en essayant de ne pas montrer trop d'agacement.

***

Ils ont pris un taxi jusqu'à son domicile.

—T'as une arme chez toi ? demande Canari.

— Vous plaisantez ? À part une bombe lacrymo…

— Donne toujours… T'as de quoi boire ? Et des clous ?

— Hein ?

D'un box dans la cave, Yasmina sort son scooter.

—C'est vous qui conduisez ! Vous imaginez quand même pas poser vos mains sur mes hanches !

***

À vingt heures trente, encore un appel sans effet. Toujours le répondeur.

Un coup de pied dans la porte de sa chambre qui claque violemment, et le Tordu se décide. Il va y aller lui-même. Quelques balles dans la façade de la villa, à l'adresse indiquée, et la cavalerie va rappliquer. Et découvrir le truc incroyable qui s'y trame. En temps normal, il aurait fermé les yeux, il aurait laissé filer, mais il n'aime pas payer les pots cassés, Diaz. *Et la gamine va y rester si on ne fait rien…*

Il fixe son holster, y cale son arme, enfile une veste et sort de son appartement.

20

J'émerge, la tête lourde, les paupières lestées de plomb.

Des éclats de vie rallument ma mémoire. Costa qui me caresse la joue, mes lèvres contre les siennes, ma tête contre sa poitrine. Costa qui me fait boire à la paille… Je me souviens plus du goût de la boisson, je goûtais ses yeux, je goûtais sa voix, tel un chiot assoiffé lapant de petites flaques de pluie. Je goûtais ses paroles, des mots d'amour, de tendresse, de réconfort. Je goûtais sa peau, son parfum, son odeur. Des instants volés à un présent fuyant, impalpable, peut-être même pas réel. Sans doute que je rêve. Mais c'est ça la vie que j'attends. Ma vie à moi. Mon avenir.

Une odeur étrange me secoue. Je bouge la tête, ouvre les yeux, les écarquille à me décoller les paupières. Ce que je vois me rassure, me réchauffe. M'emplit de bonheur.

Je me trouve dans un grand lit, une belle chambre spacieuse, et le plafond est d'un blanc immaculé.

Enfin !

Et il veille toujours à mes côtés, sa tête frôle la mienne. Mon ange. Ses yeux gris, verts et bleus.

J'ai pas rêvé.

Je suis au paradis.

Je souris.

Pas lui.

— Pourquoi tu me souris pas, mon ange ?

Et ses yeux qui me regardent derrière une pellicule, ou une vitre…

— T'es malade ?

Je remue la tête, ma tête si lourde. Il a une drôle d'haleine, je lui tends mes lèvres. Les siennes sont froides.

Je dégage mon bras, je veux toucher son visage. Le drap glisse, découvrant sa tête.

Seulement sa tête.

21

Croui, croui…

Le cerveau disjoncté de Luce ne perçoit d'abord que ce bruit.

Croui, croui…

Le frottement de petites roues sur les tomettes qui composent le carrelage du sol.

Le bruit s'arrête.

L'homme s'appuie du bras sur le dossier de sa chaise roulante, imprime un mouvement de balancier d'une épaule à l'autre, une fois, deux fois, puis bascule sur un large fauteuil en cuir. Il s'accroche à l'accoudoir pour ne pas chuter. Se recroqueville, car il a du mal à tenir assis. Puis réajuste le chèche sous lequel il dissimule son visage, et le plaid qui couvre son corps.

Il regarde par la baie vitrée. La vue sur la mer est fantastique. La lune y reproduit une forme de croissant aux contours vibrants.

Son attention revient dans le vaste séjour, sur le divan où l'on vient d'allonger Luce. De longues minutes, il scrute ses yeux vides, sa figure sans expression, lisse, vierge, telle une feuille blanche. De longues minutes, il patiente. Comme il l'a fait à son chevet, une bonne partie de la journée, dans la chambre d'amis.

L'homme déroule son chèche, dévoile son visage, lentement. Se dévoiler devant Luce lui procure une jouissance aussi vive que lorsqu'il l'a observée découvrant à ses côtés la tête de son amant.

Le chèche a glissé sur son torse.

Il sourit.

Elle revient à elle…

Il a remarqué une palpitation dans les yeux de Luce.

Une petite flamme.

D'effroi.

***

Mes yeux s'ouvrent.

Je crois pas ce que je vois.

Je voudrais être aveugle.

Pour pas voir ça. La monstrueuse image en face de moi.

Je clos mes paupières. L'image passe au travers. L'image me traque. Et cette salope de mémoire m'oblige à revivre ce que j'essaie d'oublier depuis des mois.

Mon pire cauchemar.

J'aurais mieux fait d'y rester dans la cave, d'attendre que la villa s'effondre.

J'aurais mieux fait de mourir.

22

Le mistral s'est renforcé. Le scooter tangue sur la Nationale jusqu'à Bandol. Canari a fait deux fois le tour du quartier avant de repérer l'impasse.

Il freine.

— Pourquoi on s'arrête ? demande Yasmina.

— C'est ici que tu descends !

— Pas question ! Je veux délivrer Luce !

— OK, mais d'abord tu disperses les clous sur le sentier !

— Et on redescendra par où ?

— T'occupe ! J'ai un plan.

Yasmina décolle du siège avec le petit sac de clous qu'elle utilise habituellement pour fixer des tableaux et se positionne en face du lampadaire qui éclaire mollement l'intersection avec une voie goudronnée.

Le début du sentier est en terre battue, sèche et dure, que le mistral soulève en rafales.

Yasmina étale les clous sur toute la largeur et sur une longueur de trois mètres.

Lorsqu'elle se relève, Canari éteint les feux du scooter et met les gaz.

— Mais qu'est-ce que vous faites ?

Yasmina lui court après. Le sentier monte, raide. Deux virages secs, et le scooter s'est dissous dans la nuit.

— Salaud !

***

À présent, il comprend.

Pourquoi il fallait à n'importe quel prix buter Costa.

Pourquoi il fallait tronquer l'enquête sur l'incendie de la villa des Ramona.

Pourquoi, à l'hôpital, il fallait laisser faire Canari.

Le gyrophare hurle sur le toit de son véhicule banalisé. Le Tordu fulmine. *On m'a pris pour un cave ! Mais le cave se rebiffe ! Et va remporter la mise !*

Bandol, sortie dans six kilomètres. Il arrive au péage de La Ciotat. Une colonne d'une dizaine de véhicules devant lui. Il n'a pas le bip qui permet le passage rapide au *« t »* sur les files de gauche. Restriction budgétaire oblige.

Il ralentit.

— Mais dégagez le passage, merde !

Il manœuvre. Se trouve coincé entre deux files. Cogne le volant. Pourvu qu'il arrive à temps pour les prendre en flagrant délit. Sinon, il est mal et ne fera qu'aggraver son cas.

Son portable sonne.

Son attention déserte la circulation une seconde. Le temps de jeter un coup d'œil à l'écran de son Smartphone, une ombre s'insinue dans son champ de vision. Sur sa gauche.

Il se tourne brusquement. Voit, à quelques centimètres de la vitre, le poing ganté de noir et le flingue qui vise sa tête. *Trop tard.*

Un pistolet silencieux crache deux balles. Le Tordu s'affaisse contre le volant.

***

À trois kilomètres de là, un jeune homme attrape son portable qui sonne l'air de la Cucaracha.

— Mission accomplie. On l'a chopé au péage, dit le tueur.

— Parfait. Vous pouvez rappliquer à la villa. Y a une surprise qui vous attend. Plutôt bien roulée…

23

Huit mois avant.

Le film redémarre…

Il rentre pas ce soir, avait dit la Vieille.

La nuit est si chaude. J'enlève mon pyjama intégral et mes trois culottes. Mon corps respire. Je peux enfin me laisser aller.

Je caresse le flacon de cristal de mon parfum. *Jean-Paul Gaultier, le classique.* Fragrances de clémentine et fleur d'oranger, des notes d'orchidée et de gingembre. J'aime sa forme, silhouette d'un mannequin à la taille fine et aux hanches évasées, sa couleur rose, son habillage de dentelle façon guêpière.

J'appuie sur le piston, me parfume l'index et le majeur, les contours de mon cou, la nuque. Le menton, la mâchoire. Le creux de mes joues.

Le flacon épouse mes reliefs, flatte, stimule, parfume. Ma gorge, ma poitrine. Je ferme les yeux. Jean-Paul Gaultier glisse entre mes seins. Je les presse. Je l'imagine qui se branle entre mes tendres rondeurs. Mes doigts excitent mes tétons, plus fort.

La main gauche sur mon ventre.

La main droite sur un sein, le téton que je roule entre mes ongles. Un petit cri de douleur et de plaisir, mes doigts dévalent, mes mains se croisent et flattent mon ventre.

Mes cuisses ouvertes.

Mes mains se disputent, mes doigts se battent d'impatience.

Je plonge, effleure mon pubis. Je me cabre de plaisir.

Deux doigts s'échappent, dérapent, s'insinuent. Je me mords les lèvres, le plaisir soulève mes fesses, mon bassin décolle, un gémissement m'échappe, je suis en fusion.

Mes mains fébriles saisissent Jean-Paul Gaultier, tout humide entre mes seins.

Je le veux entre mes cuisses.

Je le veux comme un cri, comme une prise. Comme un détonateur.

Il me creuse, il me pénètre.

J'entends pas la porte.

Je sens son haleine.

J'ouvre les yeux.

Dans la pénombre, le Vieux en marcel blanc qui pue l'anisette. Ses yeux bavent comme sa bouche et son gros bide.

— Continue de te caresser, continue…

Une main sur la bosse de son pantalon, l'autre qui s'attaque à sa ceinture.

Moi, tétanisée, dans une coulée froide aussi dure qu'un pic à glace. Le temps de réagir et de me recouvrir, il a tiré le drap.

— Tu crois qu'on n'est pas au courant que tu veux nous quitter, hein ?

— Me touche pas, salopard !

— Tu me dois bien ça. Depuis le temps que je t'héberge et que je subviens à tes besoins. Allez, juste un petit câlin…

24

Il a viré sa chemise, son pantalon, son slip. Il est nu, gras, poilu. Sa panse en avant, il me tombe dessus. Et se frotte, de ses mains calleuses, de ses joues comme de la toile à poncer, sur ma poitrine et mon cou.

J'ai soulevé mon genou droit. En vain. Une crevette sous un cachalot. Il est sur moi, à califourchon, le lit se creuse sous son poids.

Je crie, hurle. Il rigole. Je recule, il me ceinture, je sens sa queue contre mon genou. *Le taper là, le taper là !*

Je me concentre sur le geste, mais j'ai pas d'élan, ni de force. Il est trop lourd. Il se redresse, en appui sur mes genoux. D'un coup de patte, il dégage mes petites mains.

Il est assis sur mes mollets, la tête penchée au-dessus de mes cuisses ouvertes. Ses yeux plongent sur mon sexe glabre. Pires que des doigts, ses yeux m'écartèlent, s'insinuent, me pénètrent…

Je saisis l'oreiller derrière moi, lui jette à la figure. Il se marre, son poids toujours plus pesant sur mes cuisses, sa main qui branle sa queue tendue, obscène et rouge.

Le flacon de parfum a glissé au bord de l'oreiller. D'un coup de reins, je me redresse, l'attrape et le lance sur le Vieux qui tourne la tête au même moment.

Le fin cristal éclate en morceaux contre sa tempe, il recule sous le choc. D'un coup de pied, je le dégage du lit, *allez, ouste gros lard*. Son buste bascule en arrière. Il vacille, le regard vitreux. Assommé mais pas longtemps. L'instant d'après il rebascule en avant, j'ai eu le temps de prendre de l'élan. Des deux pieds joints, je frappe sa poitrine. Il chute à terre, le visage ensanglanté, baignant dans le parfum. *Pour une fois, il sentait presque bon.*

Je bondis vers la porte. Une douleur fuse sous ma plante de pied, un éclat de cristal qui coupe mon élan. La poigne du Vieux menotte ma cheville, m'attire à lui en se relevant, mais je glisse entre ses doigts poisseux, tente de claquer la porte qu'il bloque.

Je suis dans le couloir. En face, la buanderie. *Si j'arrive à m'enfermer…* Dans le panier de linge sale, de quoi m'habiller. Et, si je monte sur le lave-linge, une lucarne par où m'enfuir.

Mon pied me fait affreusement mal, je me jette contre la porte de la buanderie, tente de pousser le loquet. Mais la porte vole littéralement et m'envoie contre le mur.

Un peu sonnée, je veux me relever.

Il saisit mes cheveux.

Du genou, je frappe son entrejambe, il lâche mon scalp. Je recule, derrière le lave-linge. Trouve un morceau de tissu que j'ai utilisé hier pour frotter une tache au white-spirit. À côté, un briquet. De temps à autre c'est là, sous la lucarne ouverte, accroupie sur la machine à laver, que je fume.

Il se relève, je roule la pierre du briquet, une petite flamme suffisante pour exciter le white-spirit et réveiller le feu. Il rigole alors que j'agite le chiffon enflammé sous son nez.

— Dégage ou je te crame !

Dans un grognement, il bondit, me coince entre le lave-linge et la machine à essorer. Je lui balance le chiffon à la gueule, me baisse alors que son poing décrit un crochet au-dessus de mon crâne. Le chiffon effleure son épaule, le feu mord son cou imbibé de parfum. Je décoche un coup de tête contre son torse, le renverse. Sur le chiffon enflammé. Qui l'embrase en une seconde comme une torche.

À cet instant, je pourrais fuir. Par la porte, ou par le soupirail, en montant sur le lave-linge.

À cet instant, je pourrais encore le sauver.

Il me crie dessus.

M'exhorte.

À le couvrir.

À l'arroser d'eau.

À l'aider à pas crever.

À cet instant, je choisis. Ou je choisis pas.

D'être folle, démente.

Je frappe son genou, il retombe.

Je frappe sa nuque, il s'écroule.

Je le frappe d'un seau, d'une bassine, de tout ce que je trouve à ma portée. Pour que plus jamais il se relève.

Je choisis de le tuer.

De pulvériser du détachant en spray.

De l'arroser de white-spirit.

Il se débat, vocifère. Attaqué par des fauves de feu qui dévorent ses poils et attaquent sa peau.

Jusqu'à ce que l'odeur se répande, fumet de poils brûlés.

Jusqu'à ce que sa peau se cloque et que les bouteilles de détachant et de white-spirit soient vides.

Je claque la porte de la buanderie.

Je descends à la cave.

Dans ma tête, le Vieux continue à hurler.

Le cauchemar n'est pas terminé.

Il est en face de moi, recroquevillé sur un fauteuil de cuir.

25

Le Vieux se débarrasse du plaid qui couvre son corps.

Ou ce qu'il en reste.

Ses moignons de jambe débordent de sa chemise hawaïenne. C'est tout ce que Luce distingue de sa peau, hormis son visage. Miraculeusement intact.

Le feu a bouffé ses pieds, ses mollets, la moitié des cuisses qu'il a fallu amputer, et son avant-bras gauche. Une douzaine d'opérations. Trois greffes de peau.

Neuf mois après, il n'est plus que douleur. Survit grâce à la morphine qui finira par le tuer. Mais le feu sous sa peau, et dans sa chair, n'est pas supportable autrement. S'il arrête la morphine, il se logera une balle dans la bouche.

Heureusement, il y a encore des moments de survie heureux, même orgasmiques.

Ce moment.

Cet instant qu'il savoure.

Ses paroles qu'il mâche avec délectation, de sa voix de caillasse et de miel.

— Bonjour, ma Luce, tu croyais bien jamais me revoir, hein ?

***

La villa domine la colline, au bord d'un ravin qui semble vouloir précipiter sa terrasse et sa piscine à débordement dans la mer.

Au moins, deux pièces sont éclairées. Dont la véranda qui donne sur la terrasse et procure une extraordinaire vue sur la Méditerranée. De là, où il se trouve, en retrait du portail, Canari observe les lieux avec les petites jumelles d'opéra qu'il a trouvées chez Yasmina. Derrière la baie vitrée, il vient d'apercevoir une ombre. Et Luce, inerte sur un divan.

Il faut agir. Et vite.

Le portail est entouré d'un mur d'enceinte, doté d'un œil optique relié à une caméra. Dans son état, impossible de faire le mur.

Il ne va quand même pas sonner et demander si *monsieur Topin* est là ? Mais sa curiosité est plus forte que tout. Le commissaire n'a pas hésité à donner l'ordre d'ouvrir le feu pour abattre Costa qui avait sa tête contre la sienne. Dommage collatéral. Ou bien, un dommage souhaitable. *Parce que j'avais mis le nez là où il fallait pas ! Parce que je risquais de mettre à jour quelque chose d'invraisemblable !*

Canari revient vers le scooter qu'il a planqué derrière un buisson de genévriers et relève le siège. Dans le coffre végètent trois bouteilles qu'il a arrangées à sa façon.

***

Le mistral s'est renforcé. Yasmina ahane, en trottinant sur cette pente interminable face au vent contraire, et la poussière qu'il soulève.

Elle crache ses poumons, trop de tabac, trop de joints. Ses muscles lui font mal, elle cahote sur le sentier accidenté dont elle perçoit à peine les reliefs.

La vache, c'est encore loin ?

Elle s'arrête une seconde sur un léger replat pour reprendre sa respiration, lève la tête en espérant apercevoir les lumières de la villa, lorsqu'une lueur embrase le sommet de la colline.

***

C'était un rêve de sale gosse. Une frustration sans doute enfouie. Le mistral souffle fort et Canari se souvient qu'il s'était fait la réflexion lorsqu'il avait fait le tour de la propriété. Entourée d'une garrigue sèche et surtout pas défrichée. À l'état sauvage. *Avec la sécheresse de ces dernières semaines, faut pas s'étonner si, à la moindre étincelle…*

À l'est de la propriété, il se souvient d'une frange de terrain non murée, plantes à épines et herbes sèches, qui communiquait avec la garrigue environnante.

Il a sorti les trois bouteilles remplies à moitié d'essence, après un passage éclair dans une station-service à la sortie de Marseille, a allumé les chiffons à l'aide d'un briquet et en a balancé deux dans la frange de terrain, la dernière au-dessus du sentier pour couper toute sortie par le haut. *Si tant est qu'il y en ait une…*

Le mistral ne souffle pas l'incendie vers la villa, *mais parfois il est capricieux*. Juste une diversion, *et pour le plaisir des yeux*. Une diversion comme une autre. C'est son seul plan. Il n'a jamais fonctionné autrement qu'à l'instinct, Richard.

Il ne lui reste plus qu'à saluer le propriétaire des lieux. Canari s'approche du portail et de l'œil de la caméra.

26

Sans un regard pour Luce, le jeune homme entre dans la pièce. Il porte un panier sous son bras droit. Du pied, il pousse un guéridon devant le divan où Luce est allongée. Il y dépose le panier et, tout naturellement, en sort la tête de Costa.

— Me suis dit que ça te ferait plaisir d'avoir le père de tes enfants près de toi…

Le Vieux glousse de plaisir. La tête trône sur le guéridon, les yeux du Libyen sont ouverts comme s'il allait se mêler à la conversation.

— Pourquoi Costa, hein ? C'est la question que tu te poses, n'est-ce pas ? Ça te torture de ne pas savoir pourquoi j'ai fait ça ? Pourquoi je lui ai fait trancher la tête, à ce salopard, ce félon ?

Le jeune homme lui allume le joint qu'il vient de rouler entre ses doigts, puis quitte la pièce. De son bras unique, le Vieux tire une taffe et expire la fumée.

— Ce fameux soir quand tu m'as brûlé et que t'as mis le feu à la maison, tu crois vraiment que Costa s'est trouvé là par hasard ? Sandro était mon lieutenant, le fidèle lieutenant que j'ai aimé comme un fils, que j'ai tiré du caniveau, que j'ai sorti de taule… et qui m'a trahi en espérant que j'allais trépasser. Pendant mon hospitalisation, il a fait semblant de continuer mes affaires…

Moi, j'avais confiance mais lui, par-derrière, nouait de nouvelles alliances, gagnait de nouveaux territoires. Avec mon pognon, ma came, une partie de mes hommes qu'il a dévoyés… Il m'a fait croire que la concurrence attaquait nos quartiers, mais c'était lui, cet enfoiré, ce n'était que lui, derrière tout ça…

Le Vieux fume goulûment. Un des rares plaisirs qui lui reste.

— Mais je ne suis pas mort, pas complètement… et j'avais encore ma tête, de la mémoire, des yeux et du flair, j'avais encore quelques hommes et des amis fidèles. J'ai dû manger dans la main des Corses pour continuer à exister et à préserver la partie du territoire à laquelle il n'avait pas encore eu le temps de s'attaquer. Et j'ai survécu avec cette idée fixe, cette obsession : lui trancher la tête.

Ses yeux brûlent, sa voix s'enflamme.

— Mais, à chaque fois, on l'a loupé, ce chacal qui a payé les flics en mon nom pour te disculper. Plusieurs de mes hommes y ont laissé leur peau. Costa se croyait malin. Seulement il avait une faiblesse. La même que moi. Toi, ma Luce. Mon péché mignon. Dans ma vie, jusque-là, j'avais eu toutes les chattes que je voulais. Sauf la tienne, mais je n'ai pas tout raté…

Sa voix bégaie en ricanant.

— C'est ton ami Beretta qui est venu me rencarder pour tes bébés. D'abord, on n'a eu que ton garçon… Ta fille était en réa, où une amie à moi, la chef du service de néonatologie, a fini par l'opérer. Malheureusement, elle n'a pas fait ce qu'il fallait. Tant pis pour elle. Ta petite est donc encore vivante, mais plus pour longtemps…

Il se tourne vers la baie vitrée, embrasse la vue qui domine la baie de Bandol.

— C'est beau, hein ? On est dans la villa d'un ami. Un très bon ami qui est impatient de faire ta connaissance.

Des pas lourds font craquer le parquet.

27

De retour à son poste de vigie, dans une pièce sans fenêtre au sous-sol, le jeune homme s'allume un joint en relançant la lecture d'un DVD lorsqu'il entend le signal à la porte d'entrée. Il regarde l'image sur le moniteur relié à la caméra au-dessus du portail.

C'est qui ce mec ? On dirait qu'il brandit un insigne de flic…

Il appuie sur le bouton de l'interphone.

— Salut ! Lieutenant Canari, je dois voir le propriétaire ! C'est urgent !

***

Un homme obèse en robe de chambre s'incline devant Luce.

— Je te présente le commissaire divisionnaire Maltese que ses hommes surnomment affectueusement Bouddha… croasse le Vieux.

— Mon cher, je te remercie chaleureusement pour ce morceau de choix. Décidément, on a les mêmes goûts…

— C'est avec plaisir, mon ami. Un immense plaisir. Elle est à toi. À ta disposition. Tout ce que tu veux. Et surtout lâche-toi !

Je veux la voir souffrir, je veux l'entendre hurler! Je veux l'entendre me supplier!

— On s'en occupera ensemble. Je suis un homme de partage. Je te laisserai le choix des armes. Outils de dissection, pinces électriques, acides… Ce soir, on ne se refuse rien!

Il se marre, ses bajoues tremblent comme de la gélatine.

— Mais d'abord, je vais la goûter… à ma façon!

La robe de chambre tombe, la montagne de chair s'approche de Luce.

***

J'entends plus.

Je bouge plus.

Je sens pas le drap qui découvre mon corps nu et les doigts boudinés qui se posent sur mes seins.

Et je m'en fous!

Je suis une pierre.

Il peut plus rien m'arriver.

Je sens rien de toute façon.

Ça va lui faire tout drôle de caresser une pierre.

Je l'ignore.

Je le regarde plus.

Je rentre dans ma carapace. D'où je fixe par la fenêtre la baie de Bandol qui embrase mon regard.

Que c'est beau!

Je l'ai enfin, ma villa avec vue sur la mer.

28

— Commissaire, de la visite ! L'un de vos hommes ! Paraît que c'est urgent.

Le jeune homme introduit Canari dans la pièce. Furibard, Bouddha se relève en refermant sa robe de chambre.

— Canari, qu'est-ce que… Désarmez-le de suite !

Plus prompt que le flic qui tente de sortir une bombe lacrymo de sa poche de veste, l'homme de main dégaine et braque Canari d'un pistolet Glock 9 mm.

— Plus on est de fous… Décidément, la situation devient cocasse. Laissez-moi faire les présentations.

Le commissaire se tourne vers le beau-père de Luce, puis vers Canari :

— Mon cher Richard, je vous présente Albert Ramona, alias Topin, un homme d'ordre qui nous a aidés durant toutes ces années à réguler les petites frappes, à nous préserver de la menace salafiste… un bienfaiteur dans son genre, un allié précieux… Au moins, avant de mourir, vous saurez la vérité, après avoir posé des questions partout… Un miracle que rien n'ait fuité, ah ah…

Et, désignant la tête du Libyen sur le guéridon :

— Et, bien sûr, le trophée que vous avez contribué à nous ramener. On a bien fait de vous filocher ! Il est pas beau, Costa ? »

Bouddha claque sa langue pour exprimer sa satisfaction. Puis à l'adresse du jeune homme qui tient Canari en joue :

— Bon, tu m'en débarrasses dans la cave. Fais ça proprement… Pas ici, je ne voudrais pas que ça macule mes belles tomettes.

***

Le vent a brutalement changé de direction. Les flammes se dressent à l'est de la villa.

Yasmina a retrouvé son scooter à quelques pas du portail.

Il a mis le feu, ce con… J'y crois pas. Et moi j'ai semé des clous à l'entrée du sentier. Et on s'en sort comment si les pompiers ne peuvent monter ?

Je suis censée faire quoi, là ? Et il est où, ce con de flic ? Qu'est-ce qui m'a pris de lui faire confiance ?

Bordel, secoue-toi, Yaz, secoue-toi ! Trouve un moyen ! Trouve un moyen d'entrer et vite !

Elle frôle le mur d'enceinte. Voit l'œil de la caméra. *Comment je peux éviter ça ? Franchir ce mur ?* Elle sautille, constate que le mur est festonné de tessons de bouteilles acérés.

La rage au ventre, elle fonce jusqu'au portail, mal fermé.

***

La tête d'une femme apparaît sur le moniteur de contrôle.

C'est quoi encore, ça ?

L'attention de l'homme de Topin délaisse Canari une seconde de trop. L'ex-flic bondit, lui balance une droite. Son adversaire est déstabilisé, son arme tombe, Canari se précipite, l'autre lui crochète la jambe. Les deux hommes se retrouvent à terre, leurs bras tendus vers l'arme qui a glissé sur le sol, à un mètre d'eux.

***

Au bas du sentier, une moto arrive à pleine vitesse. Son pilote freine lorsqu'il remarque le tapis de clous dans le faisceau des phares. La puissante cylindrée dérape, puis se couche.

Le pilote reste à terre. Le tueur qui est tombé en arrière lors du dérapage se relève, un peu sonné, et enlève son casque.

La lueur de l'incendie le détourne de son camarade qui ne bouge pas.

La villa, merde!

Il déverrouille le chien de son arme et se met à courir vers le sentier.

29

Le mécanisme de fermeture du portail est obstrué par un caillou. *Pas si con que ça, quand même, le flic…*

Yasmina court sur les galets à perdre haleine. La fumée picote sa gorge, *l'incendie progresse vers la villa!*

La porte d'entrée de la propriété est verrouillée.

À droite, par là où elle a vu de la lumière! Un jardin engazonné, encore un sentier de galets, puis une terrasse en aplomb. Elle s'écorche les jambes en grimpant entre des rangées de cactus, ignore les épines qui égratignent ses mollets à travers son jean, arrive jusqu'aux barreaux en fer forgé qui délimitent la terrasse.

Elle relève la tête, le nez au ras du sol. Aperçoit la tête de Costa sur un guéridon. Et Luce qui gît sur un divan. Dos à la baie vitrée, un homme obèse est penché sur elle.

***

Au sous-sol, Canari a pris le dessus, un coup de crosse à la tempe assomme son adversaire.

Il reste accroupi quelques secondes, la tête comme une toupie. Puis s'appuie sur un genou pour se redresser. Une violente douleur le terrasse et lui enfonce le côté.

Au même moment, de l'autre côté du mur borgne, un coup de mistral déchaîne l'incendie.

***

Yasmina en a ramassé trois, deux fois plus grosses que sa main. De belles pierres calcaires, étincelantes.

La première pulvérise la baie vitrée. Le dos de Bouddha encaisse, des éclats de verre colorent et constellent sa peau. Le commissaire vacille mais ne tombe pas.

La deuxième pierre le frappe derrière la tête, la troisième à la tempe.

Yasmina a escaladé la terrasse, se faufile dans le séjour et remarque l'homme aux moignons de jambes qui se tortille sur son fauteuil en cuir.

L'air commence à sentir le brûlé.

— C'est quoi, cette odeur ? Ça sent quoi, là ? Sortez-moi de là, bon sang ! Je suis le père de Luce !

Yasmina regarde Luce qui ne réagit pas.

— Eh Luce, bouge-toi !

Elle la secoue, sans résultat. Le front de Luce est tout froid. Yasmina la gifle. Mécaniquement, les yeux de Luce s'ouvrent, sans expression.

— C'est pas le moment de comater, Luce ! Réveille-toi, bon sang ! Tes bébés sont vivants, tu m'entends ! Ils sont vivants !

Luce toujours inerte. Yasmina la recouvre du drap et l'enroule dedans. *Comment on se tire de là ? Comment, bordel ?*

Yasmina tente de la soulever. *Je vais pas pouvoir la porter jusqu'au bas de la pente. Et le scooter, même pas la peine d'y songer. Il est où, Canari, merde ?*

Elle dégouline de sueur, de trouille. Des larmes de détresse explosent dans ses yeux. *C'est pas le moment de péter les plombs, Yaz ! Pas le moment ! Bouge-toi ! Et trouve une solution !*

Topin crie :

— Aidez-moi ! Aidez-moi, bon sang, à me remettre sur mon fauteuil roulant !

Yasmina se tourne vers Topin.

Et considère son fauteuil roulant.

— Salope ! Reviens ici ! Reviens tout de suite !

Topin a glissé de son trône de cuir. Au sol, il tente de ramper à l'aide de son bras unique, et hurle :

— Ilias, Ilias, rapplique ici tout de suite !

Croui, croui, les roues grincent sur les tomettes. Yasmina pousse le fauteuil où elle vient d'asseoir Luce.

— Salope, tu sais pas ce que je te ferai si je me tire de là !

De son unique poing, Topin martèle le parquet.

— Ilias, fils de pute, t'es où ?

Du bruit dans l'escalier. Topin relève la tête.

— Ah, Ilias, enfin ! Viens me tirer de là, s'te plaît !

La tête de Canari émerge. Il a gravi les marches sur les genoux. Dans la cave, l'incendie vient de faire fondre les vitres.

Derrière le guéridon où Costa observe la scène de ses yeux vides, un bras tente de hisser son quintal de graisse sur le divan où gisait Luce.

Topin rejoint son ami Bouddha et l'implore :

— Ah, tu reviens à toi, mon ami ! Ça va la tête, pas de dégâts ? Faut qu'on se barre fissa, y a le feu autour de la villa !

Canari les regarde et se marre.

— Commissaire, et cette tête, alors ?

Il vise. La tête du divisionnaire explose comme une noix de coco.

Puis Canari tombe à plat ventre sur le sol carrelé. *Je suis un putain de bon flic, comme toi, papa ! Et un bon flic n'aime pas les ripoux !*

Sa dernière pensée avant d'être avalé dans la gueule de l'incendie.

30

L'incendie dans son dos. Aucun passage de l'autre côté de la colline.

Tu vas trouver une solution, Yaz! T'es une sacrée débrouillarde, ma fille!

Yasmina pousse le fauteuil, dans lequel elle a sanglé Luce toujours inerte. Son état l'inquiète.

Va falloir redescendre, pas le choix! Je sais où sont les clous. Je sais comment les éviter. Et après?

Chaque chose en son temps. D'abord, descendre, sans se tordre la cheville… L'incendie va dévaler la colline.

Grouille, Yaz! Grouille, ma fille!

***

Un tournant.

Le sentier fait un coude. Le tueur a dû ralentir le rythme, son dos le fait souffrir, sans doute la chute, son coccyx peut-être fêlé. Il serre les dents.

L'odeur lui chatouille les narines. *Ça a l'air de cramer sévère là-haut.*

À cinq mètres, Yasmina a vu l'homme en combinaison noire. S'est figée. A stoppé le fauteuil brusquement, faisant rebondir Luce contre la sangle.

— T'es qui toi ?

Quand il réalise qui est la jeune femme inanimée sur son siège, le tueur braque son arme. Yasmina lâche le fauteuil dans la pente. Droit sur l'homme. Qui l'évite de justesse.

Yasmina se met à courir sur le sentier, au bord du ravin.

Le tueur n'essaie pas de l'attraper au passage. Il pivote tranquillement d'un quart de tour. Et vise. La balle frappe Yasmina dans le bas du dos. Elle se plie en deux. Un râle sort de sa bouche. Elle se retrouve à terre, se couche, l'incendie étincelle dans ses pupilles.

Elle entend les sirènes de camions de pompiers, et des cris, sans doute des riverains. *Ils vont me tirer de là !*

Une ombre au-dessus d'elle. Le tueur et son bras bien droit. Et sa main qui ne tremble pas.

Épilogue

Deux coups de feu.
Et moi je roule entre les rochers et les plantes épineuses.
J'ai le vertige.
Je goûte la terre, la poussière, les épines.
Je goûte le sang dans ma bouche.
Mal partout.
Je suis une plaie ouverte.
Je me souviens que de ça.
Ah aussi, d'une main qui se tend vers moi.

***

Des gyrophares éclaboussent la nuit.
On va où, là ?
Un bruit de freins. Des cris, des souffles saccadés. Des portes qui claquent.
On me soulève.
Tu m'emmènes où, mon ange ?
Pourquoi tu réponds ?
Je vois pas sa tête, je sens que ses bras. J'ai l'impression de rien peser.

Des lumières.

De grandes vitres qui m'éblouissent.

Et un panneau.

Avec un mot qui me fait frémir.

Je l'aime pas ce mot. *Putain que je l'aime pas!*

La Timone.

Je sais plus pourquoi je l'aime pas.

On passe sous le panneau, des portes vitrées s'écartent, on entre.

Tout mon corps se tend.

Comme si mes membres voulaient pas.

La panique me gagne.

Et là j'entends cette voix.

Une voix qui ricane comme une mobylette.

Retour à la Timone, ah ah ah!

Je reluque l'infirmier qui soulève le brancard derrière moi. Il me plaît pas. *T'es pas mon ange! Alors repose moi, fous-moi la paix!*

Je veux pas entrer là! Pas à la Timone! Plutôt crever!

Mais t'entends ce que je dis?

Il réagit toujours pas.

Alors je hurle:

—Je veux pas entrer, lâchez-moi! Tu sais pas ce que je suis capable de faire quand je m'énerve, t'as même pas idée!

C'est à cet instant que je remarque son t-shirt sous sa blouse. Un t-shirt bleu ciel et blanc. Avec le logo de l'Ohème.

La Vieille ricane de plus belle.

J'te l'avais bien dit, t'es maudite!

Remerciements

À Bertrand Pirel qui m'a donné la chance d'être publié chez Hugo Publishing, ainsi qu'à toute l'équipe d'Hugo Thriller, Sophie, Marie et Célia. Je voulais aussi remercier mes premières lectrices Nelly, Dominique, Emeline, Martine et Gwenaëlle, ainsi que Jacques-Olivier Bosco et mon « parrain en écriture », René Frégni, pour leur soutien.